Die gebürtige Westfälin **Dorothea Stiller** entdeckte schon früh ihre Liebe zum geschriebenen Wort und zur Sprache. Nach dem Studium der Anglistik und Germanistik arbeitete sie zunächst fünfzehn Jahre als Lehrerin, bis sie ihre große Leidenschaft zum Beruf machte und seither als freiberufliche Autorin, Lektorin und Übersetzerin sowie Dozentin für Kreatives Schreiben und Literatur ihre Brötchen verdient. Die zweifache Mutter lebt mit ihrer Familie und Katze »Schnappi« am Rande des Ruhrgebiets und fühlt sich in verschiedenen Genres – ob Liebesroman, Historisches, Krimi oder Jugendbuch – zu Hause.

Dorothea Stiller

Lady Beresford

und das Rätsel des Myrtenzweigs

Überarbeitete Neuausgabe Oktober 2021

© 2021 dp Verlag, ein Imprint der dp DIGITAL PUBLISHERS
GmbH

Made in Stuttgart with ♥
Alle Rechte vorbehalten

Lady Beresford und das Rätsel des Myrtenzweigs

ISBN 978-3-98637-294-1
E-Book-ISBN 978-3-98637-174-6

Copyright © 2018, dp Verlag, ein Imprint der dp DIGITAL
PUBLISHERS GmbH
Dies ist eine überarbeitete Neuausgabe des bereits 2018 bei dp Verlag, ein Imprint der dp DIGITAL PUBLISHERS GmbH
erschienenen Titels Der Myrtenzweig (ISBN: 978-3-96087-378-5).

Covergestaltung: ARTC.ore Design
Umschlaggestaltung: ARTC.ore Design
Unter Verwendung von Abbildungen von
shutterstock.com: © Oliver Denker, © Melinda Nagy, © areporter
periodImages.com: © Maria Chronis, VJ Dunraven Productions,
PeriodImages.com
Lektorat: Astrid Rahlfs
Satz: dp DIGITAL PUBLISHERS GmbH
Druck und Bindung: Books on Demand GmbH, Norderstedt

*Für meine Mutti,
meine eifrigste Testleserin,
die mir die Liebe für Sprache und Literatur
mitgegeben hat.*

Why should I be bound to thee,
O my lovely Myrtle-tree?
Love, free Love, cannot be bound
To any tree that grows on ground.

O! how sick and weary I
Underneath my Myrtle lie;
Like to dung upon the ground,
Underneath my Myrtle bound.

Oft my Myrtle sigh'd in vain
To behold my heavy chain:
Oft my Father saw us sigh,
And laugh'd at our simplicity.

So I smote him, and his gore
Stain'd the roots my Myrtle bore.
But the time of youth is fled,
And grey hairs are on my head.

(William Blake)

Eins

Mittwoch, 9. März 1814 – King Street, London

Martin Reynolds trat auf der Stelle und rieb sich die behandschuhten Hände. Sein Atem zauberte weiße Wölkchen in die Nachtluft, und trotz des wollenen Garrick-Mantels war es erbärmlich kalt. Eine Fahrt noch, dann würde er Feierabend machen und sich zuhause vor dem Ofen die vereisten Glieder wärmen.

»Verrücktes Wetter!«, fluchte er, und sein Kollege, dessen Droschke hinter der seinen wartete, murmelte Zustimmung. Der Frost hatte England seit Ende Dezember fest in den klammen Fingern und wollte dem Frühling nicht weichen. Anfang Februar war die Themse so fest zugefroren gewesen, dass ein viertägiger Frostjahrmarkt auf dem Eis gefeiert worden war. Unterhalb der Blackfriars Bridge hatte man sogar einen Elefanten über das Eis geführt. Auch jetzt im März war es nicht wärmer geworden.

Reynolds hob erwartungsvoll den Kopf, als sich die Türen öffneten und er vom Eingang her laute Stimmen vernahm. Offenbar gab es ein kleines Handgemenge, und dann erschien in Begleitung zweier Angestellter des Clubs ein Gentleman in einem modischen blauen Reitermantel und hohem schwarzem Wellingtonhut. Gesprächsfetzen wehten zu Reynolds herüber.

»... keinen Tropfen! Das habe ich Ihnen doch schon mehrfach gesagt.«

Dabei klang der Mann alles andere als nüchtern. Reynolds' Kollege zog die Schultern hoch und grinste.

»Deine Fuhre! Den überlasse ich dir gern, Kumpel.«

»Lach du nur. Dafür bin ich schneller wieder daheim und wärm' mir den Hintern am Feuer!« Reynolds lachte und öffnete den Schlag.

Hinter dem schwankenden Herrn tauchte nun ein weiterer Gentleman in dunklem Pelerinenmantel und Biberhut auf, der Reynolds einige Münzen in die Manteltasche steckte und zur Bekräftigung daraufklopfte. »Seien Sie so gut, und bringen Sie meinen Freund in die Harley Street, Nummer 51, Seymour House. Aber diskret, bitte. Ich möchte einen Skandal vermeiden. Sehr verbunden.«

Er überließ Martin Reynolds den Fahrgast und verschwand in der Menge.

»Kommen Sie, Sir, ich helfe Ihnen.« Er fasste den Herrn leicht am Ellenbogen und dirigierte ihn zum Einstieg der Kutsche.

»Fassen Sie mich nicht an, Mann!« Der Gentleman schwang herum, um Reynolds beiseite zu stoßen. Doch er verlor dabei fast das Gleichgewicht, und der Droschkenkutscher musste ihn stützen.

»Ich sagte, Sie sollen mich loslassen, Sie Trottel! Ich will sofort wieder hinein. Ich lasse mich doch nicht einfach vor die Tür setzen.«

Reynolds seufzte und knirschte mit den Zähnen. Nur nicht unhöflich werden zu den feinen Herrschaften, egal wie unmöglich die sich aufführten.

»Sir, wir bitten Sie noch einmal höflich zu gehen, sonst müssen wir einen Konstabler bemühen«, sprang nun einer der livrierten Angestellten Reynolds bei.

»Idioten! Gelumpe!«, stieß der Gentleman im blauen Mantel hervor, ließ sich dann aber doch von Reynolds in die Kutsche helfen.

Es kam nicht selten vor, dass Reynolds renitente Herren fahren musste, die zu tief ins Glas geschaut hatten, doch vor dem renommierten Almack's Club hatte er heute Abend nicht damit gerechnet. Schließlich wurde

Alkohol dort aus Prinzip nicht ausgeschenkt. Darüber wachten die gestrengen Patronessen mit Argusaugen.

Mussten verflucht traurige und steife Veranstaltungen sein, so ohne einen anständigen Tropfen, dachte Reynolds. Kein Wunder also, dass so mancher Gentleman die Gelegenheit nutzte, bereits vor dem Besuch bei Almack's zu zechen. Dieser Geselle hier schien es allerdings übertrieben zu haben, was vermutlich der Grund für seinen Rauswurf war. Na ja, ihm sollte es recht sein. Verrückte feine Pinkel! Auf die Art und Weise kam er wenigstens schneller ins Warme. Er schüttelte den Kopf, band die Pferde los und kletterte auf den Kutschbock.

Er schnalzte kurz mit der Zunge und ließ die Peitsche knallen, dann rumpelte seine Droschke in die eiskalte Märznacht.

Reynolds bog in die Duke Street ein. Sein Weg führte ihn über Piccadilly und Bond Street nordwärts in Richtung Regent's Park. Nicht einmal eine Viertelstunde später erreichte er sein Ziel. Die Kälte war ihm in die Knochen gekrochen, und trotz des Schals fühlte sich sein Gesicht an wie zu einer Maske erstarrt. Doch das warme Herdfeuer und der wohlverdiente Feierabend waren nun in greifbare Nähe gerückt. Als er vom Bock kletterte, sah er bereits einen livrierten Diener auf die Kutsche zueilen. Der Schlag wurde geöffnet. Als sich nichts regte, steckte der Diener den Kopf ins Innere der Kutsche.

»Mr Seymour? Sir?«

Reynolds sah, wie der Diener auf den Tritt stieg. Ungeduldig rieb er die Hände zusammen. Offenbar war sein Fahrgast eingeschlafen.

»Mr Seymour? Sir, wachen Sie auf.«

Eine Weile ging es so weiter. Dann Stille. Darauf plötzlich ein Schrei.

»O Gott! Blut! Das ist Blut! Er ist tot!«

Reynolds fuhr zusammen. Hatte er sich verhört? Blut? Aber wie konnte so etwas sein? Er griff die Laterne vom Bock und machte einen unsicheren Schritt auf die Kutsche zu, als der Diener bereits heraustaumelte. Martin Reynolds schlug die Hand vor den Mund. »Guter Gott, Sie sehen ja fürchterlich aus, Mann!«

Reynolds machte einen Schritt auf ihn zu, doch der Mann wandte sich ab und hob abwehrend die Hände.

»Rühren Sie mich nicht an, Sie Ungeheuer! Sie haben Mr Seymour umgebracht!« Laut hallte die Stimme des Dieners von den Häuserfassaden wider.

»Aber, ich verstehe nicht ...«, stammelte Reynolds. Doch der Mann in der Livree rief laut um Hilfe und lief kopflos in Richtung Dienstboteneingang davon.

Reynolds umklammerte den Griff der Laterne und öffnete den Schlag. Die flackernde Lichtquelle über den Kopf gehoben, setzte er einen zittrigen Fuß auf den Tritt und spähte ins Innere. Der süßliche Messinggeruch, der ihm entgegenschlug, war überwältigend. Reynolds schluckte und hielt die Laterne höher, um etwas erkennen zu können. Schlaff hing Seymour in seinem Sitz. Der Oberkörper war zur Seite gesunken und lehnte gegen die Seitenwand. Mitten auf seiner Brust sah Reynolds einen dunklen Fleck. Dort war der Stoff des Mantels zerfetzt und durch das Loch konnte man den darunterliegenden Stoff des Hemdes sehen – vollkommen rot getränkt. Für einen Moment hatte er das Gefühl, sein Herz habe vergessen zu schlagen.

Gedanken rasten durch seinen Kopf. Wer konnte seinen Fahrgast angegriffen und tödlich verletzt haben? Der Gentleman war allein in der Kutsche gewesen – und sie hatten nirgends gehalten. Offenbar war er erstochen worden, doch wo war die Waffe? Hatte der Diener sie mitgenommen? Nein, der hatte nichts in den Händen gehabt. Im Lampenschein konnte er Seymours Gesicht erkennen. Es sah erstaunlich rosig aus. Wären nicht die unnatürliche Pose und das Blut gewesen, hätte man meinen können, er schliefe. Auch seine entspannten Züge ließen nicht auf einen Angriff schließen.

Hinter sich hörte Reynolds vielstimmiges Rufen und eilige Schritte, die auf dem Pflaster hallten. Er wollte die Lampe herunternehmen und aus der Kutsche klettern, als ihr Schein etwas Ungewöhnliches erfasste. Er runzelte die Stirn. Unterhalb des Blutflecks, auf der Brust des Toten, lag etwas. Reynolds griff danach. Mit spitzen Fingern hob er es auf und drehte es, um es zu betrachten. Es war irgendeine Art von Zweig. Die kräftigen, glänzenden Blätter erinnerten an Lorbeer. Doch die weißen Blüten sahen keiner Pflanze ähnlich, die Reynolds je gesehen hatte. Gerade als er den Zweig wieder ablegen wollte, wurde der Schlag weiter aufgerissen. Kräftige Arme packten den verdatterten Droschkenkutscher und zerrten ihn aus dem Fond.

»Das ist der Bursche! Der hat ihn auf dem Gewissen. Lasst ihn nicht entkommen!«

Zwei

Montag, 14. März 1814 – Stadthaus von Lord und Lady Beresford am Grosvenor Square, London

»O Archie, will denn der Frühling dieses Jahr überhaupt nicht mehr kommen?«

Dorothy Lady Beresford stand am Fenster und warf einen wehmütigen Blick auf die Bäume und Sträucher, die in ihrem Frostgewand kaum vermuten ließen, dass es bereits März war.

»Zuerst dieser fürchterliche Nebel um die Weihnachtstage und seit Januar diese Kälte! Als ob sich alles verschworen hätte, mir die Freude an London zu verderben. Man mag ja kaum vor die Tür gehen, geschweige denn eine Ausfahrt im Park wagen.«

Lord Beresford ergriff beide Hände seiner Gattin und küsste sie liebevoll.

»Wenn ich könnte, würde ich die Sonne nur für dich strahlen lassen, mein Juwel. Doch leider liegt die Gestaltung des Wetters außerhalb meines Einflussbereichs.«

»Ach, du nun wieder!« Lady Beresford lachte laut und knuffte ihren Gatten wenig damenhaft in die Seite. Immerhin hatte dieser scherzhafte Austausch ihre Laune umgehend gebessert, was allerdings keine große Leistung war, denn Dorothy of Beresford neigte nicht gerade zur Melancholie. Die Marchioness hatte ein sonniges Gemüt. Das spiegelte sich in ihrem gesamten Erscheinungsbild wider, von den goldblonden Locken über ihre strahlend blauen Augen, bis hin zu ihren, von einer gewissen Liebe zu weltlichen Genüssen zeugenden, weiblichen Rundungen.

Letztere hatte die Natur allerdings vorteilhaft zu verteilen gewusst, so dass Dorothy of Beresford – oder

Dotty, wie Verwandte und Freunde sie zu nennen pflegten – auch mit mittlerweile vierunddreißig Jahren noch die Blicke auf sich zog.

Ihrem unverstellt fröhlichen Wesen und dieser natürlichen Schönheit war es zu danken, dass Dotty nach einer Zeit der Schicksalsschläge recht spät im Leben noch ihr Glück in der Ehe mit seiner Lordschaft, dem Marquess, gefunden hatte. Er stand zwar im gesellschaftlichen Rang weit über ihr, doch ihre Verbindung mit Archibald of Beresford war eines jener Bündnisse, die im Himmel geschmiedet worden sein mussten. Das jedenfalls behauptete Dotty.

»Ah! Heiße Schokolade! Wilkins, Sie sind ein wahres Wunder«, rief die Marchioness erfreut, als das Frühstück serviert wurde. »Nichts weckt die Lebensgeister und wärmt das Herz schneller als eine Tasse heiße Schokolade.«

Der Anflug eines Lächelns erschien auf dem Gesicht des Butlers, als er sich verneigte.

»Vielen Dank, Mylady. Man tut, was man kann.«

Lady Beresford lächelte Wilkins zu und setzte sich. Es war ungewöhnlich, dass sie und Archibald gemeinsam frühstückten. Viele adlige Ehepaare waren froh, einander so wenig wie möglich begegnen zu müssen, und die Gentlemen nahmen das Frühstück in ihrem Arbeitszimmer ein. Lord und Lady Beresford jedoch genossen die gemeinsame Zeit am Morgen und am Abend, wenn sie zum Dinner beisammensaßen. Dorothy nahm ein Brötchen, bestrich es mit Butter und Marmelade, während der Marquess zur Zeitung griff, die der Butler bereitgelegt hatte.

»Ich weiß nicht, was schlimmer ist: die Kälte oder die Gefangenschaft, die sie mit sich bringt.«, sinnierte Dotty. »Deshalb habe ich beschlossen, heute dem Frost zu trotzen und tapfer meinen gesellschaftlichen Verpflichtungen nachzukommen.«

Lord Beresford senkte die Zeitung und schenkte seiner Frau ein wissendes Lächeln.

»Sprich, die Langeweile siegt über dein Bedürfnis nach Behaglichkeit und Wärme.«

»Mach dich nicht lustig über mich. Du hast leicht reden. Manchmal wünschte ich mir, ein Mann zu sein.«

Lord Beresford zog die Augenbrauen hoch.

»Ein Mann? Aber warum das denn, mein Täubchen?«

»Nun, ich bin der Überzeugung, dass ihr das weit aufregendere Leben habt. Ihr geht hinaus in die Welt, ihr bestimmt die Politik – und damit den Lauf der Geschichte. Das männliche Leben bietet, so scheint mir, mehr Abenteuer, mehr Gravitas. Das Leben einer Frau kreist einzig um die Pflege sozialer Kontakte, die Leitung eines Haushalts und Handarbeit.«

Archibald Beresford faltete seine Zeitung zusammen und legte sie beiseite. Lächelnd ergriff er die Hand seiner Gattin.

»Ich verrate dir ein Geheimnis, meine Liebe. Es gibt auf dieser Welt nichts Langweiligeres als eine Parlamentssitzung. Endlose Reden, viel Geschwafel und wenig Ergebnis.«

Dorothy lachte.

»Du übertreibst. Und doch würde ich gerne einmal Mäuschen spielen, vor allem in den Clubs in St James's. Ich würde Karten spielen, dicke Zigarren rauchen, kluge Gespräche führen und Brandy trinken. Vielleicht gibt es auch einen handfesten Streit oder eine Rauferei mit aufgekrempelten Hemdsärmeln! Ach, ich stelle mir das aufregend vor!« Sie schlug die Hand vor den Mund. »Herrje, war es ungehörig von mir, so etwas zu sagen?«

Archibald zwinkerte Dotty zu und drückte ihre Hand.

»Das war es, Täubchen, aber wir werden es niemandem verraten. Ich für meinen Teil bin froh, dass du kein Mann geworden bist. Im Übrigen ist die Wahrheit weit weniger aufregend als deine Vorstellung.« Er zog die Hand seiner Gattin an die Lippen und küsste sie sanft.

»Das sagt ihr Gentlemen, um unsere Neugier zu besänftigen. Ihr gaukelt uns vor, es sei alles schrecklich uninteressant, um die Wahrheit zu verschleiern. Ich bleibe dabei – als Mann hätte ich das aufregendere Leben«, konterte Lady Beresford mit einem schalkhaften Lächeln.

»Dabei vergisst du, welchen wichtigen Beitrag ihr Frauen zum Erhalt der Kultur, der Gesellschaft und überhaupt der gesamten Menschheit leistet. Was wären wir ohne euch? Die Menschheit würde noch immer in Höhlen hausen, gäbe es nicht eure ordnende Hand und Erziehung zur Tugend.«

Lady Beresford schmunzelte.

»Wenn du es sagst. Dann werde ich jetzt meine ordnende Hand und weiblichen Tugenden der gehobenen Gesellschaft Londons andienen und meine dringend nötigen Besuche nicht länger aufschieben.«

Nach dem Luncheon ließ sich Lady Beresford den pelzverbrämten Mantel, den wärmenden Muff und die neue Samttoque mit den Federn und dem Pelzbesatz bringen. Wie sehnte Dotty die Zeit herbei, in der man nur mit einer leichten Stola im offenen Wagen durch den Hyde Park würde fahren können.

»Herrje, Reynolds! Passen Sie doch auf!«, herrschte sie ihre Kammerdienerin an, als die gerade die Toque mit Hutnadeln auf der aufwändigen Coiffure befestigte. »Schon beim Anziehen haben Sie mich zweimal gepikt. Man könnte meinen, Sie haben es auf mich abgesehen. Habe ich Ihnen etwas getan?«

Zu ihrem Entsetzen schluchzte die Gute hörbar auf und rang die Hände.

»Bitte verzeihen Sie, Mylady! Es tut mir furchtbar leid. Ich bin nur ... ich fürchte, ich bin nicht recht bei der

Sache.« Mit dem Handrücken wischte sie eilig zwei kleine Tränen von ihrer Wange.

Lady Beresford runzelte die Stirn. Reynolds hatte seit Jahren ohne zu klagen ihren Dienst getan. Es bestürzte die Dame des Hauses, diese treue Seele mit ihrer Unbeherrschtheit zum Weinen gebracht zu haben.

»Nein, Sie müssen mir verzeihen, Reynolds«, beruhigte sie die Angestellte. Kurzerhand schlüpfte Dorothy wieder aus dem Mantel. »Die gehobene Gesellschaft wird noch einen Tag auf meine ordnende Hand verzichten können. Ich werde keine Ruhe finden, bis Sie mir erzählt haben, was Ihnen auf der Seele liegt. Es ist unverzeihlich, dass ich Sie mit meiner Ungeduld heute Morgen so getroffen habe.«

»Ich habe ja auch keinen Grund zur Klage, Mylady. Sie und seine Lordschaft sind immer gut zu mir.« Wieder schluchzte Miss Reynolds auf, und ihr war anzusehen, dass sie nur mit Mühe weitere Tränen unterdrückte.

»Sie werden mir jetzt auf der Stelle in den privaten Salon folgen. Wilkins soll uns Tee bringen, und dann erzählen Sie mir, was Sie bedrückt. Ich wäre untröstlich, sollten ich oder etwas, das ich sagte, der Grund für Ihren Kummer sein.«

»O nein, Mylady! Nein! Das dürfen Sie nicht denken«, wehrte Reynolds ab. »Es ist wegen ... es ist wegen meines Bruders.«

Drei

Montag, 14. März 1814 – Lady Beresfords privater Salon, Grosvenor Square, London

»Vielen Dank, Mylady.« Mit zittrigen Händen nahm Miss Reynolds die Teetasse, die Lady Beresford ihr reichte und setzte sie vorsichtig auf dem Tischchen ab.

»Und nun erzählen Sie, Reynolds. Sie sagten, es gehe um Ihren Bruder. Der mit der Mietdroschke?« Lady Beresford kannte Martin Reynolds gut. Wie seine Schwester, Miss Martha Reynolds, war er von schlichtem Gemüt, aber gutherzigem Wesen. Lord und Lady Beresford besaßen zwar einen eigenen Fuhrpark, hatten jedoch öfter Mr Reynolds' Dienste in Anspruch genommen. An ihren seltenen freien Tagen holte Martin Reynolds seine Schwester stets ab.

»Ist er krank? Können wir helfen?«

Miss Reynolds schüttelte den Kopf.

»Nein, Mylady. Nicht krank. Eingesperrt haben sie ihn, und ich habe schreckliche Angst, dass sie ihn hängen werden.«

Mit dieser Antwort hatte Dotty nicht gerechnet. Sie setzte ihre Tasse so ruckartig ab, dass man es klirren hörte.

»Eingesperrt? Himmel, Reynolds! Warum denn das? Ihr Bruder erscheint mir ein aufrechter und herzensguter Mensch zu sein. Was in drei Teufels Namen hat er denn nur angestellt?«

»Sie, sie glauben … «, die Kammerdienerin schluchzte auf, zog ein Taschentuch unter der Schürze hervor und betupfte sich die Augen. »Er soll jemanden erstochen haben.«

Lady Beresford riss die Augen auf.

»Wie bitte? Aber das kann ich mir beim besten Willen nicht vorstellen. Ihr Bruder ist doch eine Seele von Mensch! Keiner Fliege könnte er etwas zuleide tun.«

»Ich weiß. Doch sie sagen, er hat den Gentleman erstochen.« Miss Reynolds hatte die Hände so fest um ihr Taschentuch geklammert, dass die Fingerknöchel weiß hervortraten.

»Wer ist ›sie‹?«, wollte Dotty wissen.

»Der Oberste Magistrat. Die Familie des Gentleman hat die Bow Street Wachtmeister gerufen und ihn festnehmen lassen. Sie sagen, er ist der Einzige, der Gelegenheit dazu hatte.«

»Dann war der getötete Gentleman ein Fahrgast?«

Dotty versuchte, die Zusammenhänge zu verstehen, ohne die arme Reynolds zu sehr zu drängen und weiter aufzuwühlen.

»Können Sie mir alles, was sich zugetragen hat, von Anfang an erzählen? Ich würde gerne versuchen, alles zu verstehen, um zu sehen, ob ich Ihnen in irgendeiner Weise helfen kann.«

Miss Reynolds nickte.

»Es war schon spät – also, das war vergangenen Mittwoch – und mein Bruder wartete vor dem Almack's auf Kundschaft. Es war seine letzte Fahrt an dem Abend. Ich habe schon so oft gedacht, wäre er doch bloß früher nach Hause gekommen! Hätte er sich ans Feuer gesetzt und auf den Lohn verzichtet. Aber es nützt ja nichts, nicht wahr?« Wieder betupfte sie ihre Augen mit dem Taschentuch. »Der Gentleman wollte in die Harley Street. Mein Bruder sagt, er war wohl recht betrunken. Ein Freund hat ihn zur Kutsche gebracht und das Fahrgeld bezahlt. Martin hat ihm hineingeholfen, ist auf den Bock geklettert und losgefahren. Als sie angekommen sind und der Diener den Schlag öffnete, war der Gentleman tot – erstochen – und lag in seinem Blut. Der Diener schrie und beschuldigte meinen Bruder. Dann lief er ins Haus. Bald waren alle alarmiert, und die Familie ließ die Bow Street Konstabler rufen. Die haben meinen Bruder mitgenommen. Sie sagen, niemand anders hätte es tun können. Schließlich sei mein Bruder der Letzte gewesen, der Mr Seymour lebend sah, und er schwört, er habe nirgends angehalten und niemanden sonst mitgenommen oder in der Nähe der Kutsche gesehen.«

»Seymour?« Bei dem Namen hatte Lady Beresford aufgehorcht. »Doch nicht Mr Felton Seymour?«

»Doch. Derselbe«, bestätigte Reynolds.

»Lord Beresford hat darüber in der Zeitung gelesen. Wir waren über die Maßen schockiert, denn der Großvater des Ermordeten ist ein guter Freund meines Gatten. Natürlich hatten wir keine Ahnung, dass Ihr Bruder in diese Geschichte verwickelt sein könnte. Allerdings erscheint es mir vollkommen abwegig, dass er Mr Seymour getötet haben soll. Warum sollte er so etwas tun?«

Miss Reynolds hob in einer verzweifelten Geste die Hände. »Wenn ich das wüsste. Doch sie sind davon überzeugt, dass es nicht anders gewesen sein kann. Außerdem haben sie im Kutschkasten ein Jagdmesser gefunden. Martin schwört, nie ein solches Messer besessen zu haben. Er hat nicht die leiseste Ahnung, wie es in den Kutschkasten gekommen ist. Doch sie haben ihn kaum angehört.« Wieder schluchzte Reynolds auf. »Oh, Mylady! Sie werden ihn hängen!«

»Das werden sie nicht, Reynolds«, sagte Dotty mit mehr Überzeugung in der Stimme als in ihrem Herzen. Die Familie Seymour war recht einflussreich und besaß gute Verbindungen zu Viscount Sidmouth, dem amtierenden Innenminister – und somit zu den Magistraten. Mr Felton Seymour war ein Enkel Earl Percys, eines guten Freundes des Marquess, und extrem wohlhabend. Es hieß, den Großteil seines Vermögens habe er mit Geschäften in den Kolonien erwirtschaftet. Gut möglich, dass die Familie, um Genugtuung zu erfahren, es mit den exakten Umständen des Mordes nicht zu genau nehmen würde. Sie kannte Earl Percy. Er war an sich kein übler Kerl, doch – wie so viele in diesen Kreisen – äußerst standesbewusst, was ein gewisses Desinteresse an den Problemen und Lebensumständen der einfachen Leute mit sich brachte. Es war die Arroganz – oder eher die Ignoranz ¬ der privilegierten Klasse. Unter Umständen würde Mr Reynolds einfach einen willkommenen Sündenbock abgeben. Jemanden wie Earl Percy interessierte es möglicherweise nicht, ob einem kleinen Licht wie Reynolds Gerechtigkeit widerfuhr oder nicht. Doch diese Überlegungen behielt Lady Beresford für sich. Sie fühlte sich ihrer treuen Angestellten verpflichtet und wollte ihr Trost und Zuversicht spenden.

»Ihr Bruder hatte weder einen Grund, Mr Seymour zu töten, noch die Disposition. Und ich bin fest überzeugt, dass auch der Magistrat das wird einsehen müssen. Gleich heute noch werde ich mich um eine Anhörung bemühen.«

Miss Reynolds sah auf. Das hoffnungsvolle Leuchten in den feuchtglänzenden blaugrauen Augen gab Dorothy einen Stich ins Herz. Wie könnte sie das in sie gesetzte Vertrauen enttäuschen? Es musste ihr einfach gelingen, den Magistrat davon zu überzeugen, dass sie den Falschen verhaftet hatten.

»Ihrem Bruder wird gewiss nichts geschehen. Bald wird er wieder zu Hause sein, und alle Sorge ist vergessen.« Dorothy Beresford war sich nicht sicher, ob ihre Worte nicht mehr dazu dienten, sich selbst zu überzeugen. Ganz gewiss würde die Familie die Sache nicht hingehen lassen, solange es keinen Schuldigen gab. Der einfachste Weg, Martin Reynolds vor dem Galgen zu bewahren, wäre der, den wahren Mörder zu finden. Doch wie sollte sie das anstellen? Womöglich hatte aber der Magistrat doch noch ein Einsehen. Versuchen musste sie es jedenfalls.

»Ich verspreche Ihnen«, versicherte Lady Beresford der verzweifelten Miss Reynolds, »dass ich mein Möglichstes tun werde, um Ihrem Bruder zu helfen. Denn ich kann genauso wenig glauben wie Sie, dass er ohne Grund einen Menschen getötet haben soll.«

Vier

Sir William Domville empfing Lady Beresford in seinem Arbeitszimmer. Er war eine Ehrfurcht gebietende Erscheinung von kräftiger Statur. Von den altmodischen schwarzen Schnallenschuhen über die Kniebundhosen bis hin zu der gepuderten Perücke, wirkte er wie ein Relikt aus einer vergangenen Zeit und strahlte die Weisheit des Alters und die Würde seines Amtes aus.

Die Verbeugung, mit der er Lady Beresford begrüßte, wirkte ebenso steif wie der Ärmelaufschlag seines weinroten Gehrocks. »Lady Beresford.«

»Sir William.« Dorothy knickste und wartete, bis der Magistrat sie einlud, sich zu setzen.

»Ihrem Schreiben entnehme ich, dass Sie mich in einer dringenden Angelegenheit zu sprechen wünschen? Darf ich fragen, um was es sich dabei handelt?«

»Es geht um den Mord an Felton Seymour und den Mann, der festgenommen wurde.«

Sir William sah auf. Seine buschigen Brauen zogen sich zu einem V zusammen, und er beäugte Lady Beresford skeptisch.

»Der Mietdroschkenfahrer?«

»Richtig. Es handelt sich um den Bruder meiner Kammerdienerin, Mr Martin Reynolds. Ich kann mir nur vorstellen, dass hier ein Missverständnis vorliegen muss. Ich kenne Mr Reynolds, und er würde nie einem Menschen auch nur ein Haar krümmen.«

In Sir Williams skeptische Miene mischte sich ein Ausdruck gönnerhafter Nachsicht, mit dem man bisweilen Kinder bedachte.

»Bei allem gebührenden Respekt, Lady Beresford, wir können die Rechtsprechung nicht auf unserem persönlichen Eindruck des Charakters begründen. Die Umstände sprechen gegen Mr Reynolds. Mr Seymour wurde in seiner Droschke erstochen, und Mr Reynolds war der Letzte, der ihn lebendig gesehen hat. Das Messer wurde unter dem Kutschbock gefunden, auf dem Reynolds saß. Wer sonst sollte ihn getötet haben?«

Sir William verschränkte die Finger ineinander und legte die Hände vor sich auf dem wuchtigen Schreibtisch ab.

»Es hätte doch der Diener gewesen sein können, der den Ermordeten entdeckte«, mutmaßte Lady Beresford, doch Sir William schüttelte den Kopf.

»Im Gegensatz zu Mr Reynolds hatte der Diener, Mr Russ, kein Messer bei sich. Seine Kleidung hatte kaum Blutflecken. Hätte er Mr Seymour erstochen, hätten seine Livree und sein Hemd voller Blut sein müssen. Blut fand sich aber nur ein wenig an seinem Ärmel. Wohl, weil Mr Russ zunächst glaubte, Mr Seymour schlafe nur und er versuchte, ihn wachzurütteln. Mr Reynolds hätte Möglichkeit finden können, sich umzuziehen. Mr Russ jedoch ist sofort nach Auffinden des Toten ins Haus gelaufen. Und glauben Sie nicht, Mr Seymour hätte sich gewehrt oder wenigstens geschrien, wenn ihn plötzlich jemand angegriffen hätte? Einer der Diener hielt sich vor der Kohlekammer auf. Er hätte etwas hören müssen. Wie erklären Sie sich das?«

»Herrje, ich weiß es doch auch nicht, Sir William. Ich bin nur überzeugt, dass Mr Reynolds es nicht gewesen ist«, beharrte Dotty.

»Mit Verlaub, was macht Sie da so sicher, Mylady?« Sie ahnte, dass Sir William sich nicht so leicht von Mr Reynolds' Unschuld überzeugen lassen würde.

»Ich kenne ihn – und ich kenne seine Schwester. Er ist mit Gewissheit kein Mensch, der ...«

»Liebe Lady Beresford«, unterbrach sie Sir William. »Ihr Mitgefühl für die arme Schwester ehrt Sie, und ich verstehe, dass es schwer ist, einzusehen, dass jemand, den man zu kennen glaubte, zu einer solch abscheulichen Tat fähig ist. Doch glauben Sie mir, die Abgründe der menschlichen Seele sind vielfältig und zeigen sich keinesfalls immer an der Oberfläche.«

»Das ist mir auch klar«, räumte Dotty ungeduldig ein. »Doch es erschließt sich mir nicht, warum Mr Reynolds es getan haben sollte. Dafür gab es überhaupt keinen Anlass. Was könnte ihn zu dieser Tat bewogen haben?«, drängte sie.

Sir William war anzusehen, dass es ihn Kraft kostete, sich zu beherrschen und den Anschein zu geben, als nehme er Lady Beresfords Einwände ernst.

»Nicht immer gibt es eine rationale Erklärung dafür, warum ein Mensch plötzlich etwas Abscheuliches tut. Womöglich litt der Ärmste unter Wahnvorstellungen. So etwas kommt vor. Außerdem hätte ihn jemand bezahlt haben können – es gab offenbar durchaus Leute, die Mr Seymour nicht besonders freundlich gesinnt waren.«

»Das mag sein, Sir William. Allerdings ich bin mir sicher, das trifft auf Mr Reynolds nicht zu.« Dotty ahnte, dass sie auf diese Weise bei dem obersten Magistrat nicht weiterkommen würde.

»Überhaupt sehe ich nicht, wie ich Ihnen in diesem Fall helfen könnte«, erläuterte Sir William in bemüht ruhigem Ton. »Ich bin Magistrat, kein Richter. Meine Aufgabe besteht darin, die Umstände zu prüfen und zu entscheiden, ob Anklage zu erheben ist oder nicht. Nichts anderes habe ich getan. Den Rest entscheidet die Gerichtsbarkeit. Mr Reynolds wird auf seine Verhandlung warten müssen.«

Dorothy presste die Lippen aufeinander. So kam sie nicht weiter, und ehrlich gesagt hatte sie sich bisher mit rechtlichen Fragen noch nie befassen müssen und keine Vorstellung davon, was das für Mr Reynolds bedeutete.

»Wie lange wird es denn dauern bis zur Verhandlung? Und – wird Mr Reynolds dazu angehört? Vielleicht könnten Sie mir das gerichtliche Prozedere näher erläutern. Sie sind schließlich ein erfahrener Sachkenner.« Schmeichelei würde sie vielleicht weiter bringen als Drängen.

Tatsächlich sah Sir William ein wenig freundlicher aus, als er zur Antwort ansetzte.

»Es kommt darauf an. Einen oder auch zwei Monate, manchmal auch schneller. Zunächst werden die Gerichtsdiener die nötigen Informationen sammeln und die Anklageschrift aufsetzen. Normalerweise beschließt das Schwurgericht, ob es zu einer Verhandlung kommt, doch in diesem Fall handelt es sich höchstwahrscheinlich um Mord.«

»Und das bedeutet?«, wollte Dorothy wissen.

»Das bedeutet, dass ein Geschworenengericht nach Untersuchung des Coroners entscheidet, ob eine Mordanklage erhoben wird«, erklärte Sir William.

»Und wird Mr Reynolds dazu gehört?«, wollte Dotty wissen.

»Selbstverständlich wird er gehört. Wenn er sich nicht schuldig bekennt, hat er Gelegenheit, seine Version der Ereignisse vorzubringen und sich zu verteidigen. Rechtsbeistand wird er sich nicht leisten können, vermute ich.«

»Darum werde ich mich kümmern«, entschied Dorothy. »Ich bin fest von seiner Unschuld überzeugt.«

»Wenn Reynolds unschuldig ist, wird sich das gewiss im Prozess zeigen«, wandte Sir William beschwichtigend ein, doch Dorothy hatte ihre Zweifel.

»Ich wünsche, Mr Reynolds zu sehen. Ich möchte selbst mit ihm sprechen«, verlangte sie mit fester Stimme.

Sir William runzelte die Stirn.

»Bis zu seiner Verhandlung sitzt er im Newgate Gefängnis ein, Mylady. Das ist kaum ein Ort für eine Dame.«

»Dann begleiten Sie mich«, insistierte sie. In diesem Punkt würde sie nicht lockerlassen. Doch es konnte nicht schaden, ihren weiblichen Charme anzuwenden. Sie setzte ihr gewinnendstes Lächeln auf.

»Mein lieber Sir William, ich kenne Sie als strengen, aber barmherzigen Vertreter der Gerichtsbarkeit, der gewissenhaft alle Zweifel ausräumen wird, damit kein Unschuldiger an den Galgen gebracht wird. Ich bitte Sie inständig, mir diesen Wunsch nicht zu verwehren. Lassen Sie mich mit Mr Reynolds sprechen. Ich habe seiner Schwester mein Wort gegeben.«

Der Magistrat kratzte sich mit dem Zeigefinger unter der Perücke und seufzte schließlich tief.

»Nun denn, in Gottes Namen, wenn Sie es durchaus wünschen, werde ich Sie begleiten. Doch ich muss Sie warnen: Newgate ist wahrhaft kein Ort, den man einer Dame zumuten möchte. Darüber hinaus sollten Sie sich nicht zu viel von einem solchen Besuch versprechen. Seiner Lordschaft Earl Percy ist daran gelegen, dass der Gerechtigkeit Genüge getan und der Mörder seines Enkels zur Rechenschaft gezogen wird. Es spricht vieles gegen die Unschuld Ihres Freundes.«

Dorothy lächelte. Wenn auch nur ein kleiner Triumph, so hatte sie dem alten Herrn immerhin das Versprechen abgerungen, sie nach Newgate zu begleiten.

»Haben Sie vielen Dank, Sir William. Ich werde Ihnen das nicht vergessen.«

Fünf

Montag, 14. März 1814 – Ecke Newgate Street, Old Bailey, London

Sie näherten sich dem Gebäude von der Westseite und hielten vor dem Wärterhaus. Schon die Fassade des Newgate-Gefängnisses erweckte den Eindruck, als habe der Architekt sich Mühe gegeben, bereits dem Gebäude eine abschreckende Wirkung zu verleihen. Als monströser Koloss aus grob gehauenem Stein, wirkte es bereits durch die Außenansicht erdrückend.

Mit einem Gefühl der Beklemmung sah Dorothy zu dem Platz vor dem Schuldnertor hinüber, an dem die öffentlichen Hinrichtungen stattfanden. Sie schluckte. Nein, daran durfte sie nicht einmal denken. Sie würde alles daran setzen, Martin Reynolds ein solches Ende zu ersparen. Mit klopfendem Herzen folgte sie Sir William, der mit einem für sein fortgeschrittenes Alter recht energischen Schritt auf die Tür des Wärterhauses zuhielt, durch die sie von einem Diener in den düsteren Bau eingelassen wurden. Sir William war hier bekannt, und so bedurfte es keiner großen Formalitäten. Er führte Dorothy zu einer Tür auf der rechten Seite.

»Ich schlage vor, Eure Ladyschaft warten im Büro des Verwalters, und ich lasse Mr Reynolds holen.«

Sir William schickte sich an, zu klopfen, doch Lady Beresford hielt ihn zurück.

»Nein, ich möchte sehen, wie er untergebracht ist.«

Der Magistrat holte tief Luft.

»Mylady, ihr Freund Mr Reynolds kann nicht viel zahlen. Außer der Pferde und der Droschke besitzt er kaum etwas. Und die Zellenblöcke der Common Side sind, gelinde gesagt, nicht besonders komfortabel und gewiss kein Anblick für eine zarte Natur«, erläuterte er in einem Ton, der verriet, dass er sich zu geduldiger Zurückhaltung zwingen musste.

»Ich bin robuster, als es den Anschein hat, mein lieber Sir William«, entgegnete Dotty und bemühte sich, so viel Autorität in ihre Stimme zu legen, wie sie konnte. »Mein Gatte, der Marquess, wäre sicher enttäuscht, wenn Sie mir meinen ausdrücklichen Wunsch verweigerten.«

»Dann ist Ihr Gatte über Ihre Pläne informiert, Mylady?«, wollte Sir William wissen.

»Selbstverständlich ist er das! Lord Beresford unterstützt mich in allen meinen Vorhaben«, erwiderte sie mit Indignation, wohl wissend, dass Archibald mit ihr schimpfen würde, wenn er erführe, dass sie sich in eine solche Situation begeben hatte. Doch sie war geübt darin, eine überzeugende Miene aufzusetzen, wenn sie Interesse an dem oft zum Verzweifeln steifen und geisttötenden Geplauder der Damen der besseren Gesellschaft mimte. Und so hoffte sie, dass ihre bis zur Perfektion geschulte Maske sie auch in dieser Situation nicht im Stich lassen würde.

Sir William schien einen Augenblick zu zögern, hob dann jedoch in einer resignierten Geste die Achseln und ließ einen Schließer rufen, in dessen Begleitung sie durch den Säulengang unter der Kapelle den Korridor betraten, der zum zentralen Hof für die männlichen Strafgefangenen führte. Auf ihrem Weg passierten sie mehrere schwere, eisenbeschlagene Tore, die von einem Wachhabenden aufgeschlossen und hinter ihnen sorgfältig wieder verschlossen wurden. Das Gefühl der Beklemmung, das Lady Beresford bereits beim Anblick des Gebäudes befallen hatte, wurde stärker, je tiefer sie in die Eingeweide des tristen Steinkolosses vordrangen. Der quadratische Innenhof war in mehrere kleinere Höfe unterteilt und wurde auf allen

Seiten von Zellen und Gemeinschaftsräumen flankiert. Schwere Holzgitter gaben den Blick auf Insassen frei, die sich im Hof vor dem Zellenblock aufhielten. Bereits als der Wärter die schwere Tür zu den auf der westlichen Seite gelegenen Zellenblöcken öffnete, schlug Dorothy eine Mixtur Übelkeit erregender Gerüche entgegen, die auch der offene Innenhof nicht zu mildern vermochte.

Noch einmal holte sie tief Luft, bevor sie in die düstere Feuchte des Gemäuers traten. Sie folgten dem Schließer den Gang entlang, der von schweren hölzernen Türen mit vergitterten Gucklöchern gesäumt war, durch die der Lärm vielzähliger Stimmen, Rufen und Johlen drangen.

Dorothy schluckte. Worauf hatte sie sich nur eingelassen? Doch sie ermahnte sich, tapfer zu bleiben. Schließlich war sie hier, weil sie Miss Reynolds ihr Wort gegeben hatte.

Martin Reynolds war mit etwa einem Dutzend anderer Gefangener in einer kahlen, weiß getünchten Zelle untergebracht. Die vergitterten Fenster öffneten sich zum Innenhof und ließen wenigstens ein wenig Licht ein, im Kamin auf der Stirnseite des Raumes brannte ein kleines Feuer und spendete leidlich Wärme. Davor stand ein wuchtiger Tisch mit zwei einfachen Holzbänken, an dem die Insassen ihre Mahlzeiten einnahmen. Unter den Regalbrettern, die im hinteren Teil des Raums entlang der Wand verliefen, hingen zusammengerollt die geflochtenen Matten, auf denen die Gefangenen – offenbar auf den kahlen Dielen – schliefen. Eine Mischung diverser menschlicher Ausdünstungen und feuchter Muff lagen in der Luft und ließen Lady Beresford wünschen, ohne Atmen überleben zu können.

»Reynolds! Vortreten!«, bellte der Schließer und Martin Reynolds, der an die Wand gelehnt auf dem Boden gehockt hatte, hob den Kopf. Seine Augen weiteten sich in Erstaunen, als er Lady Beresford erkannte, und er beeilte sich, auf die Füße zu kommen, was ihm sichtlich schwerfiel. Neugierig beäugten die übrigen Gefangenen Dorothy, und sie spürte beinahe körperlich, wie einige der Blicke begehrlich auf ihren weiblichen Formen verweilten. In Anwesenheit des Magistrats und des Wärters wagte jedoch niemand mehr als das.

Reynolds trat näher und verneigte sich. Er hielt den Kopf gesenkt, doch sein Blick flatterte immer wieder zu Lady Beresford, die sich im Hintergrund hielt.

»Sie haben Besuch«, verkündete der Schließer unnötigerweise. »Kommen Sie.«

Damit führte er die eigenartige Prozession hinaus in den westlichen Innenhof, ließ Reynolds hinter dem Gitter warten, das den Hof vom Durchgang abtrennte, führte Lady Beresford und den Magistrat hindurch und schloss sorgfältig hinter ihnen ab. Hier und da sah Dorothy nun andere Besucher, die sich durch die Gitterstäbe mit den Gefangenen unterhielten. Unter den Augen des Wachpersonals wurden auch Kleidung und Essen durch die Gitter getauscht. Sie trat näher heran.

»Eure Ladyschaft«, raunte Mr Reynolds ihr durch die eiserne Barriere zu. »Ich kann nicht glauben, dass Sie meinetwegen hergekommen sind!«

»Aber ich musste doch kommen, Reynolds. Ich bin Ihrer Familie tief verpflichtet. Ich werde Ihnen helfen.«

»Das ist unglaublich nett von Ihnen Mylady, aber ich fürchte, ich weiß nicht, wie das gehen soll.« Reynolds sprach schnell und mit gesenkter Stimme. Es war ihm anzumerken, dass ihn der Besuch der Marchioness aufwühlte, ließ er doch die Hoffnung wieder aufkeimen, seinem Schicksal noch eine Wendung geben zu können.

»Alle glauben, dass ich Mr Seymour getötet habe. Und sogar ein Messer haben sie angeblich unter meinem

Kutschbock gefunden. Dabei habe ich dort nie eines gehabt. Ich habe keine Ahnung, wie es dahin gekommen sein soll. Aber niemand glaubt mir.«

»Mr Reynolds, bitte verzeihen Sie. Ich kann nicht glauben, dass Sie zu so einer Tat fähig wären. Dennoch muss ich Sie inständig bitten, mir Ihr Ehrenwort zu geben, dass Sie unschuldig sind. Ich möchte es aus Ihrem eigenen Munde hören und Ihnen dabei ins Auge sehen können.«

»Selbstverständlich, Mylady. Ich versichere Ihnen, dass mich an Mr Seymours Tod keinerlei Schuld trifft und ich nicht weiß, was an jenem Abend passiert ist.«

»Können Sie mir die Ereignisse noch einmal genau schildern?«, bat Dorothy.

»Sicher, auch wenn ich es bereits dem Magistrat zu Protokoll gegeben habe. Also, der Gentleman kam mit seinem Freund aus dem Almack's und schwankte schon beachtlich. Zwei Angestellte mussten ihn stützen, aber er wehrte sich, als ich ihm in die Kutsche helfen wollte, hat mich ziemlich angeblafft. Er behauptete, vollkommen nüchtern zu sein und wollte wieder hinein. Bezahlt hat mich der andere Gentleman.«

»Und auf dem Weg in die Harley Street haben Sie nirgends angehalten?«

»Nein, Mylady. Nirgends.«

»Hm. Und hätte theoretisch jemand während der Fahrt zusteigen können?«, wollte Dorothy wissen.

»Ausschließen kann ich es nicht. An ein paar Stellen war ich recht langsam unterwegs. Bloß denk' ich, das hätte ich doch merken müssen. Wenn jemand Mr Seymour auf der Fahrt angegriffen hätte – ich hätte doch irgendetwas hören müssen.«

Mr Reynolds schien zu bemerken, dass er mit dieser Argumentation seinen Anklägern Schützenhilfe leistete. Er kratzte sich an der Schläfe. »Na ja – möglich wär's vielleicht, wenn einer es geschickt anstellt. Die

Kutsche und die Pferde machen schließlich auch Krach, nicht wahr?«

»Richtig«, bestätigte Dotty. »Möglich wäre es jedenfalls gewesen.«

Sir William räusperte sich hörbar. Offensichtlich hatte er an dieser Theorie seine Zweifel. Jedoch ließ sich Lady Beresford nicht beirren und setzte ihre Befragung fort.

»Und als Sie Seymour House erreichten. Was geschah da?«

»Ich hab' angehalten, bin abgestiegen und wollte die Pferde festmachen, um dem Gentleman aus der Kutsche zu helfen. Bevor ich dazu kam, sah ich aber schon den Diener die Treppe heraufkommen und auf die Droschke zulaufen.«

»Verstehe. Und dann?«

»Er öffnete den Schlag. Mr Seymour schien sich nicht zu rühren, jedenfalls hörte ich, wie er versuchte, ihn zu wecken. Kurz darauf schrie der Diener auch schon.«

»Können Sie sich noch erinnern, was genau Mr Russ geschrien hat?«

Mr Reynolds kaute auf der Unterlippe und schien nachzudenken. Schließlich schüttelte er den Kopf.

»Nicht genau. Ich glaubte, die Wörter ›Blut‹ und ›tot‹ gehört zu haben. Natürlich war ich ziemlich erschrocken, wie der so schrie, nicht wahr? Ich wollte nachsehen, also hab' ich die Laterne gegriffen und bin hingegangen. Da sprang er von der Kutsche. Fürchterlich hat er ausgesehen. Die Augen wild, weit aufgerissen, blass ist er gewesen wie ein Totenhemd und die Hände ... es war dunkel, nicht wahr, aber im Licht der Laterne konnte ich sehen, dass da viel Blut war. Dann rief er auch schon um Hilfe. Ist vor mir zurückgewichen, als wär' ich der Deibel persönlich, schrie, ich solle ihn nicht anfassen.«

»Und außer dem Rufen von Mr Russ, dem Diener, haben Sie nichts gehört?«, vergewisserte sich Lady Beresford. »Also etwa Schreie oder Kampfgeräusche, die von Mr Seymour hätten stammen können?«

»Nein, Mylady. Nichts.«

»Und dann ist Mr Russ zurück zum Haus gelaufen?«

Mr Reynolds nickte. »Ich habe es nicht genau gesehen, doch wenig später kamen Leute aus dem Haus. Er schrie, ich hätte Mr Seymour umgebracht, und dann lief er davon. Also wollte ich selbst nachsehen. Und dann hab’ ich ...« Er machte eine Pause und seinem Gesicht war anzusehen, dass er die Erinnerung zu vermeiden suchte, »... ich hab’ ihn da liegen sehen. Er war zur Seite gesackt und da war ... der Stoff vom Mantel ... zerfetzt und alles voller Blut. Und ich hab’ mich noch gefragt, ob da nicht eine Waffe liegen müsste, aber da war nichts außer diesem Gestrüpp.«

»Gestrüpp?«, wiederholte Lady Beresford.

»Ja, irgendein Ast. Sowas hab ich noch nie gesehen. Dunkelgrüne Blätter, große, weiße Blüten. Na ja, es sah fast aus wie – auf dem Kirchhof. Wie ... äh ... wie Blumen, die man aufs Grab legt, nicht?«

Lady Beresford wandte sich zu Sir William um. »Davon höre ich zum ersten Mal. Hat man diese Pflanze – was auch immer es gewesen sein mag – aufbewahrt?«

»Ein Myrtenzweig, Mylady. Die Konstabler haben ihn mir gezeigt. Aufbewahrt habe ich ihn nicht. Mr Seymour wurde kaum mit einem Stück Botanik ermordet.« Die Gereiztheit in seiner Stimme war nun nicht mehr zu verbergen. Offenbar war das Ende von Sir Williams Geduld erreicht. »Haben Sie nun erfahren, was Sie wissen wollten?«

»Noch einen Augenblick, Sir William. Ich möchte Mr Reynolds noch zu Ende anhören.« Sie wandte sich wieder an den Droschkenkutscher. »Und was geschah, nachdem Sie den Toten entdeckt hatten?«

»Danach geht in meinem Kopf alles durcheinander. Leute kamen aus dem Haus. Man packte mich. Alle schrien und redeten auf mich ein. Man hat mich in der Kohlenkammer festgehalten, bis die Konstabler eintrafen.«

»Und dann wurden Sie zu Sir William gebracht?«

Reynolds nickte.

»Glauben Sie wirklich, Sie können mir helfen?« Er hatte denselben hoffnungsvollen Blick wie seine Schwester, den Lady Beresford tief im Herzen spürte und der sie in dieser Sache umso entschlossener machte.

»Ich werde mein Möglichstes tun, das verspreche ich Ihnen. Einstweilen sorge ich dafür, dass Sie bis zur Verhandlung anständig untergebracht werden.«

»O Mylady! Sie sind ein Engel in Menschengestalt!«, rief Mr Reynolds und lächelte sie so dankbar an, dass es ihr die Kehle zuschnürte. Schenkte sie ihm nur falsche Hoffnung?

Sechs

Montag, 14. März 1814 – Grosvenor Square, London

»Du bist so schweigsam, meine Liebe. Hattest du einen anstrengenden Tag?« Archibald schenkte seiner Gattin ein aufmunterndes Lächeln. In der Tat war es bemerkenswert, dass Dotty beim Dinner nichts zu erzählen wusste. Sie genoss es, die letzte Mahlzeit am Tag gemeinsam mit ihrem Gatten einzunehmen, sofern seine Pflichten es zuließen, und stets tauschten sie sich rege über das Erlebte und über die Neuigkeiten des Tages aus.

Einen Augenblick überlegte sie, Archibald über ihren Besuch im Newgate-Gefängnis in Kenntnis zu setzen und um seine Hilfe in dieser Angelegenheit zu bitten. Schließlich hatte sie, als sie Sir William gegenüber erklärt hatte, ihr Gatte unterstütze sie in allen ihren Vorhaben, keinesfalls die Unwahrheit gesagt. Lord Beresford war Dorothy sehr zugetan. Doch es waren nicht allein ihr lebhaftes, einnehmendes Wesen und ihr reizvolles Äußeres, die den Marquess für sie eingenommen hatten. Archibald gab viel auf ihren Rat und fragte sie oft nach ihrer Meinung – bisweilen sogar in politischen Fragen.

Doch diese Sache war anders. Ein Gentleman war ermordet worden, und sich öffentlich auf die Seite des mutmaßlichen Mörders zu stellen, ihn im berüchtigten Newgate-Gefängnis aufzusuchen, das nötige Geld für seine Unterbringung in einer Zelle der Master's Side zur Verfügung zu stellen – dem Trakt für die wohlhabenderen Insassen – das war schon eine ganz andere Sache. Es war gesellschaftlich höchst riskant, insbesondere wenn es ihr nicht gelänge, Martin Reynolds'

Unschuld zu beweisen. Ob Archibald ihr auch in dieser Angelegenheit den Rücken stärken würde? Dotty hatte nicht die geringste Ahnung, wie er sich in dieser Sache verhalten würde. Auch wenn sie in ihrer Ehe weit mehr Freiheiten genoss als viele ihrer Bekannten, bedeutete dies nicht, dass sie diese überstrapazieren durfte. Es behagte ihr nicht, Archibald die Unwahrheit zu sagen. Doch wenn er erfuhr, wo sie an diesem Tag gewesen war, verböte er ihr womöglich, weitere Nachforschungen anzustellen. Sie hatte Miss Reynolds und deren Bruder ihr Wort gegeben. Also zwang sie sich zu einem Lächeln und beschloss, Archie über ihren Besuch bei Sir William im Dunkeln zu lassen.

»Ach, es ist nichts. Nur ein leichtes Unwohlsein, weswegen ich meine Besuche am Nachmittag auch aufschieben musste. Ich habe nur einige Besorgungen gemacht.«

Lord Beresford sah von seinem Teller auf, die Stirn in Falten gelegt.

»Du wirst mir aber doch nicht ernstlich krank werden?« Seine Sorge um sie rührte Dorothy und verstärkte ihre Gewissensbisse.

»O nein, nichts Ernstes. Womöglich setzt mir bloß diese grausige, nicht enden wollende Kälte zu. Ein solches Wetter muss einem ja auf das Gemüt schlagen. Es tut mir nicht gut, dieses Eingesperrtsein.«

Noch während sie sprach, spürte sie ein flaues Gefühl in ihrem Magen, welches das Essen, das ihr eben noch ausgezeichnet gemundet hatte, fade erscheinen ließ. In den vier Jahren ihrer Ehe hatte sie Archie noch nie belogen – nie Geheimnisse vor ihm gehabt. Auch wenn es manch andere Dame der besseren Gesellschaft nicht gar so ernst damit nahm. Es war ein offenes Geheimnis. War erst einmal ein Erbe produziert – und vielleicht noch ein weiterer zur Sicherheit – nahmen sich einige Damen Freiheiten, über die ihre Gatten großzügig hinwegsahen, absolute Diskretion vorausgesetzt. Auch, wenn sie ein gewisses Verständnis dafür hatte, dass manche so einer lieblosen Ehe zu entkommen suchten, derlei Arrangements wären für Dorothy niemals in Frage gekommen. Sie liebte Archibald aufrichtig und von ganzem Herzen und war sich auch seiner Treue und Aufrichtigkeit gewiss. Der Gedanke, ihm etwas zu verheimlichen, drückte sie wie ein Stein im Schuh.

»Nun, dann habe ich Neuigkeiten, mit denen ich deine trübe Stimmung womöglich bessern kann«, verkündete Lord Beresford. »Genau genommen habe ich eine Aufgabe für dich, die recht nach deinem Geschmack sein dürfte.«

»Eine Aufgabe?«, wunderte sich Dotty.

»Du erinnerst dich an meinen Freund Ramsbury?«

»Aus Somerset? Du hast mir Lord und Lady Ramsbury seinerzeit in Bath vorgestellt, wenn ich nicht irre. Bist du nicht Pate seiner Tochter?«, erinnerte sich Dorothy. »Was hat der Baron denn mit der ominösen Aufgabe zu tun, von der du sprachst? Nun machst du mich aber neugierig, Archibald. Worum geht es?«

Lord Beresford bereitete es offensichtlich Freude, seine Frau ein wenig auf die Folter zu spannen, und so ließ er sich Zeit, auf den Punkt zu kommen.

»Wie immer ist auf dein Gedächtnis Verlass. Richtig, Ramsbury ist ein passionierter Jäger und ein sehr unterhaltsamer Bursche. Wir sind seinerzeit zusammen zur Schule gegangen. Daher habe ich die Patenschaft für seine Tochter Rose übernommen.«

Lady Beresford lächelte. Archibald erwartete, dass sie sein Spiel mitspielte, und sie tat ihm nur zu gern den Gefallen. »Und was ist nun mit der Aufgabe?«

»Dazu komme ich ja gleich.« Lord Beresford schmunzelte zufrieden, da es ihm gelungen war, Dorothys Neugier zu wecken. »Ramsbury hat mich um meine Unterstützung in einer Angelegenheit gebeten. Doch ich fürchte, diese Aufgabe verlangt die zarte Hand einer Frau.«

»Lass mich raten. Dein Patenkind soll in London debütieren und braucht jemanden, der sie begleitet und in die Gesellschaft einführt.«

»Fast«, entgegnete Archibald. »Das Mädchen wurde bereits in der vergangenen Saison in Bath in die Gesellschaft eingeführt. Rose ist schon achtzehn. Wenn ich Ramsbury in seinem Brief richtig verstanden habe, gab es auch einen vielversprechenden Kandidaten, doch die Hoffnung auf eine Verbindung hat sich zerschlagen.«

»Und nun soll ich helfen, das Mädchen unter die Haube zu bringen«, folgerte Dorothy.

»Ich denke, etwas Leben im Haus kann nicht schaden. Du könntest das Mädchen ein wenig unter deine Fittiche nehmen und hättest Zerstreuung. So kämst auch du auf deine Kosten.« Lord Beresford sah sie erwartungsvoll an.

Unter normalen Umständen hätte Dorothy sofort begeistert zugestimmt. Da sie selbst es so gut getroffen und ihre Heirat sie so glücklich gemacht hatte, gefiel ihr der Gedanke, jungen Frauen dabei zu helfen, ihr Glück zu finden.

Der große Coup war ihr vor drei Jahren gelungen, als ihre Cousine Mary Dallaway sie gebeten hatte, als Ehestifterin für deren Töchter tätig zu werden und sie gleich beiden Mädchen zu fabelhaften Ehemännern verholfen hatte.

Evelyn, die jüngere der Dallaway-Schwestern, lebte mittlerweile glücklich mit Sir Nicholas Harding auf Woodcote Hall in Surrey, hatte zwei entzückende Kinder und trug das dritte unter dem Herzen. Sir Nicholas war ein außergewöhnlich sanfter und fürsorglicher Ehemann, über den es nur Gutes zu berichten gab, und Dorothy schrieb es sich als Verdienst an, die beiden einander vorgestellt zu haben. Bei Clara hatte sich die Sache komplizierter gestaltet, doch letzten Endes hatte das Mädchen Lord Alexander Isley geehelicht, Viscount Guilsborough und Erbe des Earls of Wiltmore.

Die Verbindung war entstanden, während Clara als Gouvernante für Alexanders Schwestern Sarah und Georgiana im Haushalt des Earls gearbeitet hatte. Auch an der Vermittlung dieser Anstellung, die sich im Nachhinein als äußerst glückliche Fügung herausgestellt hatte, war Dorothy durch ihre guten Kontakte maßgeblich beteiligt gewesen.

Sie hatte sich auch für andere junge Damen bereits erfolgreich als Cupido betätigt und sich inzwischen in dieser Hinsicht einen gewissen Ruf erarbeitet.

Auch für Rose, da war sich Dorothy sicher, würde sie im Handumdrehen jemanden finden. Aber ausgerechnet jetzt, da sie eine weit wichtigere Mission verfolgte, bei der sie mit Fingerspitzengefühl und Diskretion vorgehen musste! Es war zu dumm, aber sie konnte Archie seine Bitte kaum abschlagen. Erstens, weil sie ihm selten etwas abschlagen konnte und zweitens, weil er gewiss nach ihren Gründen für eine Weigerung fragen würde. Und was sollte sie ihm darauf antworten? Es blieb also nichts, als zuzustimmen.

Sieben

»Mylady, er ist hier!«, flüsterte Reynolds, die den Kopf zur Tür des privaten Salons hineingesteckt hatte.

»Ausgezeichnet, Reynolds«, sagte Lady Beresford und legte das Journal aus der Hand, in dem sie geblättert hatte. Sie folgte Reynolds ins Erdgeschoss, den Korridor entlang, und stieg schließlich hinter ihr die Stufen zum Keller hinunter, wo sie Wilkins, dem Butler begegneten, der im ersten Augenblick irritiert aussah, doch sogleich wieder sein professionelles Butlergesicht aufsetzte.

»Mylady.«

»Wilkins.« Lady Beresford nickte und lächelte freundlich, so als ob es das Alltäglichste überhaupt sei, dass sich die Herrschaft in den Keller begab.

Es ging vorbei an der Waschküche, dem Bierkeller, der Vorratskammer und dem Speisesaal der Dienerschaft, bis sie schließlich die Küche erreichten. Überall ernteten sie erstaunte Blicke, und hinter ihrem Rücken konnte Dotty die Mädchen tuscheln hören. In der Tat war sie noch niemals hier unten gewesen. Doch es war der schnellste Weg, um zu den Stallungen hinter dem Gebäude zu gelangen, und sie musste nicht befürchten, dass sie einer der Nachbarn sah und Fragen stellte.

Im Hof vor den Stallungen wartete bereits Mr Reynolds' Droschke, die seine Schwester einem Konkurrenten hatte verkaufen müssen. Ohne das Geld, das die täglichen Fahrten einbrachten, hätte Miss Reynolds weder Futter noch Stall für die drei Pferde weiter bezahlen können. Hinzu kam das Haftgeld, das ihr

Bruder zahlen musste – welches nun die Marchioness übernommen hatte.

»Lady Beresford.« Mr Slater, der neue Besitzer des unglückseligen Gefährts, machte eine tiefe Verbeugung, die etwas ungelenk wirkte.

»Mr Slater. Vielen Dank, dass Sie so schnell hergekommen sind. Natürlich werde ich Sie für den Verdienstausfall entschädigen.«

»Das ist sehr großzügig, Mylady, doch nicht nötig.«

»Ich bestehe darauf, Slater. Ich weiß, dass Sie den Verdienst dringend brauchen«, widersprach Dorothy.

Wieder verneigte sich der Kutscher. »Haben Sie Dank, Mylady. Auch dafür, dass Sie sich für Reynolds einsetzen. Ich schwöre Ihnen, der hat niemanden umgebracht. Ganz gewiss nicht. Darauf können Sie einen ... Verzeihung, ich meine, da können Sie sicher sein. Ein hochanständiger Kerl, Reynolds. Sie haben recht, ich kann es mir eigentlich nicht leisten, noch eine Droschke dazu zu nehmen, aber ich musste doch wenigstens seiner Schwester helfen.« Er nickte Martha Reynolds aufmunternd zu.

»Nun, dann wollen wir zur Tat schreiten«, verkündete Dotty. »Haben Sie irgendetwas an der Droschke verändert?«

»Hab' sie gereinigt. War ja alles voller Blut. Den Sitz hab' ich neu polstern lassen müssen.«

»Verstehe. Und dabei ist Ihnen nichts Ungewöhnliches aufgefallen?«, wollte die Marchioness wissen.

»Nein, Mylady. Nichts.«

»Dürfte ich einen Blick hineinwerfen?«, bat Dorothy. Anstatt einer Antwort öffnete Slater den Schlag. Er reichte Lady Beresford die Hand, um ihr in den Fond zu helfen.

Dorothy sah sich um. Sie strich mit den Händen über die Polster, klopfte Sitzbank, Wände und Verdeck ab, um sie auf Hohlräume oder andere Auffälligkeiten zu untersuchen. Kein doppelter Boden, in dem sich jemand hätte verstecken, kein geheimer Mechanismus oder irgendeine Apparatur, die den tödlichen Dolchstoß hätte auslösen können.

Dotty stand vor einem Rätsel. Wie konnte es jemandem gelingen, einen Mann in einer geschlossenen, fahrenden Kutsche zu ermorden, ohne dabei vom Kutscher oder anderen Zeugen gesehen zu werden und ohne dabei bei seinem Opfer auf Gegenwehr zu stoßen? Und wer hatte überhaupt Grund gehabt, Felton Seymour zu töten? Hatte er Feinde gehabt?

Lady Beresford stieg aus der Kutsche und umrundete das Gefährt. Mit dem Stiel der Peitsche klopfte sie auch noch den Unterboden ab, doch es war nichts zu finden.

»Und nun?« Miss Reynolds klang resigniert. »Was wollen Sie nun unternehmen?«

»Ich muss mehr über Mr Seymour herausfinden. Womöglich gab es Leute, die ihm den Tod wünschten – oder die von seinem Tod profitieren«, verkündete die Marchioness. »Mr Slater, gehen Sie doch einstweilen in die Küche und lassen Sie sich von Mrs Pillsbury mit Tee versorgen. In einer halben Stunde erwarte ich Sie vor dem Haus. Reynolds, Sie kommen mit mir. Ich werde mich zum Ausgehen fertigmachen.«

»Was haben Sie vor, Mylady?«, wollte Reynolds wissen, während sie den Rückweg ins Haus antraten.

»Wenn Sie etwas über Leute erfahren wollen, können Sie entweder die Klatschspalten in den Zeitungen lesen, oder Sie statten Mrs Henrietta Tattershall einen Besuch ab.«

Acht

Mittwoch, 16. März 1814 – Birchin Lane, London

Ohne Mister Joseph Tattershall wäre Lord Beresford vollkommen aufgeschmissen gewesen. Das jedenfalls behauptete er regelmäßig, denn Mr Tattershall verwaltete sein weitverzweigtes Vermögen. Als geschickter und zuverlässiger Finanzverwalter hatte sich Joseph Tattershall eine umfangreiche adlige Klientel erarbeitet. Seine Gattin, Mrs Henrietta Tattershall, war eine große Bewunderin der adligen Gesellschaft, der sie so nahestand und derer sie doch nie ein Teil sein würde. Die Finanzgeschäfte ihres Gatten verhalfen ihr zu einem Fenster in diese Welt, der sie nur zu gern angehört hätte, und bescherten ihr Besuche und Einladungen von Damen, die sich eigentlich außerhalb ihrer sozialen Reichweite bewegten.

In Kleidung, Manieren und Ausdruck eiferte sie den adligen Ladys nach und war in ihrem Bemühen wie ein jüngeres Geschwisterkind, das den älteren hinterherlief und doch von diesen nicht ernstgenommen und lediglich geduldet wurde.

So hungrig war Mrs Tattershall nach Anerkennung durch die erlauchten Kreise, dass sie wie ein Schwamm alles aufsog, was ihr zu Ohren kam. Auf diese Weise war sie stets bestens über alle wichtigen Ereignisse, Skandale und Skandälchen und was sonst berichtenswert war, informiert und der perfekte Ausgangspunkt für Nachforschungen über Felton Seymour und etwaige Nutznießer seines frühen Ablebens. Also ließ Dorothy sich von Mr Slater in die Birchin Lane, die zwischen Lombard Street und Cornhill lag, fahren und ihre Karte überbringen.

Wie nicht anders zu erwarten, wurde sie von der Dame des Hauses mit Reverenz empfangen und großzügig bewirtet. Die entschuldigte sich wortreich für ihren – in ihren Augen – dem hohen Besuch nicht angemessenen Aufzug. Allerdings gab es Lady Beresfords Ansicht nach an dem eleganten zart pinkfarbenen Morgenkleid aus Musselin mit den gerafften Ärmeln und dem hübschen Kragen aus Seidenspitze nichts auszusetzen. Auch die Coiffure ließ darauf schließen, dass Mrs Tattershall sich große Mühe mit ihrer Erscheinung gab und offenbar ausgiebig in Modemagazinen blätterte. Sie fragte sich, wie ihre Gastgeberin sich erst herausgeputzt hätte, wäre der Besuch nicht unerwartet gewesen. Bei dem Gedanken musste sie sich ein Schmunzeln verkneifen. Das Streben, den besseren Kreisen angehören zu wollen, wurde in jeder ihrer gezierten Gesten, in ihrer Art, sich zu artikulieren und zu kleiden und in der sorgsam ausgesuchten Einrichtung des Raumes deutlich. Beinahe hätte sie Dorothy für diese verzweifelten Anstrengungen leidtun können. Wie viel Zeit sie damit verbringen musste, ihre Wirkung auf andere Leute zu bedenken und sich stets zu kontrollieren. Doch sie mochte sich darüber kein Urteil erlauben. Nur allzu leicht belächelte man Menschen oder sah auf sie herab, ohne eine Ahnung von ihren Umständen und Erfahrungen zu haben. Außerdem war ihr Mrs Tattershalls Bestreben, sich bei der Noblesse anzubiedern, in diesem Fall äußerst dienlich. Denn es würde ihr nicht schwerfallen, ihr die gewünschten Informationen zu entlocken.

Nach einer Weile unverbindlichen Geplauders bei Tee und Gebäck über den ausbleibenden Frühling, die unerträgliche Kälte und das Ergebnis der Umgestaltung des Empfangszimmers – auf das Mrs Tattershall besonders stolz war – versuchte Lady Beresford das Gespräch vorsichtig in die erwünschte Richtung zu steuern, indem sie den Skandal um Mr Tattershalls Konkurrenten, Mr Richard Butt, und dessen Verwicklung in den großen Börsenschwindel im Februar ansprach. Mrs Tattershall war sichtlich erfreut, dass sie in dieser Angelegenheit mit umfassendem Wissen über Butts Rolle in dem Plan und die mutmaßliche Beteiligung Lord Cochranes auftrumpfen konnte.

»Schrecklich, nicht wahr?« Lady Beresford nippte an ihrem Tee. »Man bekommt beinahe das Gefühl, überall von Verbrechern umgeben zu sein. Wie nach diesem grausamen Mord an Mr Seymour vergangene Woche. Der Mietdroschkenkutscher soll es gewesen sein. Stellen Sie sich das vor, Mrs Tattershall. Ein Droschkenkutscher! Welchen Grund sollte so jemand haben, einen Gentleman kaltblütig zu ermorden? Es wird einem angst und bange, wenn man darüber nachdenkt.« Dorothy hoffte, dass die Gattin des Finanzmaklers nach dem ausgelegten Köder schnappen würde.

Tatsächlich blieb sich Mrs Tattershall treu. Sie nahm sich Zeit, eine bedeutend verschwörerische Miene aufzusetzen und senkte die Stimme, bevor sie weitersprach.

»Womöglich handelte der arme Teufel im Auftrag.«

»Nein!«, rief Dotty mit gespieltem Entsetzen. »Aber wer sollte denn Grund haben, Mr Seymour ermorden zu lassen?«

»Nun«, sagte Mrs Tattershall gedehnt. »Ich sage dies natürlich nur im Vertrauen – unter uns, denn ich weiß, dass Eure Ladyschaft eine äußerst diskrete Person sind ...« Sie machte eine bedeutungsvolle Pause und sah Dotty durchdringend an, als ob sie auf ein Zeichen der Bestätigung warte.

»Selbstverständlich.« Dotty nickte vielsagend und rutschte auf die äußerste Kante des Sessels. Auch sie senkte verschwörerisch die Stimme. »Seien Sie sich meiner strengsten Verschwiegenheit gewiss.«

Mrs Tattershall lächelte kurz. Sie genoss es sichtlich, Lady Beresford etwas anbieten zu können, von dem sie hoffte, es möge sie in der Gunst der Marchioness steigen lassen. Sie behandelte Gerüchte und Informationen wie Konfekt, das sie ihren adligen Gästen appetitlich angerichtet kredenzte, um deren nach Klatsch und Neuigkeiten lechzende Gaumen zu kitzeln und sich auf diese Weise ihrer Geneigtheit zu versichern.

Henrietta Tattershall beugte sich vor und befeuchtete ihre Lippen mit der Zungenspitze.

»Man munkelt, es habe eine Reihe Leute gegeben, die, gelinde gesagt, nicht besonders traurig über Mr Seymours tragisches Ende waren. Er hat sich offenbar nicht nur Freunde gemacht.«

»Ach, was Sie nicht sagen!« Lady Beresford reagierte mit begierigem Staunen, um Mrs Tattershall zu animieren, weiterzusprechen. »Dass er nicht überall angesehen war, möchte ich wohl glauben, doch ist das Grund genug, jemanden zu töten?«

»Wenn es zum Beispiel um die Ehefrau oder die Ehre der Tochter geht, könnte das durchaus das Verlangen nach Genugtuung schüren«, sagte ihr Gegenüber mit einem wissenden Kopfnicken. »Mr Seymour war, so sagt man, kein Kostverächter.« Sie zog eine Augenbraue in die Höhe.

Lady Beresford schlug die Hand vor den Mund.

»Mrs Tattershall«, flüsterte sie. »Sie glauben, ein zorniger Ehemann oder Vater hat ihn ermorden lassen?«

»Ich halte es zumindest für möglich. Allerdings hätte auch das Finanzielle eine Rolle spielen können. Mr Seymour war ausgesprochen begütert, müssen Sie wissen.«

»Ich hörte, er hat sein Vermögen überwiegend durch Geschäfte in den Kolonien gemacht. Und soweit ich weiß, war er Junggeselle und hatte keine Kinder.«

»Richtig. Das Vermögen wird wohl seiner Schwester zufallen«, verkündete Mrs Tattershall.

»Miss Hester Seymour, wenn ich nicht irre?«, fragte Lady Beresford. »Aber Sie glauben doch nicht, dass Sie ...?«

»Himmel, nein! Das möchte ich nicht im Geringsten andeuten«, beeilte sich Mrs Tattershall zu sagen. »Doch womöglich jemand, der ein Auge auf die Schwester geworfen hat oder hofft, durch sie an Seymours Vermögen zu gelangen.«

»Sie haben recht. Möglich ist es. Für Geld würden Menschen so einiges tun. Wie schrecklich für die arme Familie. Einen Sohn oder Enkel auf so grausame und sinnlose Weise zu verlieren. Er war doch auch noch recht jung.«

Mrs Tattershall nickte. »Er war im besten Alter, etwa fünfunddreißig. Äußerst charmant soll er gewesen sein und von angenehmer Erscheinung. Die Familie hat gewiss damit gerechnet, dass er bald eine Ehefrau findet und eine eigene Familie begründet.«

»Ja, davon ist auszugehen. Wie tragisch.« Dorothy schüttelte den Kopf, um ihren Unglauben auszudrücken. »Und die Schwester? Wenn ich Sie richtig verstanden habe, ist sie unverheiratet? Dann ist sie wesentlich jünger als ihr Bruder?«

Ihre Gastgeberin verneinte.

»Sie ist ... weit weniger auffällig als ihr Bruder es war.« Es war Mrs Tattershall anzusehen, dass ihr Mitteilungsdrang und ihr Bemühen, nicht indiskret oder unhöflich zu erscheinen, miteinander rangen.

»Sie meinen, Hester Seymour ist eher unscheinbar?«, half Lady Beresford ihr auf die Sprünge.

»Sie ist reizend. Sehr gebildet und fromm. Doch sie ist nicht besonders gesellig, fürchte ich. Und auch keine ausgesprochen … auffällige Erscheinung«, wand sich Mrs Tattershall, offenbar bemüht, nichts zu sagen, das man ihr als Spitzzüngigkeit hätte auslegen können.

»Ich verstehe.« Lady Beresford nahm ein Stück Gebäck und biss hinein. Hester Seymour hätte – als Erbin des Vermögens und alte Jungfer, die ein Dasein im Schatten eines charmanten und weltgewandten Bruders fristete – ebenso ein Motiv wie jemand, der sich Hoffnungen machte, über die Schwester an das beträchtliche Vermögen Seymours zu gelangen. Wenn Hester Seymour ein so schüchternes und unscheinbares Wesen war, wie Mrs Tattershall es darstellte, machte es sie für die Avancen eines Verehrers womöglich besonders empfänglich. Zumindest hatte sie nun eine Ahnung, wo sie mit ihren Nachforschungen beginnen konnte. Geschickt lenkte Dotty das Gespräch wieder auf unverfänglichere Themen und verabschiedete sich kurz darauf.

Zeit, Miss Hester Seymour einen Besuch abzustatten, um ihre Karte zu hinterlassen und zu kondolieren. Wenn sie auch nicht persönlich mit ihr bekannt war, so konnte sie sich durchaus als Freundin der Familie betrachten. Denn Miss Seymour war eine Enkelin Earl Percys, mit dem Archibald bestens vertraut war.

Neun

Freitag, 18. März 1814 – Combe Monkton, bei Bath

»Du hast mich rufen lassen, Mama?« Rose knickste und blieb abwartend stehen, wobei sie neugierig den Brief betrachtete, der neben ihrer Mutter auf dem kleinen runden Tischchen lag und den diese nun zur Hand nahm.

»Setz dich, Kind«, forderte die Mutter. »Ich habe etwas Wichtiges mit dir zu besprechen.«

Rose zog die Augenbrauen hoch. Wenn ihre Mutter etwas Wichtiges zu besprechen hatte, würde es für sie kaum etwas Gutes bedeuten. Dennoch leistete sie der Aufforderung Folge, denn sie konnte es sich nicht erlauben, das Wohlwollen ihrer Mutter erneut zu verspielen.

»Ich erhielt heute sehr erfreuliche Post«, verkündete Lady Ramsbury, doch ihr Ton war weniger freudig als streng und ließ ahnen, dass sie keinen Widerspruch dulden würde, was auch immer ihr Anliegen sein mochte. »Der Brief ist von Lady Beresford, der Marchioness of Beresford. Wie du weißt, ist Lord Beresford dein Pate.«

Rose nickte stumm und beäugte ihre Mutter weiterhin argwöhnisch, sich fragend, worauf die Unterhaltung hinauslaufen würde. Sie befürchtete, ihre Eltern hätten einen Heiratskandidaten für sie ins Auge gefasst. Und nach dem Eklat im vergangenen Jahr konnte sie es sich kaum erlauben, wählerisch zu sein. Die Geduld ihrer Eltern in dieser Angelegenheit war endlich.

»Lord und Lady Beresford laden dich zu ihnen nach London ein.«

Erstaunt riss Rose die Augen auf. Eine Einladung nach London? Damit hatte sie nun nicht gerechnet. Das eröffnete ihr ganz andere Perspektiven. Womöglich erhielt sie auf diese Weise doch ein wenig mehr Mitsprache, was ihre Zukunft anging.

»Lady Beresford hat sich angeboten, dich unter ihre Fittiche zu nehmen. Ich kann gar nicht genug betonen, wie entscheidend es ist, dass du einen positiven Eindruck hinterlässt.« Lady Ramsbury ließ den Brief sinken und sah ihre Tochter prüfend an. Instinktiv schlug Rose die Augen nieder und nickte, und ihre Mutter schien zufrieden.

»Die Marchioness hat hervorragende Verbindungen – unter anderem ist sie bestens bekannt mit Viscountess Castlereagh, Lady Cowper und der Countess of Jersey«, fuhr Lady Ramsbury fort. Rose horchte auf. Das Gespräch nahm eine Wendung, die ihr durchaus gefiel.

»Sie kennt die Patronessen des Almack's? O Mutter, glaubst du, sie kann mir helfen, Eintritt gewährt zu bekommen?«

»Wenn du dich zusammenreißt und ein tadelloses Benehmen an den Tag legst«, entgegnete die Mutter in warnendem Tonfall. »Und ›den Vorfall‹ wirst du natürlich mit keiner Silbe erwähnen – auch nicht gegenüber Lord und Lady Beresford.«

»Selbstverständlich, Mutter. Gewiss nicht.«

»Es ist unser großes Glück, dass Horace damals das Schlimmste verhindern konnte und dass die unschöne Episode keine weiteren Kreise gezogen hat. Es liegt jetzt an dir, Rose. Ich erwarte, dass du angemessenes Format zeigst und deine Chance ergreifst. Schließlich geht es um deine Zukunft.«

Die erneute Erwähnung des ›Vorfalls‹, über den ansonsten peinlichstes Stillschweigen gewahrt wurde, ließ Rose die Hitze in die Wangen steigen. Ihr war vollkommen klar, was für sie auf dem Spiel stand. Dies war nun ihre Bewährungsprobe und die Gelegenheit, diese Sache und die damit verbundenen Widrigkeiten ein für alle Mal abzuschütteln. In London würde es anders sein, anders als hier in Bath, wo sie und ihre Familie überall bekannt waren.

Sie hatte es nun in der Hand, ihre Zukunft zu gestalten, und das Blatt für sich noch einmal zu wenden. Diese Gelegenheit würde sie zu nutzen wissen. Ihr Gesicht erhellte sich.

»Ich werde neue Kleider brauchen«, stellte sie fest. Nichts würde dem Zufall überlassen werden. »Schließlich muss ich mich bei Almack's sehen lassen können.«

Zehn

Sonntag, 20. März 1814 – Harley Street, London

Dorothy war äußerst zufrieden mit sich. Ihr Plan war aufgegangen. Am Mittwoch hatte sie den Rückweg über die Harley Street angetreten. Mr Slater hatte ihre Karte überbracht und sich nach dem Befinden der Hausherrin dort erkundigt. Die Wahl des Zeitpunkts war unverdächtig – exakt eine Woche nach dem Todesfall. Doch auch wenn die Zeit für Mr Reynolds drängte, hatte Dorothy es dabei bewenden lassen. Schließlich war sie mit der Schwester nicht näher bekannt, und eine persönliche Aufwartung wäre zu aufdringlich gewesen.

Doch wie sie vermutet hatte: Miss Seymours Einladung hatte nicht lange auf sich warten lassen. Eine nicht mehr ganz junge Frau, die im Schatten ihres Bruders und finanzieller Abhängigkeit gestanden und aufgrund ihres zurückhaltenden Wesens wenig soziale Kontakte geknüpft hatte, war nun plötzlich Erbin eines beträchtlichen Vermögens geworden. Es war zu erwarten, dass sie die Gelegenheit beim Schopfe und Lady Beresfords ausgestreckte Hand dankbar ergreifen würde. Miss Seymour würde sich in ihre neue Rolle hineinfinden müssen, und ihr war gewiss klar, dass ihr dabei der Kontakt zur Marchioness of Beresford nur nützlich sein konnte.

Nach Mrs Tattershalls Charakterisierung ihrer Gastgeberin hätte Dotty nicht erstaunter sein können, als sie Miss Hester Seymour gegenüberstand.

Sie war in der Tat keine besonders schöne Frau mit ihren engstehenden Augen, dem spitz zulaufenden Gesicht und der schmalen Nase. Der kleine Schmollmund, der insgesamt etwas zu hoch zu sitzen schien, gab ihrem Gesicht jedoch etwas Apartes. Was Dorothy in Erstaunen versetzte, war vielmehr ihre modische Aufmachung. Miss Seymours Trauergarderobe verletzte in keiner Weise die Konvention, doch sie verriet, dass Felton Seymours Schwester nicht vorhatte, sich für die Trauerzeit gänzlich vom sozialen Parkett zurückzuziehen. Die Sorgfalt und Mühe, die in ihr Erscheinungsbild geflossen sein mussten, ließen eher das Gegenteil vermuten.

Über einem Unterrock aus schwarzem Sarsenett trug sie ein ebenfalls schwarzes Kleid aus hauchfeinem Seidenchiffon mit gerafften langen Ärmeln, dessen Rock mit schwarzen Seidenrosen bestickt war. Die eng auf den Leib geschneiderte Büste mit dem eckigen, mit einer Borte aus Seidenblümchen und Gagat-Perlen bestickten Ausschnitt, rückte ihr nicht besonders üppiges Dekolleté in ein vorteilhaftes Licht. Das dunkle Haar trug sie im neoklassischen Stil zu Zöpfen geflochten und am Oberkopf festgesteckt, das Gesicht von sorgfältig gedrehten Ringellöckchen wie von einem Vorhang eingerahmt. Dazu trug sie passende Ohrringe und eine Kette mit einem kleinen Kreuz, vermutlich aus Onyx.

»Lady Beresford, es freut mich außerordentlich, dass Sie meiner Einladung folgen konnten.« Miss Seymours Stimme ließ ihre Unsicherheit im Umgang mit der Rolle einer Gastgeberin und Hausherrin erahnen. Sie war leise und zurückgenommen, und es fiel ihr offensichtlich schwer, den Blickkontakt zu halten. »Ich möchte Ihnen für die Anteilnahme am Tod meines Bruders danken. Aber nehmen Sie doch Platz.«

Dorothy lächelte und folgte der Aufforderung.

»Vielen Dank, Miss Seymour. Ich freue mich, Sie kennenzulernen – wenn auch die Umstände tragisch sind. Leider habe ich Ihren Bruder nicht persönlich gekannt. Doch mein Mann, der Marquess, ist ein guter Freund

Ihres Großvaters. Es hat mich unfassbar erschüttert, dass ein Gentleman wie ihr Bruder plötzlich auf so grausame Weise aus der Blüte seines Lebens gerissen wurde. Ich kann mir kaum vorstellen, wie es für Sie und Ihre Familie sein muss.« Dorothy fühlte sich etwas unbehaglich, da sie mit ihrem Besuch noch ein anderes, verborgenes Ziel verfolgte. Allerdings war die Bekundung ihres Mitgefühls aufrichtig gewesen. Sie konnte den Wunsch der Familie, der Täter möge umgehend zur Rechenschaft gezogen werden, gut verstehen. Dennoch durfte kein Unschuldiger darunter zu leiden haben. Dieser Zweck, so sagte sie sich, heiligte die Mittel. »Ich kann einfach nicht begreifen, was jemanden zu solch einer Tat treibt.«

Die Unterhaltung wurde unterbrochen, als die Hausdame mit einem Teewagen erschien.

»Wissen Sie«, sagte Miss Seymour, »um ehrlich zu sein, habe ich schon lange befürchtet, dass mein Bruder einmal ein schlimmes Ende nehmen könnte. Er hatte einen abenteuerlichen Lebenswandel und sich damit nicht immer nur Freunde gemacht, fürchte ich. Ich machte mir Sorgen, dass ihn jemand herausfordern könnte oder Schlimmeres, doch er lachte darüber.«

Ein kleines Lächeln, das Dorothy als wehmütig zu lesen geneigt war, glitt über ihre Lippen.

»Mein Bruder war jemand, der das Leben leichtnahm und Gefahren und Risiken als Herausforderung betrachtete.«

»Das klingt, als sei er ein Lebenskünstler gewesen«, entgegnete Lady Beresford. »Es ist bedauerlich, dass ich ihn nicht mehr kennenlernen kann.

»Ja. Das ist es in der Tat.« Hester Seymour nickte und sah nun zum ersten Mal tatsächlich aus wie eine Trauernde.

»Ist er das?«, wollte Dotty wissen und deutete auf das kleine, gerahmte Portrait auf dem Kaminsims.

Miss Seymour erhob sich, nahm das Bild in die Hand und reichte es Lady Beresford.

»Ja. Das Portrait hat er erst vor kurzem anfertigen lassen.«

»Ein sehr gutaussehender Mann«, stellte Dotty fest, nachdem sie es eine Weile betrachtet hatte, und gab das Bild zurück an ihre Gastgeberin.

»Ja, das war er.« Miss Seymour nickte und wieder zeigte sich kurz das schwer zu deutende Lächeln auf ihren Lippen. »Er war bei den Damen sehr beliebt. Womöglich war das nicht immer nur ein Segen«, sagte sie leise und stellte das Portrait zurück auf seinen Platz. »Meine Eltern hätten gern gesehen, dass er bald heiratet. Sie hatten die Hoffnung, dass eine Ehefrau sein tollkühnes Temperament zügeln würde. In letzter Zeit schien er dem Gedanken nicht mehr so abgeneigt zu sein. Er sprach öfter davon, dass es womöglich an der Zeit wäre, sein wildes Junggesellenleben hinter sich zu lassen.« Miss Seymour seufzte. »Wie es scheint, leider zu spät.«

Sie machte eine fahrige Handbewegung, als wolle sie die Gedanken fortwischen, und wandte sich rasch wieder ihrem Gast zu.

Es klirrte, als die Hausdame das Teetablett mit einer ungeschickten Bewegung auf dem Tisch abstellen wollte, dabei eine Tasse mitsamt Untertasse ins Rutschen geriet und auf der Tischkante zersprang.

»Herrje, Pike! So passen Sie doch auf!«, schalt Hester Seymour, die noch vergeblich versucht hatte, die Tasse aufzufangen. »Das schöne Porzellan!«

»Bitte verzeihen Sie, Miss«, presste die Angestellte hervor. »Es ist mir schrecklich peinlich. Ich bringe sofort eine neue Tasse und kehre die Scherben zusammen.«

Mit hastigen Bewegungen sammelte Mrs Pike die größeren Scherben auf das Tablett. Dorothy beobachtete sie dabei. Wie ihre Gastgeberin war die Hausdame vollständig in Schwarz gekleidet. Ihr Teint wirkte fahl und der Blick abwesend. Dotty hatte sogar den Eindruck, dass ihre Augen ein wenig gerötet aussahen. Anscheinend bereitete der Tod des Hausherrn der Angestellten mehr Kummer als Miss Seymour selbst.

»Darf ich Ihnen einstweilen eine Tasse Tee einschenken?« Miss Seymour griff nach der Kanne. Mrs Pike nahm das Tablett mit den Überresten der Tasse und knickste.

»Ich bringe sofort eine zweite Tasse und fege die restlichen Scherben zusammen, Miss. Es tut mir unendlich leid.«

Damit verließ sie den Raum, jedoch, wie Dorothy bemerkte, nicht ohne im Vorbeigehen das Portrait Mr Seymours auf dem Kamin noch einmal geradezurücken.

»Bitte verzeihen Sie, Mylady. Wir sind alle noch ein wenig kopflos.«

»Ich bitte Sie, Miss Seymour, das ist doch vollkommen verständlich«, beruhigte Dotty sie. Sie runzelte die Stirn, dann zog sie ihr Taschentuch hervor und reichte es ihrer Gastgeberin. »Darf ich? Ich fürchte, Sie haben sich eben geschnitten, als Sie versuchten, die Tasse aufzufangen.«

Miss Seymour betrachtete ihren Finger, aus dem nun einige kleine Blutstropfen hervorquollen. Dann griff sie rasch nach dem Taschentuch und wickelte es um den Schnitt. Ihr Gesicht wechselte sekundenschnell die Farbe. Dotty fürchtete, sie würde ohnmächtig und kramte in ihrem Retikül.

»Einen Augenblick, Miss. Ich habe Riechsalz bei mir.«

Hester Seymour lächelte schwach.

»Nein, vielen Dank. Es geht schon wieder. Der Schnitt ist nicht besonders tief. Ich bin in dieser Hinsicht nur etwas empfindlich, fürchte ich.«

Wieder erschien Mrs Pike, brachte die zweite Tasse und stellte eine kleine Etagere mit verlockend aussehenden Mürbeteigtörtchen vom Teewagen auf den Tisch. Sie beeilte sich, die restlichen Scherben vom Boden aufzufegen, und huschte still wieder aus dem Raum.

»Bitte, greifen Sie doch zu. Am Sonntag dürfen wir uns ja etwas gönnen.« Miss Seymour deutete auf das Gebäck. »Zitronencremetörtchen nach Mrs Pikes speziellem Rezept. Die hat sie stets selbst für meinen Bruder gebacken. Er mochte sie besonders gern, und Pike hätte es niemals der Köchin überlassen, ihre Spezialität zuzubereiten.«

Mit der Ecke von Lady Beresfords Taschentuch tupfte sie eine Träne aus dem Augenwinkel.

»Bitte verzeihen Sie meine Sentimentalität, Mylady. Ich befürchte, ich bin heute keine gute Gastgeberin.«

»Oh, ich bitte Sie, Miss Seymour. Selbstverständlich sind Sie aufgewühlt. Nur ein Unmensch hätte kein Verständnis für Ihre Lage.« Sie schenkte ihrem Gegenüber ein aufmunterndes Lächeln. »Wissen Sie, ich gebe ohnehin nicht viel auf Protokoll und Etikette. Womöglich eilt mir mein Ruf bereits voraus. Wenn ich in irgendeiner Weise helfen kann, oder Ihnen einfach nur Gesellschaft leisten, zögern Sie bitte nicht, es zu sagen.«

Miss Seymour hob den Blick und lächelte.

»Vielen Dank, Lady Beresford. Ich werde gerne darauf zurückkommen. Es wird einsam werden für mich ohne meinen Bruder. Weitere Geschwister habe ich nicht, mein Bruder hatte keine Familie und ich ...« Sie unterbrach sich, lächelte unangenehm berührt und zuckte mit den Schultern. »Nun, ich bin auch unverheiratet.«

»Es würde mich sehr freuen, wenn Sie mich bei Gelegenheit besuchten. Wenn das Wetter etwas freundlicher ist, könnten wir vielleicht auch eine Ausfahrt im

Park wagen.« Dorothy lächelte, griff nach einem Törtchen und biss hinein. Der Boden war herrlich knusprig, die sahnige Creme zerging auf der Zunge und hinterließ einen zarten Zitronengeschmack, der Sehnsucht nach Sonne und fernen Ländern weckte.

»Oh, die sind wirklich köstlich«, stellte sie fest, nachdem sie den Mund geleert hatte.

»Ich werde es Mrs Pike ausrichten«, gab Miss Seymour zurück. »Die Gute kann dringend etwas Aufmunterung gebrauchen.«

»Wussten Sie übrigens, dass ich seiner Lordschaft erst vor vier Jahren vorgestellt wurde? Mit dreißig hatte ich nicht mehr damit gerechnet, mich noch einmal zu verheiraten.«

Ein überraschter Ausdruck trat in Hester Seymours Gesicht. Sie schien über diese Möglichkeit noch nicht nachgedacht zu haben.

»Sie glauben, ich könnte auch noch einmal jemanden kennenlernen?«

»Wenn Sie es wünschen ...« Dorothy senkte verschwörerisch die Stimme.

»Eine Frau mit eigenem Vermögen kann auch ohne Ehemann ein sehr zufriedenes Leben führen, möchte ich meinen. Da Sie allerdings eben die Einsamkeit beklagten, wollte ich Ihnen Hoffnung machen, dass man auch spät im Leben noch die Liebe finden kann.«

Hester Seymour lächelte kurz. Ihre Wangen hatten eine rosige Farbe angenommen.

»Sie haben recht, Lady Beresford. Die Aussicht, mein Leben nun in die eigenen Hände nehmen zu müssen, ist gleichermaßen verlockend wie beängstigend. Bisher hat mein Bruder alles Finanzielle erledigt, alle relevanten Entscheidungen getroffen. Nun bin ich in all diesen Dingen auf mich selbst gestellt.«

Obgleich ihr ihre Gastgeberin durchaus sympathisch war, konnte Lady Beresford den Eindruck nicht abschütteln, dass hier in Seymour House irgendetwas seltsam war. Auf jeden Fall beschloss sie, der Sache weiter nachzugehen.

Elf

Montag, 21. März 1814 – The George and Pelican Inn, Newbury

Rose war einigermaßen erleichtert, als sie endlich Newbury erreichten, wo sie ihre Reise unterbrechen würden. Als die Kutsche am frühen Abend das White Hart Inn in Bath verlassen hatte, war sie guter Dinge gewesen. London! Wie freute sie sich darauf, der Kontrolle ihrer Eltern für eine Weile entfliehen zu können. Seit dem Vorfall im vergangenen Jahr konnte Rose kaum einen Atemzug tun, ohne dass ihre Eltern oder ihr Bruder Horace darüber unterrichtet waren. Rose vermutete, dass auch das Dienstpersonal strengste Anweisungen hatte, ihre Familie über jeden ihrer Schritte in Kenntnis zu setzen.

Von ihrem Aufenthalt bei Lord und Lady Beresford erhoffte sich Rose ein wenig mehr Bewegungsfreiheit. Sie war der Marchioness in Bath einmal kurz begegnet, und die schien eine recht lebenslustige und patente Person zu sein, ein wenig jünger als Lady Ramsbury. Jedenfalls hatten weder Lady Beresford noch der Marquess einen besonders strengen Eindruck gemacht.

Abgesehen davon freute Rose sich darauf, ihren engen sozialen Kreisen zu entfliehen und nicht stets befürchten zu müssen, dass über sie getuschelt würde – ein frischer Start und eine neue, weiße Seite, die sie beschreiben konnte. Und womöglich die Chance, einen passenden Ehemann zu finden: charmant, gutaussehend, idealerweise vermögend – einen, der es ehrlich mit ihr meinte.

Ihr Enthusiasmus war jedoch recht schnell den Unbequemlichkeiten der Reise gewichen. Spätestens als der Fußwärmer ausgekühlt und die Kälte unter ihre Decke und die vielen Lagen ihrer Kleidung gekrochen war, hatte sich ihre vergnügte Stimmung verflüchtigt. Das Mädchen Jenny, das sie nach London begleitete, schlief und schnarchte leise. Frostklamm und ordentlich durchgerüttelt kletterte Rose schließlich kurz vor Mitternacht aus der Kutsche, zog die Kapuze ihres Capes über den Kopf und huschte geduckt durch den eisigen Nieselregen der schützenden Wärme des Gasthauses entgegen.

Im Schankraum fanden sich trotz der vorgerückten Stunde noch einige Gäste. Rose pellte sich aus Cape und Mantel und legte Schal, Mütze, Muff und Handschuhe ab. Sie war froh, die klammen Sachen loszuwerden, die Jenny nun mitnahm, um sie zum Trocknen aufzuhängen. Die Wirtin brachte Rose in einen separaten Gastraum, wo sie ihr einen kräftigen Eintopf servierte. Sie aß mit großem Appetit und genoss das Gefühl der Wärme, das sich langsam in ihrem Körper ausbreitete und bald auch die Zehen erreichte. Je mehr sie die Wärme des behaglichen Gastraumes einhüllte, desto müder wurde sie. Morgen in aller Frühe würde sie ihre Reise nach London fortsetzen. Mit einer warmen Mahlzeit im Bauch und der Aussicht auf ein bequemes Bett und ein wenig Schlaf kehrte auch ihre positive Stimmung zurück. Auch wenn die Kälte es kaum erahnen ließ, es war Frühling. Und der verhieß einen Neubeginn und frische Hoffnung nach dunklen Tagen. Vielleicht würde sie sich verlieben. Sie dachte an die herrlichen neuen Ballkleider in ihrem Gepäck – so viel eleganter als das, was man in Bath trug. Papa und Mama hatten sich die Ausstattung ihrer einzigen Tochter einiges kosten lassen, denn auch sie erhofften sich viel von dieser Reise.

Die Vorstellung, derart herausgeputzt einem der berühmten Bälle im Almack's Club beizuwohnen, zu dem nur die vornehmsten und angesehensten Kreise Zutritt bekamen, zauberte ihr ein Lächeln ins Gesicht. Vor ihrem geistigen Auge sah sie Damen in eleganten Roben und teurem Schmuck, der im Lichte hunderter Kerzen glitzerte. Und natürlich unglaublich vornehme Herren mit tadellosen Manieren, gestärkten Kragen und aufwändig gebundenen Krawatten – wie Beau Brummell. Sie malte sich aus, wie sie an Lady Beresfords Seite in den Ballsaal schritt und die Herren sich verstohlen nach ihr umsahen. Ach, es musste herrlich werden! Dafür würde sie sich auch gerne noch weitere sieben Stunden auf der Straße durchschütteln lassen. Wenn doch am Ende ihr Glück stand, war das alle Strapazen der Reise wert.

Mit jeder Meile, die sie zwischen sich und ihr Elternhaus in Combe Monkton brachte, fühlte sich Rose befreiter und hoffnungsvoller. Endlich würde sie die Ereignisse des letzten Jahres abschütteln und ihrer Zukunft entgegeneilen können. Endlich eine Frau sein und frei, unabhängig von ihrer Familie, Herrin im eigenen Haushalt.

Gegen Mittag erreichten sie Maidenhead, wo die Kutsche einen längeren Aufenthalt hatte und Rose Gelegenheit fand, im Greyhound Inn einen leichten Lunch einzunehmen. Als sie ausstieg, wanderte ihr Blick zum Himmel. Die Wolkendecke begann hier und da aufzubrechen und einige verheißungsvolle Strahlen der Frühlingssonne bahnten sich ihren Weg. Für einen Augenblick legte sie den Kopf in den Nacken und genoss die Wärme und die angenehme Brise.

Womöglich war der Bann gebrochen und die Geister des Winters, die das Land in diesem Jahr besonders hart in ihrem Klammergriff gehabt hatten, würden nun endlich verschwinden. Ihre Reise konnte unter keinem besseren Vorzeichen stehen. Frohen Mutes legte Rose das schwere wollene Cape ab und ließ Jenny es bei ihrem Gepäck verstauen, da ihr Mantel für den Rest der Reise ausreichend Wärme spenden würde.

Nicht lange nach ihrem Aufenthalt überquerten sie die Themse etwa auf der Höhe, wo das berühmte Eton College lag und durchquerten Salthill und Slough. Jetzt waren es noch etwa zwanzig Meilen bis nach London, und Rose' Anspannung stieg mit jedem Hufschlag, der sie dem neuen Abenteuer entgegentrug.

Der Rest der Reise verging wie im Fluge. Die Temperaturen waren deutlich angenehmer, und je näher sie an London herankamen, desto langsamer kamen sie vorwärts und desto mehr gab es zu sehen. Rose spähte fasziniert durch die schmutzigen Scheiben der Reisekutsche. So viele Karren, Kutschen, Menschen zu Fuß und zu Pferd hatte Rose noch nie auf einem Fleck gesehen. So viel Leben und Betrieb und so viele Geschäfte und imposante Gebäude, die sich dem nunmehr frühlingsblauen Himmel entgegenreckten.

Ein entzückter Seufzer entfuhr Rose, als sie die mächtige Kuppel und die zwei Türme der berühmten St. Pauls Kathedrale entdeckte. Obwohl die zweite Hälfte der Strecke sogar etwas länger gewesen war, kam es Rose vor, als sei wesentlich weniger Zeit vergangen, bis die Kutsche schließlich vor dem Swan With Two Necks eintraf.

Mit unsicheren Beinen stieg sie aus, reckte und streckte sich und schüttelte die müden Glieder.

London war noch lauter, noch schmutziger und belebter, als sie es sich vorgestellt hatte. Und die Menschen, die auf der Straße unterwegs waren, schienen es allesamt eiliger zu haben als daheim in Bath. Sie drängte sich durch das Gewirr von Kutschen, Reisenden, Hunden, Gepäckstücken und strebte dem verabredeten Treffpunkt zu. Dort wartete ein großer, kräftiger Mann mit ernstem Gesicht, der einen braunen Kutschermantel trug.

»Miss Lymington?« Abwartend sah der Mann Rose an. Rose bestätigte.

»Mein Name ist Harry, Miss. Ihre Ladyschaft hat mich geschickt, um Sie und ihr Mädchen von der Kutsche abzuholen. Sie können noch eine Tasse Tee oder einen kleinen Imbiss nehmen, während ich mich um Ihr Gepäck kümmere.«

Als schließlich alle Koffer, Kisten und Schachteln verstaut waren, ließ sich Rose von Jenny in die wartende Chaise helfen, bevor diese bei Harry auf dem Bock Platz nahm.

Sie rumpelten in westliche Richtung davon, und Rose sog neugierig alle Eindrücke der Stadt auf. Es ging vorbei an der mächtigen Kathedrale, über belebte Straßen und Plätze, gesäumt von Geschäften und mehrstöckigen Wohnhäusern. Rose staunte, als sich die Straße zu einem riesigen Platz hin öffnete, in dessen Mitte sich ein von einem gusseisernen Zaun eingefasster Park befand. Wie hübsch! Rose spürte ihr Herz schneller schlagen. Die Häuser, die diesen Platz säumten, sahen allesamt prächtig aus, und sie konnte ihr Glück kaum fassen, als die Kutsche vor einem der Häuser an der Nordseite hielt. Das würde also für die kommenden Monate ihr neues Zuhause sein!

Zwölf

Montag, 21. März 1814 – Harley Street, London

Martha Reynolds war ein wenig unbehaglich zumute, denn sie war nicht gerade eine geübte oder besonders geschickte Lügnerin. Doch hier ging es um Martin, und streng genommen war es ja nur eine klitzekleine Lüge. Nicht einmal eine echte Lüge, nur eine winzige Unwahrheit oder Verdrehung der Tatsachen, die sie Mrs Pike vorzutragen hatte. Wenn es darum ging, einen Unschuldigen vor dem Galgen zu retten, so würde der liebe Herrgott eine solche Sünde sicherlich verzeihen, sagte sie sich, als sie am Dienstboteneingang in der Harley Street klopfte und sich als Miss Eddowes vorstellte – der Mädchenname ihrer Mutter.

Lady Beresford hatte vermutet, ihr echter Name würde Verdacht erregen, wenn der des Mordes Verdächtigte denselben trug.

»Ist Mrs Pike zu sprechen?«, kam sie auch gleich zum Anlass ihres Besuches. »Lady Beresford schickt mich. Ich soll mich nach einem Rezept erkundigen.«

Das Mädchen, das sie eingelassen hatte, lachte.

»Lassen Sie mich raten. Miss Pikes berühmte Zitronencremetörtchen. Sie sind nicht die Erste, die sich nach dem Rezept erkundigt. Kommen Sie.«

Mrs Pike wirkte wie jemand, der nicht genug Schlaf und Nahrhaftes bekam. Ihre Wangen waren eingefallen, der Teint stumpf und unter den Augen zeichneten sich deutliche Schatten ab. Als Reynolds – nun Eddowes – ihre Bitte vortrug, erhellte der Hauch eines Lächelns die Züge der Hausdame.

»Selbstverständlich kann ich Ihnen das Rezept geben. Es freut mich, dass die Törtchen Ihrer Ladyschaft so gut geschmeckt haben. Aber versprechen Sie mir, das Rezept nicht einfach weiterzugeben.«

»Natürlich, Mrs Pike. Wir werden es hüten.« Miss Reynolds lächelte und folgte der Hausdame in die Küche.

Mrs Pike blätterte kurz in einem hölzernen Kästchen, das offenbar die Rezepte enthielt, und zog eines hervor.

»Da haben wir es doch bereits. Kommen Sie, Miss Eddowes. Gehen wir rasch in mein Arbeitszimmer, dann kann ich es Ihnen abschreiben.«

»Sehr gern.« Martha Reynolds folgte Mrs Pike in ihr Refugium. Der viereckige Raum war nicht besonders groß, aber behaglich. Es gab gerade genug Platz für einen kleinen Sekretär, an dem Mrs Pike vermutlich die Haushaltsplanung und Buchführung erledigte, ein rundes Tischchen mit zwei Stühlen und einen gewaltigen Vorratsschrank aus dunklem Holz.

»Sie haben Glück, ich habe gerade ein wenig Zeit und mir Tee aufgebrüht. Möchten Sie auch eine Tasse?«

»Das wäre sehr freundlich. Vielen Dank.«

Mrs Pike stellte zwei Tassen auf den runden Tisch und goss aus einer großen silbernen Kanne, die zum Wärmen am Kamin stand, Tee in die eine.

»Der zweite Aufguss ist eigentlich viel besser. Ein Geheimnis, das wir denen oben nicht verraten, nicht wahr?« Mrs Pike zwinkerte Reynolds zu. Dann setzte sie sich an ihren Sekretär. »Ich schreibe derweil das Rezept ab.«

»Vielen Dank, Madam.«

Der kleine Scherz ließ ahnen, dass Hester Seymours Hausdame wohl nicht immer so ernst war, wie der erste Eindruck vermuten ließ. Nachdem Mrs Pike das Rezept abgeschrieben hatte, streute sie das Papier sorgfältig mit Sand ab und legte es zum Trocknen hin. Dann goss sie sich selbst eine Tasse Tee ein und setzte sich zu Reynolds an den Tisch.

»Sie müssen achtgeben, dass Sie die Creme gut abkühlen lassen, bevor sie den Zitronensaft unterschlagen, und wenn Sie die Zitronenschale abreiben, ist es wichtig, dass Sie wirklich nur das Gelbe hineingeben. Das Weiße würde die Creme bitter machen.« Mrs Pike blies in ihre Tasse und seufzte. »Mr Seymour hat die Törtchen so gern gegessen.«

»Eine fürchterliche Sache. Sie sind sicherlich noch alle sehr aufgewühlt«, entgegnete Reynolds. »Einem Mörder so nahe zu kommen. Ich hätte schreckliche Angst.«

Sie hoffte, unauffällig das Gespräch auf die Ereignisse der Mordnacht bringen zu können.

»Glauben Sie mir, ich schlafe auch nur deswegen einigermaßen beruhigt, weil sie den Hund gefasst haben, der Mr Seymour ermordet hat«, gab Mrs Pike zurück.

»Ich hörte, der Droschkenfahrer sei es gewesen.« Reynolds spürte einen Stich, als sie es aussprach, doch sie war bemüht, sich ihre innere Anspannung nicht anmerken zu lassen. »Aber warum? Warum tut jemand so etwas?«

Mrs Pike zog kurz die Schultern hoch.

»Das weiß niemand so genau. Manche vermuten, er sei von jemandem bezahlt worden. Allerdings kann ich mir nicht vorstellen, wer einem Mann wie Mr Seymour etwas hätte antun wollen. Er war so ein wundervoller Mann – der beste Arbeitgeber, den Sie sich nur wünschen können.«

Wieder seufzte die Hausdame und wischte sich mit einer schnellen Geste über die Augen. »Mr Seymour hätte nie jemandem auch nur ein Haar gekrümmt. Ich kann mir beim besten Willen nicht vorstellen, wer ihn so gehasst haben sollte.«

»Nein. Man mag es sich nicht vorstellen. Wer hat ihn denn gefunden? Das muss doch ein fürchterlicher Schrecken gewesen sein.«

»Der arme Anthony hat ihn in der Kutsche gefunden – tot, und alles voller Blut. Er ist seither nicht mehr der Alte. Er war immer ein lebendiger und unterhaltsamer Bursche. Seit jenem Abend hat er sich vollkommen zurückgezogen. Er spricht kaum mit uns und wirkt abwesend. Eine Tragödie!« Mrs Pike holte tief Luft. »Nun, aber es geht uns allen sehr nah.«

»Mr Seymour war wohl bei der Dienerschaft sehr beliebt?«, hakte Miss Reynolds nach.

»Allerdings. Er war sehr großzügig und hat nie jemanden ungebührlich zurechtgewiesen oder ungerecht behandelt.« Reynolds glaubte, in den Augen der Hausdame einen besonderen Glanz zu bemerken, immer wenn sie über den Ermordeten sprach. Sie musste ihn sehr gemocht haben. Das alles passte überhaupt nicht zu dem, was Seymours Schwester über ihn gesagt hatte.

»Wie schrecklich! Sie müssen doch zu Tode erschrocken sein. Haben Sie ihn gesehen? Den Mörder, meine ich.«

»O nein. Ich war bereits zu Bett gegangen. Es war schon beinahe Mitternacht, als der Tumult im Haus losbrach. Ich bin aufgestanden, um zu sehen, was da im Gange war. Eines der Mädchen kam auf mich zugestürzt. Was sie sagte, war verworren, und es war schwer, ihr zu folgen. Das arme Ding war fürchterlich aufgeregt. *Er ist tot. Mr Seymour ist tot*, wiederholte sie immerfort. Anthony sei schreiend ins Haus gekommen und Mr Davis, der Kammerdiener, hätte alle im Haus geweckt. Ein Mann sei ins Kohlenlager eingesperrt worden und man würde die Konstabler rufen.

Im ersten Augenblick ergab es alles für mich wenig Sinn. Ich bin dann hinausgelaufen und sah nur noch

...« Sie stockte. »Ich sah nur noch, wie man Mr Seymour aus der Kutsche trug und ins Haus brachte.«

»Himmel, das muss furchtbar für Sie alle gewesen sein! Aber woher weiß man, dass der Mann, den sie gefasst haben, der Mörder ist? Womöglich läuft der noch frei herum!« Es fiel Miss Reynolds schwer, nicht aus der Rolle zu fallen. Schließlich ging es um ihren Bruder.

»Wer sollte es sonst getan haben?« Mrs Pike schüttelte den Kopf. »Sonst hatte niemand Gelegenheit, und der Kutscher war der Letzte, der ihn lebend sah. Als Anthony den Schlag der Kutsche öffnete, dachte er zunächst, Mr Seymour schliefe. Und dann ... « Sie unterbrach sich und presste die Lippen aufeinander.

»Furchtbar. Ich frage mich nur, warum der Kutscher ihn überhaupt hergefahren hat, wenn er ihn ermordet hat. Wäre es dann nicht leichter gewesen, den Leichnam unterwegs irgendwo verschwinden zu lassen?«, überlegte Miss Reynolds.

»Darüber habe ich auch schon nachgedacht«, gab Mrs Pike zu. »Womöglich hoffte er, so unverdächtig zu erscheinen? Oder er hat den Kopf verloren. Vielleicht hat er die Tat sofort bereut. Er ließ sich jedenfalls widerstandslos fassen und versuchte nicht zu fliehen. Und dann hat man ja auch das Messer unter dem Kutschbock gefunden. Wer sonst hätte es dort verstecken können? Darauf hat er ja gesessen.«

»Hätte es nicht später jemand hineinlegen können?«, wollte Reynolds wissen.

»Möglich, aber eher unwahrscheinlich. Nachdem Anthony hier alle geweckt hat und Nachtwache und Konstabler alarmiert waren, da hätte schon jemand sehr kaltblütig sein müssen, sich mit einem Messer an die Kutsche heranzuschleichen und es dort zu verstecken. Es waren ja überall Leute.« Mrs Pike nahm einen Schluck Tee. »Nein, auch wenn er seine Unschuld beteuert hat, ich glaube, man hat den Richtigen festgenommen.«

»Hoffen wir es«, murmelte Reynolds ohne Überzeugung, in Gedanken bereits bei ihrem Bruder. Wie sollten sie nur seine Unschuld beweisen, wenn alle überzeugt waren, dass nur er es getan haben konnte?

»Nun, ich möchte Sie nicht länger aufhalten, Mrs Pike«, sagte sie und machte Anstalten, sich zu erheben.

Die Hauswirtschafterin nahm den Bogen mit dem Rezept vom Schreibtisch und reichte ihn Miss Reynolds.

»Bitte sehr. Vielleicht lassen Sie mich ja einmal wissen, wie die Törtchen gelungen sind.«

»Haben Sie vielen Dank für alles, Mrs Pike.« Reynolds nahm das Rezept entgegen und verabschiedete sich von der Hausdame.

Wer sollte es sonst getan haben? Diese Frage beschäftigte sie, als sie den Rückweg zum Haus am Grosvenor Square antrat. Mr Seymour hatte die Kutsche lebendig betreten. Martin schwor, nirgends angehalten zu haben. Und bei der Ankunft hatte der Diener, dieser Anthony, ihn tot in der Kutsche aufgefunden. Wer also? Wer hätte Gelegenheit gehabt, Mr Seymour zu töten?

Dreizehn

»Ah, exzellent! Reynolds. Wie ist es Ihnen ergangen?«

Lady Beresford zog den zweiten Sessel heran und bedeutete Reynolds, sich zu setzen.

»Ich habe nicht viel Neues erfahren«, entgegnete diese. »Aber Sie haben recht, Mrs Pike hat Mr Seymour verehrt. Vielleicht mehr als das. Es scheint fast, als liebte sie ihn.«

»Interessant«, kommentierte Lady Beresford. »Ich habe derweil auch etwas nachgeforscht. Dieser Zweig, den Ihr Bruder bei dem Toten gefunden hat, beschäftigt mich. Laut Sir William war es ein Myrtenzweig, was durchaus auf die Beschreibung Ihres Bruders passt. Wissen Sie, Blumen können wie eine Art Sprache verwendet werden, um eine bestimmte Botschaft zu übermitteln. Eine solche Blumensprache wurde zum Beispiel von türkischen Haremsdamen für heimliche Nachrichten eingesetzt. Daheim in Kent hätte ich eine umfangreichere Bibliothek zur Verfügung, doch ich bin auch hier fündig geworden.«

Lady Beresford deutete auf ein in Leder gebundenes Buch, das aufgeschlagen vor ihr lag. »Lady Wortley Montagu, Gattin des britischen Botschafters in der Türkei, schrieb in ihren Briefen vor fast hundert Jahren: Zu jeder Farbe, jeder Blume, jedem Unkraut, jeder Frucht, jedem Gewürzkraut, jedem Stein und jeder Feder gehört ein Vers und man vermag zu streiten, zu tadeln oder Briefe der Leidenschaft, Freundschaft oder Verbundenheit zu senden, sogar Neuigkeiten mitzuteilen – ohne sich je die Finger mit Tinte zu beschmutzen.«

Reynolds runzelte die Stirn und versuchte noch, Lady Beresford zu folgen, als diese bereits fortfuhr.

»Eine Myrte – die wächst nicht einfach am Wegesrand, schon gar nicht bei dieser Kälte. Sir Walter Raleigh brachte sie vor über zweihundert Jahren aus Spanien nach England. Sie braucht Wärme und gute Pflege. So ein Zweig muss um diese Jahreszeit aus einem Gewächshaus oder Wintergarten stammen.«

»Sie meinen, der Mörder muss ihn mitgebracht haben? Also hat er es zuvor geplant und ihn ganz bewusst dort abgelegt«, schloss Reynolds folgerichtig.

»Genau. Das würde nahelegen, dass er damit etwas Bestimmtes sagen wollte. Dann wäre der Myrtenzweig eine Botschaft oder ein Symbol und würde Aufschluss darüber geben, was den Mörder zu der Tat veranlasste.«

»Sie wollen damit sagen, jemand könnte es gemacht haben, wie diese türkischen Damen?«, fragte Reynolds ungläubig.

Dorothy Beresford blieb die Antwort schuldig. Stattdessen schlug sie einen weiteren dicken Folianten auf.

»Hier steht, die Myrte wird mit der griechischen Göttin Aphrodite in Verbindung gebracht, beziehungsweise der römischen Göttin Venus – beides Göttinnen der Liebe und Schönheit. Aphrodite, aus dem Meerschaum geboren, verbarg ihre Blöße hinter einem Myrtenstrauch. Und hier – die Göttin Venus und die Grazien werden oft mit einem Myrtenkranz auf dem Kopf abgebildet.«

»Aber was hat das zu bedeuten?« Reynolds schaute verwirrt drein. »Ich verstehe nicht, was der Mörder damit bezwecken wollte.«

Lady Beresford beugte sich wieder über das Buch.

»Weiter heißt es hier, dass es über die Entstehung der Myrte einen Mythos gibt. Myrsine, eine wunderschöne Nymphe mit übermenschlichen Kräften, wurde von der Göttin Minerva aus Eifersucht getötet. Minerva, die Myrsine eigentlich liebte, bereute danach ihre Tat. Als aus dem toten Körper der Nymphe eine Myrte wuchs, übertrug Minerva deswegen ihre göttliche Liebe auf die Pflanze. Seither gilt sie das Schutzzeichen der Liebenden – und in vielen Kulturen als Brautsymbol«, zitierte Dotty aus dem Buch.

»Dann glauben Sie, es waren Liebe oder Eifersucht im Spiel?« Reynolds sah erstaunt aus. »Könnte vielleicht Mrs Pike ...?«

»Möglich. Hester Seymour sprach davon, ihr Bruder habe in der letzten Zeit verstärkt übers Heiraten nachgedacht. Verschmähte Liebe kann eine mächtige Triebfeder sein. Der Myrtenzweig als Symbol der Liebe und Ehe und Zeichen der Göttin Venus ließe es jedenfalls vermuten. Er könnte ein Hinweis auf eine Frau als Täter sein. Hester Seymour habe ich für mich allerdings bereits ausgeschlossen. Eine Frau, die der Ohnmacht nahe ist, wenn sie nur einen Tropfen Blut sieht, wird kaum jemanden erstechen. Sie würde möglicherweise zu Gift greifen. Bliebe also in der Tat Mrs Pike.«

Reynolds schlug die Hand vor den Mund.

»Mylady! Sie glauben, eine Frau wäre imstande, so etwas zu tun?«

»Frauen haben im Laufe der Geschichte weit Schrecklicheres getan. Wir sind nicht die zimperlichen, empfindsamen Wesen, als die wir gern gezeichnet werden. Das wissen Sie so gut wie ich, Reynolds.«

»Aber Mylady!« Die Kammerdienerin blickte verschämt zur Seite und sah aus, als müsse sie sich ein Lächeln verkneifen. »Trotz allem erscheint mir auch der Diener, dieser Anthony, verdächtig. Mrs Pike sagte, er habe sich seit jenem Abend sehr verändert und von allem zurückgezogen. Vielleicht hat er Mr Seymour ermordet und bereut es jetzt.«

»Hm«, machte Lady Beresford. »Wenn Mr Seymour noch lebte, als er die Kutsche bestieg, Ihr Bruder unterwegs nicht angehalten hat und der Diener der erste war, der den Schlag der Kutsche öffnete, liegt die Annahme nahe, er könnte Mr Seymour getötet haben. Doch Sir William und auch die anwesenden Zeugen halten das für unwahrscheinlich. Wenn Mr Russ seinen Herrn mit einem Messer angegriffen hätte, warum hat der nicht geschrien oder sich gewehrt? Sowohl Ihr Bruder als auch der Diener, der sich zu der Zeit angeblich in der Nähe des Kohlenlagers aufhielt, hätten etwas hören müssen.«

»Vielleicht hat Mr Seymour geschlafen und deswegen nicht geschrien. Ist doch möglich«, mutmaßte Reynolds.

»Nein, selbst wenn Mr Seymour auf der Fahrt eingeschlafen wäre, ein Angriff mit einer Stichwaffe hätte ihn geweckt, und es hätte hörbare Gegenwehr oder zumindest einen Schrei gegeben«, widersprach Dorothy. »Außerdem, wie erklärt sich der Fund des Messers unter dem Kutschbock? Nein. Irgendetwas stimmt da nicht. Da ist etwas, das wir übersehen. Da bin ich mir sicher.«

»O Lady Beresford! Glauben Sie, wir finden den wahren Mörder? Uns läuft die Zeit davon. Ich habe solche Angst, dass man Martin verurteilen wird.«

»Ich bin sicher, wir finden das fehlende Stück des Mosaiks, Reynolds. Wenn wir nur methodisch und überlegt vorgehen. Uns stellen sich in erster Linie zwei Fragen.«

»Welche Fragen sind das, Mylady?«, wollte Reynolds wissen.

»Nun, die erste Frage, der wir nachgehen müssen, ist: Wer hatte einen Grund, Mr Seymour zu töten? Die zweite ist: Wie gelang es dem Mörder, es zu tun und zu entkommen und auch noch das Messer zu verstecken, um den Verdacht auf ihren Bruder zu lenken? War Mr Russ involviert oder stieg doch jemand unbemerkt zu Mr Seymour in die Kutsche? Und wenn ja, wie kam er unbemerkt wieder hinaus?«

Vierzehn

Rose stellte fest, dass sie es hervorragend getroffen hatte. Das Gästezimmer war hübsch und komfortabel eingerichtet. Oh, wie freute sie sich darauf, London zu entdecken, die Auslagen der vielen Geschäfte aus der Nähe zu betrachten, Plätze, Kathedralen, den Tower, Theater, die Parks und den St. James's Palast zu sehen, in dem der Prinzregent residierte. Außerdem brannte sie darauf, bald in die Londoner Gesellschaft eingeführt zu werden, Abendgesellschaften, Bälle und Partys zu besuchen, sich zu amüsieren.

Sie wählte ein Kleid aus, um einen guten ersten Eindruck bei Lord und Lady Beresford zu machen. Das safrangelbe aus Glanztaft mit der Van-Dyke-Spitze am Kragen sollte es sein. Jenny half ihr, die Haare zu flechten und aufzustecken. Dann wusch Rose Gesicht, Hals und Hände und ordnete die Locken, die keck in ihre Stirn fielen. Kritisch betrachtete sie ihr Bild in dem Spiegel über der Frisierkommode. Diese fürchterlichen roten Haare! Rose fand, sie sahen ordinär aus. Wie sehr hätte sie sich dunkles Haar gewünscht. Nachtschwarz! Es hätte wundervoll zu ihrem hellen Teint gepasst und womöglich von den Sommersprossen abgelenkt, denen sie regelmäßig mit zerriebener Vogelmiere und Gowland's Lotion zu Leibe rückte. Wenngleich sie nicht vollständig zufrieden mit ihrem Äußeren war, fand sie, dass sie sich nicht verstecken musste. Mit ihrer schlanken Figur, den rosigen Lippen und den großen wasserblauen Augen hatte sie durchaus Vorzüge, die sie bei der Suche nach einem Ehemann geschickt einzusetzen wüsste.

Zunächst einmal galt es jedoch, vor dem Dinner ihre Gastgeber zu begrüßen. Sie kniff sich noch ein paar Mal in die Wangen, glättete mit dem angefeuchteten Finger die Augenbrauen und zupfte den Ausschnitt ihres Kleides zurecht, als bereits Sophie, Lady Beresfords Hausmädchen, klopfte, um sie nach unten zu begleiten und Jenny mitzunehmen.

Vor der Tür zum Salon blieben sie stehen. Sophie klopfte und kündigte Rose an.

»Mylord, Mylady. Miss Lymington ist hier.«

»Oh, wie wundervoll, Sophie! Bitte, kommen Sie doch herein, Miss Lymington«, hörte sie eine fröhlich klingende weibliche Stimme.

Rose straffte die Schultern und trat in den Salon. Die elegante Einrichtung mit den dunklen, rot gepolsterten Möbeln, den schweren Teppichen, Brokatvorhängen und dem glitzernden Kristallleuchter ließ darauf schließen, dass es ihren Gastgebern nicht an finanziellen Mitteln mangelte.

Lady Beresford hatte ein offenes, freundliches Gesicht. Ihr honigblondes Haar war aufwändig frisiert, und das weinrote Tageskleid mit den aparten Applikationen, ebenso wie Ohrringe und Kette sahen modisch und teuer aus. Insgesamt jedoch wirkten Einrichtung und Kleidung nicht protzig – eher stilvoll und sorgfältig ausgewählt.

Der Marquess schien deutlich älter zu sein als seine Gattin. Er mochte in etwa fünfzig sein. Sein dunkles Haar war an den Schläfen deutlich von grauen Strähnen durchzogen und seine gestreifte Weste spannte sich über dem Bauch ein wenig. Er machte den Anschein eines gesetzten, zufriedenen Mannes, der dem Komfort mittlerweile stärker zugeneigt war als dem Abenteuer. Kein ausgesprochen schöner Mann, aber dennoch eine stattliche und bemerkenswerte Erscheinung. Artig knickste Rose.

»Lord Beresford, Lady Beresford. Ich freue mich außerordentlich, bei Ihnen zu Gast sein zu dürfen und …«

Sie unterbrach sich, als Lady Beresford laut zu lachen begann. Die Marchioness trat auf sie zu, ergriff ihre Hände und drückte sie kurz und herzlich.

»Aber meine Liebe! Doch nicht so förmlich. Seien Sie herzlich willkommen. Lord Beresford und ich freuen uns, dass Sie etwas Leben in den Alltag bringen. O Archibald, sieh sie dir an! Ich erkenne dein Patenkind kaum wieder. Eine richtige Dame!«

Der Marquess schien zu bemerken, dass die temperamentvolle und direkte Art seiner Gattin Rose ein wenig unangenehm berührte und kommentierte diese Feststellung nicht weiter. Er lächelte still und zwinkerte Rose aufmunternd zu.

»Hatten Sie eine angenehme Reise, Miss Lymington? Und haben Sie in Ihrem Zimmer alles zu Ihrer Zufriedenheit vorgefunden?«

»O ja, Mylord. Ich könnte nicht zufriedener sein.« Rose fasste unwillkürlich Zuneigung zu ihren Gastgebern. Sie erschienen ihr warm und herzlich – und überraschend unverstellt.

»Sie werden sehen, Rose – ich darf doch Rose sagen?« Lady Beresford schlug die Fingerspitzen vor die Lippen, als bereue sie den kleinen Fauxpas. Doch Rose gewann den Eindruck, es gehörte zu einer Taktik, das Gegenüber mit ihrem Charme zu entwaffnen. Wie hätte sie nun ablehnen sollen? Außerdem gefiel Rose die vertrautere Anrede. Sie ließ auf einen zwanglosen und herzlichen Umgang hoffen.

»Selbstverständlich dürfen Sie das, Mylady.«

Lady Beresford senkte die Stimme und legte die Hand an den Mund, so als ob sie ein Geheimnis verraten wolle.

»Dann werden Sie mich auch Dotty nennen. Zumindest, wenn wir unter uns sind. In Gesellschaft werden wir natürlich unser bestes Benehmen hervorkehren, insbesondere in Gegenwart der hoch noblen Patronessen, nicht wahr?« Sie wandte sich ihrem Gatten zu. »Du brauchst gar nicht so zu schauen, Archibald. Ich werde dir gewiss keine Schande machen.«

Lord Beresford lachte und schüttelte den Kopf.
»Daran habe ich nicht den geringsten Zweifel, mein Täubchen. Kommen Sie, Miss Lymington. Wir wollen Platz nehmen. Dann können Sie uns von Ihrer Reise berichten.«

»Sehr gern«, sagte Rose und folgte der Einladung. Bei der Erwähnung der Patronessen hatte ihr Herz einen kleinen Satz gemacht. Sie konnte nicht umhin, sich noch einmal zu vergewissern.

»Dann ist es wahr, Lady Ber...« Sie unterbrach sich, als die Marchioness den Kopf schüttelte. »Dotty. Sie kennen Lady Castlereagh, Lady Cowper und die Countess of Jersey? Besitzen Sie ein Abonnement?«

»Ja. Und ich werde gerne eine Gästekarte für Sie kaufen.«

»Glauben Sie, die Patronessen werden mir Zutritt gewähren?«, fragte Rose zweifelnd.

Lady Beresford lächelte. »Sie werden sehen, einem reizenden Geschöpf wie Ihnen stehen alle Türen offen und Sie werden überhaupt keine Schwierigkeiten haben, das Interesse der Londoner Gentlemen zu wecken.«

Fünfzehn

Mittwoch, 23. März 1814 – Grosvenor Square, London

Dorothy trug es mit der Beherrschtheit einer Lady, ihre Füße schmerzten, und sie freute sich auf den Komfort ihres Heims. Vielleicht würde sie sich später ein Fußbad mit Epsom-Salz machen lassen, um die Beschwerden zu lindern. Doch Rose war kaum zu bremsen gewesen, hatte sich an den Auslagen in den Geschäften nicht sattsehen können, und Dorothy hatte es nicht übers Herz gebracht, dem Mädchen seine Freude zu verderben.

Im Übrigen hatte auch sie die milden Temperaturen genossen, die es möglich machten, sich im Freien aufzuhalten, ohne sich dabei wie eine Zwiebel Schicht um Schicht einzuhüllen.

»Ich glaube, ich brauche nicht zu fragen, ob es Ihnen gefallen hat, Rose.« Dotty lachte, als sie ihre Garderobe ablegten.

»Oh, es war wundervoll!«, schwärmte das Mädchen. »Es ist doch überall spürbar, dass hier das Herz unserer Nation schlägt, der Sitz unserer Könige und Königinnen ist. Alles erscheint mir größer und prächtiger als daheim.«

Über die sentimentale Begeisterung ihres jungen Schützlings musste sich Dorothy ein Schmunzeln verkneifen. Ein junges Herz war leicht zu beeindrucken, und für einen Teil Londons traf dies sicherlich zu. Doch dabei vergaß man nur allzu schnell den Lärm, den Schmutz und die düstere Seite der Stadt. Doch Dotty wollte nicht dozieren und der jungen Dame den schönen Tag verderben. Sie wies Wilkins an, Tee zu bringen und schritt voran in den Salon.

In der Tür blieb sie abrupt stehen, so dass Rose, die ihr gefolgt war, gegen sie prallte.

»Archibald?« Dotty runzelte die Stirn. Für gewöhnlich war um diese Tageszeit nicht mit dem Marquess zu rechnen, schon gar nicht in diesem Raum. Er hatte entweder in der Stadt zu tun oder vergrub sich – kehrte er tatsächlich vor dem Dinner zurück – in seinem Studierzimmer. Hinter dieser Gewohnheit vermutete Dorothy seit langem eines der Geheimnisse ihrer glücklichen Ehe. Es war in jedem Falle höchst ungewöhnlich, Lord Beresford um diese Zeit im Salon vorzufinden. »Ich hatte nicht damit gerechnet, dich hier anzutreffen.«

»Das Leben steckt voller Überraschungen. Bisweilen geschehen Dinge, mit denen man nicht im Geringsten rechnet und doch geschehen sie«, entgegnete Archibald kryptisch.

Dorothy wollte fragen, was denn geschehen sei, doch die Art wie er sich erhob, um Rose zu begrüßen, um sich dann direkt wieder zu setzen und in seine Zeitung zu vertiefen, verriet ihr, dass für ihn das Gespräch an dieser Stelle beendet war. Dotty beobachtete ihn aus den Augenwinkeln, während sie Rose beim Ellenbogen fasste und zu den Sesseln in der Ecke beim Fenster führte, wo sie wegen des besseren Lichts oft las oder sich die Zeit mit Handarbeiten vertrieb. Sie hatte den Eindruck, als starre Lord Beresford lediglich auf die Zeitungsseite, ohne aufzunehmen, was dort stand. Dieses Verhalten war über die Maßen ungewöhnlich, und Dotty spürte ein nervöses Prickeln im Nacken und ein flaues Gefühl im Magen.

»Setzen Sie sich doch, Rose. Wilkins wird sicher gleich den Tee bringen. Wir wollen uns noch einen

Augenblick ausruhen, bevor wir uns für das Dinner umkleiden.«

Sie war bemüht, ihre Verunsicherung vor Rose zu verbergen. Eine eheliche Missstimmung war nichts, das man vor Gästen austrug oder nach außen deutlich zeigte, doch es fiel ihr schwer, sich auf das Gespräch zu konzentrieren.

Was hatte Archie mit der seltsamen Andeutung gemeint? Es war sonst nicht seine Art, in Rätseln zu sprechen. Doch offenbar wollte er vor ihrem Gast nicht darüber reden, und sie würde sich gedulden müssen. Zum Glück brachte Wilkins neben dem Tee auch die Post für Lady Beresford, die eine erfreuliche Nachricht enthielt, welche sie für einen Augenblick von ihren Sorgen abzulenken vermochte.

»Oh, wie schön! Clara und Alexander sind in der Stadt. Viscount Guilsborough und seine Gattin, meine Nichte zweiten Grades«, fügte sie an Rose gewandt hinzu. Dann drehte sie sich zu ihrem Gatten, der immer noch in seine Zeitung starrte. »Sie laden uns am Samstag zu einem Dinner in ihrem Haus ein.«

»Ich fürchte, du wirst allein gehen müssen«, entgegnete Archie nüchtern, ohne den Blick von der Zeitung zu nehmen. »Aber vielleicht kann Miss Lymington dich begleiten.«

Dorothy musste sich große Mühe geben, damit ihr das Lächeln nicht entglitt. Ihr Mund war trocken, und ihre Kehle schnürte sich zu. Hatte sie es eben noch für möglich gehalten, dass sie sich täuschte und zu viel in Archibalds ungewöhnliche nachmittägliche Anwesenheit und seine kryptische Andeutung hineingelesen hatte, stand es nun außer Zweifel, dass etwas im Argen war und Archibald verärgert zu sein schien.

»Lord Beresford hat recht, Sie werden mich begleiten«, sagte sie schließlich, um ihre Erschütterung zu überspielen.

»Ich möchte mich keinesfalls aufdrängen«, warf Rose ein. »Seien Sie bitte ganz unbesorgt, Rose. Die Viscountess ist die Tochter meiner Cousine Mary Dallaway, und beide stehen mir sehr nahe. Sie wird gewiss nichts einzuwenden haben. Im Gegenteil: Sie wird sich freuen, Sie kennenzulernen«, beruhigte Dotty sie. »Ich schlage vor, Sie gehen einstweilen schon einmal auf Ihr Zimmer und machen sich für das Dinner fertig, ich werde Lady Guilsborough schreiben.«

Sie wartete, bis Rose den Raum verlassen hatte, dann wandte sie sich ihrem Gatten zu.

»Möchtest du mir nicht sagen, was los ist?«

Lord Beresford senkte die Zeitung und wandte den Blick vage in ihre Richtung, sah sie aber nicht direkt an, sondern schien vielmehr einen Fleck hinter ihr anzustarren.

»Ich hatte heute eine Begegnung mit Viscount Sidmouth«, begann Lord Beresford.

»Dem Innenminister?«, wunderte sich Dotty.

»Demselben. Er lud mich ein, ihn in den Club zu begleiten. Denn er hatte eine Verabredung zum Lunch mit Sir William Domville.« Während er dies sagte, suchte Archibald ihren Blick. »Nun, ich denke, ich brauche dir nicht zu erklären, wer das ist.«

Dorothy schluckte.

»Archibald, ich ...«

»Keine Sorge, ich habe deinen guten Ruf und mein Gesicht gewahrt und so getan, als wisse ich genau, wovon er spräche, und du habest selbstverständlich mit meinem Wissen und meiner Zustimmung gehandelt.« Zwei steile Zornesfalten gruben sich über seiner Nase in die Stirn. »Ich gehe davon aus, dass du deine Gründe hattest, mir deinen Besuch bei Sir William und in Newgate zu verschweigen.«

Dorothy nickte und setzte zu einer Erklärung an, doch Lord Beresford brachte sie mit einer unwirschen Handbewegung zum Verstummen.

»Nicht jetzt. Ich bin wütend. Wütend und enttäuscht. Ich werde Zeit brauchen, um nachzudenken, denn ich möchte jetzt nichts sagen, das ich später bereue.«

»Archibald, es tut mir leid. Ich wollte ...«

Der Marquess schüttelte den Kopf.

»Es ist mir durchaus ernst. Ich möchte vorerst nichts davon hören.«

Er faltete umständlich die Zeitung zusammen, legte sie auf den Tisch und erhob sich.

»Ich werde heute auswärts speisen.«

Er machte eine kurze Verbeugung, ganz so, als stünde er einer Fremden gegenüber und verließ den Raum.

Sechzehn

Mittwoch, 23. März 1814 – Grosvenor Square, London

Während des Abendessens war es Dorothy noch recht gut gelungen, ihre Gefühle unter Kontrolle zu halten, doch sie hatte sich – Unwohlsein vorschiebend – recht bald auf ihr Zimmer zurückgezogen, wo sie nun seit einer Viertelstunde versuchte, eine einzige Seite in ihrem Roman zu lesen. Dabei war es wirklich nicht der Autorin anzulasten, einer scharfen Beobachterin der Gesellschaft, die ihre Geschichte mit pointiertem Witz und Ironie zu würzen wusste. Doch so sehr es Dorothy versuchte, konnte sie sich einfach nicht auf die Geschicke der Bennet-Schwestern konzentrieren.

Sie legte ein Lesezeichen zwischen die Seiten, klappte das Buch zu und legte es beiseite. Seit vier Jahren kannte sie Archibald, seit drei waren sie verheiratet und noch nie – nicht ein einziges Mal – hatte es zwischen ihnen ein böses Wort gegeben. Wohl waren sie nicht immer einer Meinung, doch bisher hatten sie im Gespräch noch jede Malaise zu einem guten Ende führen können. Oft neckten sie einander, doch es war vielmehr Ausdruck ihrer Vertrautheit als der Geringschätzung und hatte immer einen humorvollen Unterton.

Dieses Mal war es anders. Zum ersten Mal hatten sie einen echten Krach und obwohl Archibald ruhig und höflich geblieben war, sprach sein Fernbleiben beim Dinner Bände über den Grad seiner Verärgerung. Immerhin hatte er durchblicken lassen, dass er bereit war, sich ihre Erklärung anzuhören, wenn sein Ärger ein wenig verraucht war. Doch Dorothy ahnte, dass sie ihrem Vertrauensverhältnis eine nachhaltige Wunde zugefügt hatte, die nur sehr langsam heilen würde. Dieser Riss zwischen ihnen fühlte sich schrecklich an.

Ein Klopfen an der Tür holte sie aus ihren trübsinnigen Gedanken. Dorothys Herz machte einen Satz, in der schwachen Hoffnung, es könne Archibald sein, der nun doch mit ihr sprechen wollte.

»Ja, bitte!«

Doch es war Reynolds, die ins Zimmer schlüpfte.

»Entschuldigen Sie bitte, Mylady. Ich wollte Sie nicht stören, doch ich wollte fragen, ob es etwas Neues gibt, was meinen Bruder betrifft.«

Ein Blick in das verzweifelte Gesicht ihrer Angestellten reichte, um Dotty wieder zu versichern, dass sie nicht anders hätte handeln können. Womöglich hätte sie Archibald einweihen sollen. Doch sie hatte abwägen müssen. Archie konnte schrecklich vernünftig sein. Er hätte ihr womöglich geraten, die Gerichtsbarkeit ihre Arbeit tun zu lassen und sich aus der Sache herauszuhalten. Sie hatte einfach nicht riskieren können, dass er ihr verbot, weiter nachzuforschen. Vielleicht war es jetzt ohnehin zu spät. Nun, da Archie Bescheid wusste: Würde er ihre Schritte genau beobachten? Würde er ihre Freiheiten einschränken?

»Leider nein, Reynolds. Und ehrlich gesagt bin ich im Augenblick ein wenig ratlos, wie wir weiter vorgehen sollen. Wir müssten mit diesem Mr Russ sprechen, doch ich weiß nicht, wie ich das einfädeln soll, ohne dass es Verdacht erregt.«

»Das ist wahr.« Reynolds nickte. »Ich habe auch schon überlegt, was ich sagen könnte, um ihn unauffällig über den Mord ausfragen zu können. Aber ich grüble und grüble, und es fällt mir nichts ein.«

Gern hätte Dotty Reynolds beruhigt, ihr gesagt, sie möge die Zuversicht nicht verlieren. Doch in diesem Moment fühlte sie sich selbst so überaus mutlos, dass es ihr nicht gelingen wollte, auch nur einen kleinen Hoffnungsfunken zu entzünden. Was sie Reynolds nun noch zu bieten hatte, war schonungslose Ehrlichkeit und ihr Mitgefühl.

»Hinzu kommt, dass seine Lordschaft herausgefunden hat, dass ich Ihren Bruder im Gefängnis aufgesucht habe. Er war nicht besonders erfreut. Ich halte es für möglich, dass er mir verbietet, in dieser Angelegenheit weiter für Sie tätig zu werden.«

Reynolds grub die Zähne in die Unterlippe.

»Ich verstehe, Mylady.« Dann sah sie auf. »Ist seine Lordschaft deswegen nicht zum Essen geblieben?«

Dorothy nickte, ging hinüber zur Frisierkommode und machte Anstalten, ihre Frisur zu lösen. Reynolds griff nach der Bürste.

»Warten Sie, Mylady. Lassen Sie mich das machen.« Sorgsam zog sie die Nadeln und Klammern aus dem Haar und begann vorsichtig, es auszukämmen.

»Es tut mir leid, dass Sie meinetwegen so einen Ärger haben, Mylady.«

»Aber Reynolds. Gegen das, was Sie und Ihr Bruder gerade durchleiden, ist mein Kummer nichtig. Ich wünschte nur, ich könnte etwas tun, um Ihnen zu helfen.«

»Das haben Sie doch bereits, Mylady. Das haben Sie. Allein, dass Sie uns glauben, dass Sie für Martins Unterbringung in der Master's Side gesorgt und ihm einen Anwalt verschafft haben. Wir wissen all das zu schätzen und sind Ihnen von Herzen dankbar.
Womöglich müssen wir Martins Schicksal nun in Gottes Hände legen und darauf vertrauen, dass ihm Gerechtigkeit widerfahren wird. Jeden Tag bete ich dafür.«

Ein wenig beneidete Dorothy Reynolds um ihr Gottvertrauen, denn sie selbst kam gegen die tiefe Hoffnungslosigkeit, die sie empfand, nicht an. Vielleicht war ihr einfach zu deutlich bewusst, wie wenig es so manchen ihres Standes kümmerte, ob jemand unschuldig an den Galgen kam, solange er weder Geld noch Titel aufweisen konnte. Wer nachts mit einem Toten in seiner Droschke durch Londons Straßen fuhr, musste sich nicht wundern, wenn man ihn für einen Mörder hielt. Und wenn er unschuldig war, würde sich dies vor Gericht erweisen. So jedenfalls würden es viele sehen und sich nicht darüber den Kopf zerbrechen, ob auch alle Zweifel ausgeräumt waren.

Sicher, es war möglich, dass die Geschworenen im Old Bailey seine Unschuld feststellten oder Martin Reynolds vom Prinzregenten und dessen Ministern begnadigt werden würde.

Doch noch war Dorothy nicht bereit, dies dem Zufall, dem Schicksal – Gott – zu überlassen.

»Ich sehe noch eine Möglichkeit, eventuell Informationen zu bekommen, die Ihren Bruder entlasten könnten«, sagte sie schließlich. Reynolds legte die Bürste ab und sah die Marchioness über den Spiegel fragend an.

»Miss Lymington brennt darauf, mit mir auf einen Ball bei Almack's zu gehen und ich plane, diesem Wunsch am kommenden Mittwoch nachzukommen. Vielleicht kann ich dort etwas in Erfahrung bringen.«

Siebzehn

Samstag, 25. März 1814 – Abendgesellschaft im Haus des Viscounts Guilsborough, Mandeville Place, London

Rose folgte Lady Beresford in den Salon des Hauses am Mandeville Place, wo sie heute Abend zu Gast bei Lord und Lady Guilsborough waren. Der Viscount und seine Gattin waren vor kurzem von ihrem Landsitz Welford in Northamptonshire in London eingetroffen, weswegen sie einige Nachbarn, Freunde und Bekannte zu einer Dinnergesellschaft geladen hatten.

»Alexander! Clara!« Lady Beresford schüttelte dem Viscount die Hand und umarmte die Viscountess. Sie gab tatsächlich nicht viel auf Etikette und Form. Doch ihre Gastgeber schien das nicht im Geringsten zu stören.

»Ich freue mich so, euch auch in London zu sehen. Darf ich euch Miss Lymington vorstellen? Miss Lymington – Lord und Lady Guilsborough.«

Rose knickste. »Mylord, Mylady. Vielen Dank für die großzügige Einladung. Ich freue mich, Sie kennenzulernen.«

»Die Freude ist ganz auf unserer Seite«, entgegnete Lady Guilsborough freundlich. Sie war eine ausgesprochen schöne Frau und hatte genau die Haarfarbe, von der Rose insgeheim träumte. »Freunde von Lord und Lady Beresford sind uns stets höchst willkommen.«

»Habt ihr Philip und Violet mitgebracht?«, wollte Dorothy wissen.

»O nein, ich hielt es für besser, sie bei Evelyn und Nicholas auf Woodcote Park zu lassen. So können sie

Zeit mit ihrer Großmutter verbringen und mit ihren Cousinen spielen«, erklärte Lady Guilsborough.

»Dann wird Evelyn nicht kommen?«, fragte Dorothy.

»Auch wenn die Reise von Surrey nicht so weit ist, es würde für sie allmählich zu beschwerlich. Aber Nicholas ...«, sie wandte sich an Rose, »...Verzeihung, ich meine Sir Nicholas Harding, meinen Schwager, wird kommen. Er wird noch einen Freund mitbringen. Mr. Nathaniel Honeyfield, einen Neffen des Earl of Harrington. Sie müssen uns den informellen Umgang verzeihen, Miss Lymington. Lady Beresford ist die Cousine meiner Mutter und eine enge Freundin der Familie.«

Rose lächelte. Sie störte sich überhaupt nicht an dem ungezwungenen Verhalten der jungen Viscountess. Im Gegenteil, es war eine erfrischende Abwechslung zu dem strengen Drill, dem sie in Combe Monkton – speziell im letzten Jahr – ausgesetzt gewesen war. Ihre Mutter war nun einmal fest entschlossen, sie rasch und so gut wie möglich unter die Haube zu bringen und hatte daher stets ein strenges Auge auf ihre Manieren gehabt.

»Es stört mich ganz und gar nicht, Lady Guilsborough. Im Gegenteil. Ich fühle mich nicht mehr so fremd.«

»Wunderbar. So sollte es sein«, verkündete der Viscount gut gelaunt. »Ich denke, die übrigen Gäste sollten auch bald eintreffen. Wir erwarten noch Lord und Lady Markham und Lady Markhams Schwester und Schwager, Sir Edmund und Lady Cecilia Barnet, sowie Miss Gillray, eine Freundin der Markhams.«

Rose war ein wenig enttäuscht. Außer Mr Honeyfield und Miss Gillray waren offenbar nur Paare geladen. Doch warum sollte sie auch bereits auf ihrer ersten Abendgesellschaft in London den Mann ihres Herzens finden? Dafür würde sie noch Zeit und Gelegenheit genug haben. Die größten Hoffnungen setze sie ohnehin auf den Ball bei Almack's, zu dem sie Lady Beresford am kommenden Mittwoch zu begleiten hoffte –

so sie vor den Augen der Patronessen Bestand hätte. Lady Beresford hatte sich alle Mühe gegeben, ihre Zweifel zu zerstreuen, doch Rose hatte noch immer eine gewisse Ehrfurcht vor den hoch noblen Damen, die mit strengem Blick darüber wachten, wen sie für auserlesen genug hielten, sich in den erlauchten Hallen dieses exklusiven Clubs aufhalten zu dürfen.

Nach und nach trafen auch die übrigen Gäste ein. Zunächst Lord und Lady Markham, Sir Edmund und Lady Barnet, offenbar alle aus Surrey stammend und Freunde der Viscountess aus ihrer Zeit vor der Hochzeit mit Guilsborough. Lady Markham war eine äußerst elegante Erscheinung und wirkte durch Kleidung und Haltung wie eine Dame mittleren Alters, doch bei näherer Betrachtung verriet ihr frisches, jugendliches Gesicht, dass sie vermutlich nicht viel älter sein konnte als die Viscountess selbst. Ihr Gatte, Lord Markham, war ein stattlicher Mann mit dunklen Haaren, der gern zu lachen schien – wobei er immer wieder seine etwas zu groß geratenen Vorderzähne zeigte. Rose bemühte sich, nicht zu auffällig darauf zu starren.

Sir Edmund Barnet konnte nicht viel älter sein als fünfundzwanzig. Er hatte braunes Haar, ansprechende Gesichtszüge und freundliche, bernsteinfarbene Augen. Wäre er nicht bereits verheiratet gewesen, er hätte Rose wohl gefallen können. Seine Gattin, Lady Beatrice Barnet, war ein lebhaftes, quirliges Geschöpf von vielleicht zwanzig Jahren mit goldblonden Locken, die sie zu einem losen Knoten aufgesteckt hatte; eine natürliche Schönheit mit strahlendem Teint und – so bemerkte Rose mit einer gewissen Genugtuung – Sommersprossen auf Nase und Wangen. Böse Zungen hätten sie wohl als Landei bezeichnen mögen, ein Attribut, das auch Rose fürchtete, wenn sie sich der Londoner Gesellschaft stellen musste. Doch sie hoffte, diese mit ihrem Charme und ansehnlichen Äußeren für sich gewinnen zu können.

Eine echte Überraschung war Miss Gillray, die, wie sich herausstellte, das einzige Kind eines äußerst wohlhabenden Tee- und Gewürzhändlers und der Tochter eines Baronets war. Sie war eine wirklich aparte Erscheinung mit kastanienbraunem Haar und wassergrünen Augen. Doch als Konkurrenz hatte Rose sie am heutigen Abend wohl kaum zu fürchten, denn außer Mr Honeyfield würde es schließlich niemanden geben, um den es zu konkurrieren galt.

Letzterer erschien kurz darauf in Begleitung von Sir Nicholas Harding, und Rose war recht erstaunt, denn Mr Honeyfield war offenbar weit jünger als erwartet.

Er wirkte neben dem ruhigen, formgewandten Sir Nicholas ein wenig nervös und ungelenk. Seine dunklen Locken trug er etwas länger, als es die Mode war, was ihn noch jungenhafter erscheinen ließ, wie auch seine großen, braunen Augen mit den dichten Wimpern. Seine Garderobe verriet jedoch durchaus Geschmack. Er trug einen weinroten Frack und eine aufwändig gebundene Krawatte, dazu helle Pantalons und modische Stiefel, was ihm durchaus gut stand.

Als Lady Guilsborough die Gäste zur Tafel bat, wurde Rose von Sir Nicholas begleitet. Ihr gegenüber saßen Mr Honeyfield und Miss Gillray. Lady Beresford hatte den Ehrenplatz neben der Viscountess, während Lord Guilsborough seiner Gattin gegenüber am anderen Ende der Tafel Platz nahm.

Rose bemerkte aus dem Augenwinkel, dass Mr Honeyfield sie betrachtete, doch als sie den Kopf in seine Richtung wandte, sah er rasch weg und verwickelte seine Tischdame, Miss Gillray, in ein Gespräch. Rose musste lächeln. Es schmeichelte ihr, dass er offenbar Gefallen an ihr fand. Auch er war durchaus ein attraktiver Bursche, doch nicht unbedingt das, was ihr vorschwebte. Sie stellte sich einen Mann vor, der mit beiden Beinen fest im Leben stand, gebildet, weltgewandt und kulturell interessiert – jemanden, der ihr Unabhängigkeit von ihrem Elternhaus versprach und zu dem sie aufschauen konnte, nicht einen solchen Milchbart.

Sie bemühte sich, die verstohlenen Blicke, die er ihr während des Essens immer wieder zuwarf, nicht zu erwidern, um nur keine falschen Hoffnungen zu schüren.

So sympathisch er auch sein mochte, schon im letzten Jahr, als sie in Bath debütiert hatte, hatte sie sich für diese verschüchterten Bübchen nicht erwärmen können, deren Blick nervös zur Seite flatterte, sobald er auf ihren traf und die sich mit Mühe durch eine Konversation stolperten. Nein, das war nichts für sie. Rose wusste an einem Mann eine gewisse Reife und Erfahrung durchaus zu schätzen. Einen Greis wollte sie selbstverständlich auch nicht, doch ein wenig Würde, Weltgewandtheit und gesellschaftliches Renommee konnten nicht schaden und machten einen Mann in ihren Augen erst attraktiv.

Zugegeben, im letzten Jahr hatte sie mit genau einem solchen Exemplar kein Glück gehabt, doch daran war einzig das Verhalten ihrer Familie schuld. Es war nur deren unbegründeter Widerstand gegen die Verbindung gewesen, der sie dazu gezwungen hatte, Entscheidungen zu treffen, die sich im Nachhinein als unklug erwiesen hatten. Davon war Rose überzeugt.

Dieses Mal war es anders, und sie musste keine Einmischung seitens der Familie befürchten. Sie war sich fast sicher, dass sie von Lady Beresford mehr Verständnis und Unterstützung erwarten konnte als von ihren eigenen Eltern und ihrem Bruder Horace.

Nach dem Essen folgte Rose den übrigen Damen in den Salon, während die Herren im Speisezimmer zurückblieben. Dort wurde sie gleich von Lady Markham und ihrer Schwester in Beschlag genommen, die sie zum Kartenspiel überredeten. Schließlich gab Rose ihrem Bitten nach, obwohl sie sich viel lieber mit Miss Gillray unterhalten hätte, welche ihr wesentlich interessanter erschien als die Schwestern aus Surrey. So lag ihre Konzentration nicht auf dem Spiel, und ihre Mitspielerinnen wirkten erleichtert, als Rose schließlich von Lady Beresford abgelöst wurde.

Obwohl sich die Viscountess ihrer angenommen hatte, sah Miss Gillray ein wenig verloren aus. Vielleicht schüchterte sie der Titel ihrer Gesprächspartnerin ein, auch wenn Lady Guilsborough in keiner Weise Anlass dazu gab. Rose beschloss, sich zu den beiden zu gesellen.

»Miss Lymington, wie schön, dass Sie uns Gesellschaft leisten«, sagte Lady Guilsborough freundlich und deutete auf den freien Stuhl. »Bitte, nehmen Sie doch Platz. Wir sprachen gerade darüber, wie froh wir sind, dass die Kälte nun vorerst ein Ende zu haben scheint.«

»Oh ja!«, pflichtete Rose bei. »Ich fürchtete bereits, die Hälfte meiner Kleider nicht tragen zu können.«

Die Viscountess senkte die Stimme.

»Ich hoffe, Sie nehmen mir meine Offenheit nicht übel, Miss Lymington, aber ich vermute, Ihre Eltern haben Sie nicht ohne Grund nach London geschickt.« Sie zwinkerte ihr zu. »Da kann es nur förderlich sein, wenn Sie sich nicht mehr verhüllen müssen.«

Rose lachte leise. »Mit beidem könnten Sie recht haben, Mylady.«

»Dann darf ich Ihnen versichern, dass Sie bei Lady Beresford in besten Händen sind. Ich weiß nicht, ob sie es Ihnen erzählt hat, aber sie war beim Schmieden meines persönlichen Glückes nicht ganz unbeteiligt.«

Rose sah sie erstaunt an. »Hat Lady Beresford Sie und den Viscount miteinander bekannt gemacht?«

»Nicht direkt, es war ein wenig komplizierter. Doch ohne ihr Zutun hätte ich seine Lordschaft nie kennengelernt.« Lady Guilsborough lächelte und wandte sich Miss Gillray zu. »Verzeihen Sie, Miss Gillray, ich wollte nicht indiskret erscheinen. Doch ich kann mich noch gut daran erinnern, welchen Druck wohlmeinende Mütter ausüben können und wollte Miss Lymington ein wenig Zuversicht geben.«

Miss Gillray lächelte. Die vertraute Art der Viscountess vertrieb ihre Unsicherheit.

»Das weiß ich aus eigener Erfahrung. Meine Eltern setzen ebenfalls große Hoffnungen in eine günstige Verbindung.«

»Dann wünsche ich Ihnen, dass Sie das Glück haben, jemanden zu finden, der Ihren Eltern gefällt und auch Sie glücklich macht.«, entgegnete die Viscountess. Rose mochte sie auf Anhieb. Es war wohltuend, sich so frei über diese Dinge unterhalten zu können.

Als sich nach einiger Zeit schließlich die Herren zu ihnen gesellten, war Rose beinahe enttäuscht, dass die Intimität ihrer Unterhaltung unterbrochen wurde.

»Ich schlage vor, dass wir etwas spielen«, rief die Viscountess und fand große Zustimmung. Die Stühle wurden in einem Kreis aufgestellt und man beschloss, Die Voliere zu spielen. Dabei flüsterte jeder Gast dem Viscount, den sie zum Spielleiter erkoren hatten, den Namen eines Vogels zu. Nachdem Lord Guilsborough alle Vögel notiert hatte, stellte er sich in die Mitte des Kreises und verkündete:

»Meine Damen und Herren, ich werde Ihnen jetzt vorstellen, welche Vögel Sie in meiner Voliere bewundern können. Daraufhin werde ich Sie bitten, mir zu verraten, welche der Vögel in meinem Besitz Ihnen gefallen und welche womöglich Ihr Missfallen finden.«

Dann verlas er die Liste, die er zuvor angefertigt hatte, und wandte sich Lady Beresford zu.

»Ich werde nun, beginnend mit unserer verehrten Marchioness, jeden von Ihnen wie folgt befragen: Welchem Vogel schenken Sie Ihr Herz? Welchem werden Sie ein Geheimnis verraten? Und welchem werden Sie eine Feder herausrupfen?«

Lady Beresford überlegte eine Weile.

»Ich schenke mein Herz der Nachtigall, verrate dem Reiher ein Geheimnis und reiße dem Eichelhäher eine Feder aus.«

So ging es der Reihe nach weiter, bis jeder dem Viscount seine Wahl mitgeteilt hatte. Nun würde es lustig werden. Rose wartete gespannt darauf, dass Lord Guilsborough Ihnen verriet, wer sich hinter welchem Tier verbarg.

»Die Spieler werden sich nun vor dem Vogel niederknien, dem sie ihr Herz gegeben haben. Dem Vogel, dem Sie ihr Vertrauen schenkten, werden Sie ein Geheimnis verraten. Und der Vogel, dem Sie die Feder ausrissen, muss ein Pfand abgeben. Meine Gattin erkläre ich zur Pfandwächterin.«

Lachend erhob sich Lady Beresford und wartete, bis Lord Guilsborough auflöste, welcher Gast hinter welchem Vogelnamen steckte. Dann kniete sie vor Lady Barnet nieder, flüsterte Sir Nicholas ein Geheimnis zu und forderte ein Pfand von Lord Markham, das sie der Gastgeberin aushändigte.

Rose hatte ihr Herz dem Reiher geschenkt, also Sir Nicholas. Doch wer war die Elster? Wem würde sie ein Geheimnis verraten müssen? Sie wartete gespannt. Doch zunächst war Sir Edmund an der Reihe. Sein Herz hatte er der Nachtigall geschenkt, womöglich in der Ahnung, dass sich dahinter seine Gattin verbarg. Nun näherte er sich Rose – dem Waldkauz – der er sein Vertrauen geschenkt hatte. Sein Atem kitzelte in ihrem

Ohr, als er sich nahe herabbeugte und ihr sein Geheimnis zuraunte.

»Rote Haare gefallen mir noch ein wenig besser als blonde«, flüsterte er und schenkte Rose ein freches Zwinkern, bevor er wieder neben seiner Gattin Platz nahm. Rose fühlte die Hitze in ihre Wangen steigen. Na so etwas! Sie wusste nicht, ob sie dies als Frechheit bewerten oder darüber lachen sollte. Doch da Sir Edmund nun seine ganze Aufmerksamkeit wieder seiner Gattin widmete, beschloss Rose, es leichtzunehmen. Es war ein Spiel, und als ein solches sollte sie es betrachten, eine Gelegenheit, die Grenzen der Schicklichkeit gefahrlos testen zu können. Schade nur, dass unter den Anwesenden niemand war, der sie reizte.

Die Elster entpuppte sich als Mr Honeyfield. Als Rose sich zu ihm beugte, um ihm ihr Geheimnis zu verraten, streifte seine Hand kurz ihren bloßen Arm.

»Oh, bitte verzeihen Sie, Miss Lymington«, murmelte er, während sich die Spitzen seiner Ohren rot färbten. Rose schmunzelte und überlegte krampfhaft, was sie sagen sollte. Sie wollte unter allen Umständen vermeiden, falsche Erwartungen zu wecken. Nachdem sie ihm eine ausgesprochene Schwäche für Zuckermandeln gestanden hatte, glaubte sie, einen enttäuschten Ausdruck auf seinem Gesicht zu bemerken.

Schließlich war die Runde vorbei, und es ging daran, die Pfänder wieder auszulösen. Lady Markham wurde dazu ausersehen, sich die Strafen auszudenken.

Um sein Pfand zurückzuerhalten, wurde Lord Markham von seiner Gattin kurzerhand zum »Allwissenden Esel« bestimmt. Er musste auf allen Vieren den Esel mimen, während Sir Nicholas, der seinen Herrn gab, dem Publikum die erstaunlichen Fähigkeiten seines Tieres anpries.

»Sehen Sie her, meine Damen und Herren, dieses über die Maßen kluge Tier wird Sie in Erstaunen versetzen«, verkündete Sir Nicholas im Ton eines Schaustellers. »Denn es kann auf den Grund Ihrer Herzen blicken und erkennen, was Sie darin verbergen.«

Dafür erntete er Gelächter und Applaus aus der heiteren Runde.

»Esel, zeige uns, welcher der Anwesenden am ehesten zur Indiskretion neigt.«

Lord Markham, der »Esel«, wandte sich hierhin und dorthin, blieb schließlich vor Lady Beresford stehen und nickte. Die Marchioness brach in lautes Gelächter aus und klatschte begeistert in die Hände.

»Mir scheint, das Tier ist tatsächlich allwissend!«, kommentierte sie gut gelaunt.

»Nun, lieber Esel, dann zeige uns einen Herrn, der gerade frisch verliebt ist«, fuhr Sir Nicholas fort, was der Runde ein gespanntes Raunen entlockte. Lord Markham spielte seine Rolle gut, indem er kurz vor dem Viscount stehenblieb, zu überlegen schien und – nach einem gespielt entsetzten Laut seiner Gattin – weitertrottete, schließlich vor Mr Honeyfield stehen blieb und vehement mit dem Kopf nickte.

»Ist das wahr, mein Lieber?«, quietschte Lady Barnet begeistert. »Werden Sie uns heute noch verraten, wer die Glückliche ist?«

Nathaniel Honeyfield errötete heftig.

»Also, ich – nein, Mylady«, stotterte er, den Blick auf seine Fußspitzen gerichtet.

Rose musste unwillkürlich schmunzeln. Der Ärmste konnte ihr aufrichtig leidtun. Doch nach einem Augenblick schien er sich gefangen zu haben. Er räusperte sich, hob den Blick und ergänzte mit einem verschmitzten Lächeln: »Das wäre eine Indiskretion, und ich möchte Lady Beresford ihren Titel nicht streitig machen.«

Die Runde lachte über diesen gelungenen Scherz und Rose lächelte Mr Honeyfield aufmunternd zu. Er fing ihren Blick auf und erwiderte das Lächeln, die Wangen immer noch deutlich gerötet.

»Nun, lieber Esel, sage uns, welche Dame unter uns die leidenschaftlichste Tänzerin ist«, bestimmte Sir Nicholas und Lord Markham trabte los. Schließlich hielt er vor Rose und nickte mit dem Kopf.

»Ein brillantes Geschöpf!«, rief Lady Beresford begeistert aus und lachte. »Gleich am nächsten Mittwoch werden wir überprüfen können, ob unser Esel recht behält. Miss Lymington und ich werden ihren ersten Londoner Ball besuchen.«

»Ein Ball am Mittwoch«, sagte Lady Guilsborough mit einem Schmunzeln. »Da braucht es fraglos keinen allwissenden Esel, um zu erraten, wo man Miss Lymington wird antreffen können.«

Alle lachten. Denn tatsächlich konnte kaum ein Zweifel bestehen. Die während der Saison wöchentlich am Mittwoch stattfindenden Bälle bei Almack's waren schließlich legendär, und so manches Mädchen träumte davon, eine dieser Veranstaltungen besuchen zu können.

Als schließlich Mr Honeyfield an der Reihe war, sein Pfand auszulösen, bestimmte Lady Markham, er solle ein Lied zum Besten geben.

Rose fürchtete, diese Aufforderung würde den schüchternen jungen Mann nun erst recht in Bedrängnis bringen, doch er erhob sich pflichtschuldig und stimmte nach einem kurzen Hüsteln mit kräftiger Stimme ein Lied an. Zu Rose' Erstaunen war er ein ausgezeichneter Sänger. Eine so volle und tiefe Stimme hatte sie ihm überhaupt nicht zugetraut. Als er geendet hatte, stimmte sie begeistert in den Applaus der anderen ein, und Mr Honeyfield verbeugte sich lächelnd mit einem gewissen Ausdruck des Triumphs im Gesicht.

Stille Wasser sind tief, dachte Rose. Womöglich hatte sie Mr Honeyfield unterschätzt. Sie beschloss, ihn doch noch nicht vollständig von ihrer Liste zu streichen.

Achtzehn

Dorothy ließ sich erschöpft in die Kissen sinken. Es war lustig gewesen bei Clara und Alexander, und die Gesellschaft hatte sie abzulenken vermocht. Doch nun sah sie wieder mit sehnsüchtigem Blick zu der Tür hinüber, die ihr Schlafzimmer von dem Lord Beresfords trennte. Seit drei Tagen hatte sie ihn nicht gesehen. Er verließ vor dem Frühstück das Haus, vermutlich, um in der Stadt zu essen, und kehrte nach dem Dinner heim.

Auch wenn sie separate Schlafzimmer hatten, war es selten, dass er tatsächlich eine ganze Nacht in seinem verbrachte. Manches Mal hatte Dotty ihn verbannt, wenn er einmal zu viel getrunken hatte und gar zu sehr schnarchte. Doch für gewöhnlich liebte sie es, wenn sich die Tür öffnete und Archibald ins eheliche Bett zu ihr kam. Sie vermisste das warme, geborgene Gefühl, das er ihr zu geben vermochte und – ja, sie vermisste auch die körperliche Nähe. Vor allem aber fehlten ihr die Gespräche, die sie führten, wenn sie bereits die Lichter gelöscht hatten, kurz bevor sie einschliefen. Ganze Universen der Philosophie und Wissenschaft konnten sie dabei entstehen lassen. Manchmal waren sie aber auch einfach albern miteinander oder amüsierten sich über die Eigenheiten gemeinsamer Bekannter.

Dorothy seufzte. Sie beide ließen einander ihre Freiheiten und gingen am Tage ihre getrennten Wege, doch die Abende und Nächte hatten stets ihnen beiden gehört. Seltsam – während man jeden Abend gemeinsam das Dinner einnahm und später Seite an Seite einschlief, konnte es einem so vorkommen, als sei es

"

nichts Besonderes, als sei es das Selbstverständlichste
der Welt, einen Partner zu haben, mit dem man wirklich das Leben – mit allen seinen Höhen und Tiefen,
Aufregungen und Banalitäten – teilen konnte. Nun, da
sie allein in ihrem Bett lag und wehmütig die Tür
betrachtete, wurde ihr bewusst, wie tief ihre Verbindung war. Vielleicht mochte man die Vorstellung für
sentimental halten, doch Archibald war wirklich und
wahrhaftig eine verwandte Seele.

Kurz war Dorothy versucht, aufzustehen und an die
Tür zu klopfen. Doch sie wusste, dass sie diesen Schritt
ihm überlassen musste, so schwer es ihr fiel. Er würde
wieder zu ihr kommen, wenn er bereit war, ihr zu verzeihen. Während dieser Gedanke in ihr Gestalt an-
nahm, musste sie lächeln, und ein warmes Gefühl der
Gewissheit breitete sich in ihrem Innern aus. Erst jetzt,
als sie darüber nachdachte, wurde ihr tröstlich
bewusst: Er würde zu ihr kommen. Er würde ihr verzeihen. Es war nur eine Frage der Zeit.

Neunzehn

Es war einer jener kruden Scherze des Schicksals, der dafür verantwortlich war, dass Harrington House hier zwischen Themseufer und St. James's Park erbaut worden war. Lord William Stanhope, der erste Earl of Harrington, hatte hier ein Grundstück erworben, nachdem der alte Whitehall Palast niedergebrannt war. In der Hoffnung, dieser würde an derselben Stelle wieder aufgebaut, hatte er seine Residenz hier errichtet, um möglichst nah am Geschehen bei Hofe zu sein, mit allen Privilegien und Vorteilen, die diese Nähe mit sich brachte. Leider hatten King William und Queen Mary sich dafür entschieden, Whitehall nicht wieder aufzubauen und ihre Residenz im Hampton Court Palace bezogen. Den jetzigen Earl of Harrington musste dieses Missgeschick der Geschichte allerdings nicht mehr kümmern.

Eben jenes Haus am Craig's Court war an diesem Nachmittag das Ziel des jungen Nathaniel Honeyfield. Er hatte einen Plan gefasst, bei dem er die Hilfe des Earls brauchte.

»Honeyfield! Wie schön, Sie einmal wiederzusehen«, begrüßte ihn der Earl, als der Butler ihn in den Salon führte. »Sie haben Glück, dass Sie mich antreffen. Ich hatte eben gedacht, es wäre eine gute Zeit für einen kleinen Ausritt. Vielleicht möchten Sie mich begleiten?«

»Sehr gerne, Onkel«, entgegnete Nathaniel. »Allerdings wollte ich Sie um einen Gefallen bitten.«

Lord Harrington runzelte die Stirn und sah Nathaniel an, während er sich das Kinn rieb.

»Einen Gefallen. Wenn nicht Sie es wären, würde ich meinen, es geht um Geld. Immer, wenn meine Neffen mich aus einer Laune heraus besuchen, geht es um Geld.«

Er lachte, nahm seine Schnupftabakdose, klopfte mit zwei Fingern dagegen und klappte sie auf. »Darf ich Ihnen eine Prise Macouba anbieten?«

»Gerne, Onkel.« Nathaniel nahm mit spitzen Fingern etwas Tabak, und Lord Harrington tat es ihm gleich.

»Wie ich bereits sagte, habe ich eine Bitte. Wenn ich mich recht entsinne, erwähnten Sie einmal, dass Sie und Lady Harrington ein Abonnement für den Almack's Club besitzen«, begann Nathaniel.

»Ja. Warum fragen Sie?« Lord Harrington legte den Kopf schräg und betrachtete seinen Neffen mit einem amüsierten Ausdruck. »Sie wandeln auf Freiersfüßen, habe ich recht?«

Nathaniel Honeyfield sah verlegen drein, lächelte aber und fuhr fort. »Sie haben mich durchschaut, Harrington. Gestern traf ich bei Viscount Guilsborough eine junge Dame, die mein Interesse geweckt hat. Sie erwähnte, dass sie vorhabe, am Mittwoch zum Ball zu gehen. Ich würde sie sehr gern wiedersehen.«

Lord Harrington lachte. »Nun, eigentlich sind mir diese Veranstaltungen zuwider. Es reicht mir, wenn Ihre Tante mich nötigt, sie zu begleiten. Doch dem Glück meines Lieblingsneffen werde ich mich selbstverständlich nicht in den Weg stellen.«

»Dann werden Sie uns Karten besorgen?«, bohrte Nathaniel ungeduldig nach.

»Polieren Sie besser noch einmal Ihre Tanzschritte, mein Lieber. Wir gehen auf einen Ball.«

Zwanzig

Hier war es. Genau vor dieser Tür hatte sich Martin Reynolds' Schicksal entschieden. Von hier aus hätte noch alles eine andere Wendung nehmen können, hätte er den verhängnisvollen Fahrgast nicht aufgenommen, hätte er ihn einfach in eine andere Droschke steigen lassen.

Säße dann jetzt ein anderer seiner Zunft unschuldig in Newgate? Oder hätte sich vielleicht auch für Mr Felton Seymour das Schicksal gewendet? Würde er möglicherweise noch leben?

Was hatte Mr Seymour hier in den letzten Stunden vor seinem gewaltsamen Ende getan? Mit wem war er hier gewesen? Wem war er begegnet? Wer war der andere Gentleman gewesen, der ihn zur Kutsche begleitet und Mr Reynolds bezahlt hatte?

Dieser hatte ausgesagt, Seymour sei betrunken gewesen. Doch im Almack's gab es nur Tee und schrecklich saure Limonade. Eine gewisse Zurückhaltung gehörte zum Konzept der Patronessen. Auch die Preise für Abonnement und Eintritt waren erschwinglich. Dorothy hatte manches Mal überlegt, ob es ihnen im Stillen Vergnügen bereitete, mit einem Federstrich über das Wohl und Wehe der selbsterklärten Crème de la Crème der Londoner Gesellschaft entscheiden zu können und diejenigen, die es auf ihre berüchtigte Liste schafften, mit altbackenem Butterbrot, trockenem Kuchen und wässrigem Tee zu malträtieren.

Womöglich war das nicht ganz abwegig. Zuvorderst wollte man sich aber wohl nicht den Vorwurf gefallen lassen, käuflich zu sein. Denn Geld allein – so jedenfalls die Behauptung – sollte keine Rolle dabei spielen, wem das Almack's seine Pforten öffnete und wem nicht. Kultiviertheit, Ansehen und Charakter waren weit wichtiger. Doch die Anwesenheit eines Mr Felton Seymour in den geheiligten Hallen in der King Street ließ darauf schließen, dass Vermögen auch nicht unbedingt hinderlich war.

Sie durchquerten die Eingangshalle und betraten den großen Saal zur Linken, in dem die Erfrischungen gereicht wurden. Auf einem von Säulen gestützten Balkon spielte ein Orchester. Womöglich, um die Speisen und Getränke genießbarer zu machen, überlegte Dorothy amüsiert und sah sich unter den Gästen um. Sie wusste, dass es Rose ins obere Geschoss zog, wo sich der Ballsaal befand, doch sie wollte die Gelegenheit nutzen, um Erkundigungen einzuholen.

In der hinteren Ecke entdeckte sie Lord und Lady Pomfret, umringt von einer Gruppe Freunde und Bekannter. In diesem Jahr debütierte Lady Pomfrets Zweitälteste und so ließ sie kaum eine Gelegenheit aus, ihre Tochter zu präsentieren. Gewiss war sie auch an jenem fatalen Abend hier gewesen. Zumindest versprach sich Dorothy von ihr am ehesten brauchbare Auskünfte. Sie musste geschickt vorgehen und das Gespräch langsam in die gewünschte Richtung lenken. Allerdings war ein Mord – ebenso wie andere tragische Ereignisse und Unglücke – etwas, über das man auch in den erlauchten Kreisen, die sich hier bewegten, mit einer morbiden Mischung aus Sensationsgier und Ruinenlust parlierte. So hoffte Dorothy, recht bald ein Gespräch über Mr Seymours Ableben in Gang bringen zu können.

»Kommen Sie Rose, ich will Sie Lord und Lady Pomfret vorstellen. Ihre Tochter ist ungefähr in Ihrem Alter und debütiert in diesem Jahr. Gewiss werden Sie sich gut verstehen.«

Es war Rose am Gesicht abzulesen, wie ungeduldig sie darauf wartete, sich in die oberen Räume begeben zu dürfen, doch Dorothy blieb eisern.

Nachdem Dotty Rose vorgestellt und sie eine Weile über Belanglosigkeiten geredet hatten, wurde Rose von Miss Florentia Pomfret unter die Fittiche genommen, die sie unterhakte, um eine kleine Runde durch den Saal zu machen, gewiss um dabei das Angebot an jungen, attraktiven Gentlemen zu sondieren. Dorothy war es nur recht, denn sie wollte Rose aus ihren Nachforschungen heraushalten. Und so befand sie den Zeitpunkt für günstig, bei Lady Pomfret ihre Netze auszuwerfen.

»Zuerst wollte ich gar nicht herkommen. Man hat doch ein beklemmendes Gefühl, wenn man bedenkt, dass der arme Mr Seymour hier womöglich auf seinen Mörder traf. Sie haben davon gehört, nehme ich an?«

Lady Pomfret schien tatsächlich mit Genuss auf das Thema einzugehen.

»Selbstverständlich habe ich davon gehört, meine Liebe, und ich muss sagen, dass es mich nicht sehr verwundert hat. Mr Seymour hatte nicht unbedingt nur Freunde.«

»Das habe ich auch gehört. Aber wer sollte so einen Zorn auf ihn gehegt haben, dass er ihn ermorden ließ?«

»Man sollte nicht schlecht über Verstorbene sprechen, aber lassen Sie es mich so ausdrücken«, entgegnete Lady Pomfret mit einer hochgezogenen Augenbraue und einem ironischen Lächeln auf den Lippen. »Mr Seymour war den angenehmen Seiten des Lebens zugetan und ließ sich in seinem Hedonismus durch sittliche Grenzen nicht unbedingt bremsen.« Mit einer geschickten Handbewegung öffnete sie ihren Fächer und hob ihn an den Mund. »Er hat gern jungen Dingern den Kopf verdreht und die fehlende Ernsthaftigkeit seiner Intentionen dabei zu verbergen gewusst. Auch ein Ehegelübde soll für ihn kein Hindernis gewesen sein, wenn es ihm den Weg zum Herzen einer hübschen jungen Dame versperrte. Ich kann mir vorstellen, dass es eine Reihe Ehemänner, Väter und Brüder in England gibt, die nicht besonders erschüttert über seinen Tod sein dürften.«

»Lady Pomfret!«, flüsterte Dorothy in einem gespielt konsternierten Tonfall und lachte leise. »Sie glauben also, es könnte ein Akt der Rache gewesen sein?«

»Da bin ich mir sogar ziemlich sicher«, bekräftigte Lady Pomfret. »Mr Seymour war jedenfalls nicht gerade jemand, der Konfrontationen und Reibereien aus dem Wege gegangen wäre. Ehrlich gesagt hat es mich gewundert, ihn hier anzutreffen.«

»Das ist wahr. Ich habe ihn auch noch niemals hier gesehen. Nach einer Zeit gibt es in der Tat wenig unbekannte Gesichter. Ich kannte Mr Seymour auch nicht persönlich. Lord Beresford ist allerdings mit seinem Großvater, Earl Percy sehr gut bekannt.«

»Wenn Sie mich fragen, hat Miss Susanna, Earl Percys Jüngste – jetzt Lady Ellis – nicht den richtigen Mann geheiratet. Die Kinder hätten eine strenge Hand gebraucht.«

»Miss Seymour habe ich allerdings als eine angenehme Person erlebt«, wandte Dorothy ein.

»Ein Jammer, dass niemand sich darum gekümmert hat, sie rechtzeitig unter die Haube zu bringen. Nun, womöglich holt sie das nun nach, ich hörte, sie war neulich auf einer Dinnergesellschaft bei den Townshends und hat sich recht angeregt mit einem der anwesenden Herren unterhalten. Lady Townshend erzählte, sie sei kaum zu erkennen gewesen – sehr elegant gekleidet. Nicht ungebührlich, verstehen Sie mich nicht falsch. Aber sie scheint den Verlust ihres Bruders gut verschmerzen zu können.«

Wieder wanderte die Augenbraue Lady Pomfrets in die Höhe, wie sie es immer tat, wenn ihre spitze Zunge sich jemanden vornahm. Trotz ihrer Neigung dazu, ihr Umfeld mit Spott und Kritik zu überziehen, mochte Dorothy Lady Pomfret, denn sie setzte nicht böswillig Gerüchte in die Welt oder zog Leute von tadellosem Ruf in den Schmutz. Sie war lediglich eine hellwache Beobachterin und setze ihre Zunge wie ein Schwert ein. Doch dabei waren ihre scharf formulierten Einschätzungen meist zutreffend. Und das Bild, das sie von Mr Seymour entwarf, passte durchaus zu dem, was Dotty von dessen Schwester erfahren hatte.

Ein Mord aus Eifersucht oder aus Rache – und dieser Myrtenzweig, der sie so beschäftigte. Ein Symbol der Liebe und der Ehe. All das bestärkte Dotty nur in der Annahme, eine Frau könne Mr Seymour getötet haben. Enttäuschte Liebe oder Eifersucht waren auf jeden Fall plausible Motive. Doch die weit schwierigere Frage war: Wie hatte der Mörder – oder die Mörderin – es angestellt, Seymour in einer geschlossenen, fahrenden Kutsche zu ermorden, ohne dass jemand davon etwas bemerkt hatte?

Einundzwanzig

Mittwoch, 30. März 1814 – King Street, London

Rose staunte, als sie den Saal betraten. Zunächst glaubte sie, es müsse sich um den Ballsaal handeln, denn auf einem Balkon, hoch über den Köpfen der Gäste, spielte ein Orchester. Groß genug wäre der Saal allemal gewesen. Doch niemand tanzte. Die Leute standen oder saßen in Grüppchen zusammen, plauderten und nahmen Erfrischungen zu sich. Es hätte sich auch schwerlich tanzen lassen, denn in der Mitte des Raumes befanden sich sechs Säulen in der Form von Palmen, die dem Boden der darüberliegenden Etage Halt gaben. Rose vermutete daher, dass sich der Ballsaal im oberen Geschoss befand.

Tatsächlich entdeckte sie eine steinerne Treppe am Ende des Saals, die in das obere Stockwerk führte. Unwillkürlich strebte sie in diese Richtung, doch Lady Beresford hatte offenbar eine Bekanntschaft entdeckt und bahnte sich den Weg durch den Raum.

Mit einer gewissen Unruhe betrachtete Rose die Gesichter der Anwesenden, während sie Lady Beresford folgte. Sie hoffte, niemanden darunter zu erkennen, der sie aus Bath kannte und der sie womöglich im letzten Jahr mit ihrem Beau in den Assembly Rooms gesehen haben könnte. Zu ihrer Erleichterung erkannte sie niemanden.

Als Lady Beresford sie Lady Pomfret, deren Mann und Tochter vorgestellt hatte, war Rose froh, als Miss Florentia sie kurzerhand unterhakte, um mit ihr durch den Saal zu flanieren.

»Kommen Sie, Miss Lymington, wir wollen ein paar Schritte gehen«, sagte sie. Als sie einige Meter Abstand zwischen sich und ihre Eltern gebracht hatte, fuhr sie fort: »Ich weiß, wie Ihnen zumute ist. Als ich zum ersten Mal hier war, konnte ich mich auch nicht sattsehen und wollte einfach nur tanzen! Doch uns bleibt nur, geduldig zu warten, bis sich die Gentlemen unserer erbarmen. Aber verzagen Sie nicht. Ich bin sicher, Sie werden tanzen, bis Ihnen die Luft wegbleibt.« Sie lachte und zog Rose mit sich, wobei sie immer wieder den Hals reckte und nach jemandem Ausschau zu halten schien.

»Verzeihung, ich möchte nicht neugierig erscheinen. Doch Sie machen mir den Eindruck, als hofften Sie, jemand Bestimmten zu sehen«, bemerkte Rose leise.

»Sie täuschen sich nicht, Miss Lymington. Das letzte Mal tanzte ich mit einem Herrn, den ich gern noch einmal wiedersähe. Doch ich kann ihn leider nirgends entdecken.« Miss Florentia machte eine Pause und wandte sich Rose zu. Mit gerunzelter Stirn sah sie über deren Schulter zur Treppe hinüber. »Nanu? Dafür scheint mir, Sie haben bereits eine Bekanntschaft gemacht. Der junge Gentleman dort scheint sie zu kennen.«

Rose zuckte zusammen.

»Nun kommt er her«, wisperte Miss Florentia.

Rose drehte sich mit klopfendem Herzen um.

»Mr Honeyfield!«, rief sie aus, halb erleichtert, halb enttäuscht. Der junge Mann machte eine Verbeugung.

»Miss Lymington.«

Rose wandte sich ihrer Begleiterin zu. »Miss Florentia, darf ich Ihnen Mr Nathaniel Honeyfield vorstellen, den Neffen des Earl of Harrington. Mr Honeyfield – Miss Florentia Pomfret.«

»Sehr erfreut, die Damen.« Dies war offensichtlich mehr als eine Floskel, denn Mr Honeyfield schien aufrichtig erfreut, Rose zu sehen.

»Die Freude ist ganz auf meiner Seite. Ich wusste nicht, dass Sie auch hier sein würden«, entgegnete Rose höflich. In eleganter Abendgarderobe, mit dunkelblauem Frack, hohem Kragen und kunstvoll gebundener Krawatte machte Mr Honeyfield durchaus etwas her, fand Rose.

»Bis Sonntag wusste ich es selbst nicht«, erklärte Honeyfield. »Mein Onkel, Lord Harrington, hat mich eingeladen. Da ich wusste, dass ich Sie hier antreffen würde, habe ich natürlich nicht gezögert, die Einladung anzunehmen. In der Hoffnung, Sie möchten mir womöglich einen Tanz zugestehen.«

Rose musste schmunzeln. So linkisch und schüchtern, wie sie ihn zuerst wahrgenommen hatte, schien Nathaniel Honeyfield gar nicht zu sein. Denn sie glaubte keine Sekunde, dass es sich bei Lord Harringtons Einladung an seinen Neffen um einen glücklichen Zufall handelte. Und da sie ohnehin darauf brannte, den Ballsaal zu sehen, nahm sie sein Angebot gerne an.

Kurze Zeit später fand sich Rose dort wieder und staunte schon allein über dessen Größe. Die Wände waren an der Längsseite durch Halbpfeiler, an den Stirnseiten durch Säulen in Segmente unterteilt. Ein Teil davon war mit riesigen Barockspiegeln behängt, dazwischen befanden sich an der anderen Seite die hohen Fenster, über denen an Querbehängen mit vergoldeten Schnitzereien geraffte Vorhänge aus fließendem Stoff angebracht waren. Riesige doppelstöckige, mit Kristallglas bestückte Kerzenleuchter tauchten den Saal in goldenes Licht, das sich in den Glasfacetten und den Spiegeln an den Wänden brach. Ringsherum verlief ein mit Girlanden und Phialen geschmückter Fries, unter dem mit Reliefs und Schnitzereien versehene Holzpaneele angebracht waren. Über alldem thronte auf einem Balkon mit vergoldetem Brüstungsgitter das Orchester.

Rose konnte sich gar nicht sattsehen. Die Musik durchströmte sie, und das Rascheln zahlreicher Röcke aus Seide, Chiffon und Satin war beinahe wie sanftes Meeresrauschen. Sie atmete den Duft der Wachskerzen und teurer Parfums. In ihrem Kleid aus goldenem Seidentaft, das mit Blättern, Blüten und Perlen bestickt und mit Spitze gesäumt war, fühlte sie sich wie eine Königin.

Sie passierten die Absperrung aus dicken roten Seilen, welche die Tanzfläche in Abschnitte teilte, und stellten sich zum Kontratanz auf.

»Ich weiß nicht, ob ich je so viele Tanzpaare auf einmal gesehen habe«, kommentierte sie begeistert. »Sie finden mich sprachlos.«

»Das wäre aber ein Jammer«, entgegnete Mr Honeyfield, während er sich verneigte. »Ich hatte mich gerade auf die Gelegenheit gefreut, Sie besser kennenzulernen. Ein stummer Tanz wäre doch wohl wenig ersprießlich, stimmen Sie mir nicht zu?«

Rose lächelte und reichte ihm die Hände für die Drehung.

»Da haben Sie wohl recht. Und es wäre wohl auch kaum schicklich, Ihnen die Konversation zu versagen.«

»Und das, wo ich mich der Juristerei verschrieben habe und das Wort in gewisser Weise mein Lebenselixir ist.«

»Sie wollen mich aber doch wohl nicht ins Kreuzverhör nehmen, mein lieber Mr Honeyfield?«

Rose begann, Gefallen an dieser spielerischen Unterhaltung zu finden. Honeyfield war durchaus ein gewitzter und unterhaltsamer Tanzpartner.

»Selbstverständlich nicht, Miss Lymington. Obwohl ich doch Anklage gegen Sie erheben könnte.«

»Sie sehen mich entsetzt, mein Herr. Was könnten Sie mir vorzuwerfen haben?«

»Einen Diebstahl, Miss Lymington.« Nathaniel Honeyfield zwinkerte und eine schwarze Locke fiel ihm vorwitzig in die Stirn.

»Einen Diebstahl? Was sollte ich Ihnen gestohlen haben?«, neckte Rose zurück, knickste und senkte den Blick, doch sie sah mit einem verschmitzten Lächeln zu ihm auf und erwartete seine Entgegnung.

»Letzte Nacht raubten Sie mir den Schlaf, Miss Lymington«, sagte er leise.

Sie kamen nebeneinander zum Stehen, während die anderen Paare in der Mitte eine Figur tanzten.

»Der Gedanke, Sie heute wiederzusehen, ließ mich nicht schlafen.«

»Dann hoffe ich, dass Sie mir nicht beim Tanz einschlafen, Honeyfield«, scherzte Rose und ergriff seine Hand. Ihr Herz pochte, und sie war sich nicht mehr ganz sicher, ob es von den schnellen Tanzschritten herrührte oder von dem etwas ungehörigen Kompliment. Sie hatte Honeyfield deutlich unterschätzt.

»Das habe ich nicht vor, Miss. Auf der Tanzfläche, noch dazu mit einer so reizenden Partnerin, bin ich nicht so schnell zu ermüden.«

Am liebsten hätte Rose laut gelacht. Das Tanzen und die Schelmereien mit Mr Honeyfield bereiteten ihr großes Vergnügen. Doch sie wollte nicht riskieren, für vulgär gehalten zu werden. Es schickte sich schließlich nicht, Freude und Spaß am Kokettieren offen zu zeigen. Das hatte sie im letzten Jahr schmerzhaft erfahren müssen. Sie mochte sich nicht vorstellen, was hinter den Fächern der Damen über sie getuschelt worden war. Damals war es ihr egal gewesen. Wenn das Herz so voll Glück war, dann musste es doch irgendwo wieder hinaus, sonst würde man platzen! Inzwischen hatte sie gelernt, dass nicht nur der Leib in ein Korsett gezwängt werden musste, wollte man in der Gesellschaft bestehen. Auch wenn es einem im Überschwang der Gefühle gleich sein mochte, was die anderen über einen dachten, das Gerede hielt sich offenbar länger als die Gefühle.

Doch sie mochte sich nicht mit trüben Gedanken oder Reue belasten. Sie wollte tanzen und glücklich sein, auch wenn sie ihre Empfindungen nun besser in ihrem Innern zu verbergen wusste.

So unbeschwert und fröhlich war es, mit Mr Honeyfield zu tanzen, dass sich Rose noch zu einem zweiten Tanz verleiten ließ. Am Ende glühten ihre Wangen, der Stoff ihres Kleides klebte am Rücken, und sie hatte großen Durst.

Mr Honeyfield war auch etwas ins Schwitzen gekommen und schlug vor, sich mit Limonade zu erfrischen, wohl wissend, dass es auch nicht schicklich gewesen wäre, noch einen weiteren Tanz zu wagen.

Und so ließ sich Rose von Mr Honeyfield zurück zu Lady Beresford begleiten.

»Eine ausgezeichnete Idee, Mr Honeyfield«, begrüßte diese den Vorschlag, hinunterzugehen, um etwas zu trinken.

Als sie den Vorraum passierten, fiel Rose ein Gentleman auf, der sie mit einer an Unverschämtheit grenzenden Direktheit betrachtete. Er war groß und schlank und hatte weizenblondes Haar. Sein schwarzer Frack war ihm offenbar direkt auf den Leib geschneidert und betonte die schmale Taille und kräftigen Schultern. Dazu trug er ein blütenweißes Hemd mit ebensolcher Weste und eine aufwändig gebundene Seidenkrawatte. Das hervorstechendste Merkmal allerdings waren seine auffällig hellen, blaugrünen Augen, die Rose noch eine Weile verfolgten. Sie fühlte ein Prickeln auf der Kopfhaut und ein kleiner Schauer rieselte ihr über den Rücken. Noch nie hatte allein der Blick eines Herrn sie so nervös werden lassen. Nicht einmal im Zuge der unrühmlichen Ereignisse im letzten Jahr hatte sie je solch unerklärliche Unruhe verspürt. Während sie den Raum verließ, hatte sie das unmissverständliche Gefühl, dass das wassergrüne Augenpaar sie weiter verfolgte. Jedoch wagte sie nicht, einen Blick über die Schulter zu werfen, um sich Gewissheit zu verschaffen, sondern strebte mit den anderen der Treppe zu.

»Setzen Sie sich doch und ruhen Sie einen Augenblick aus. Ich werde mich um die Getränke kümmern«, bot sich Honeyfield an und verschwand in der Menge. Verstohlen sah Rose zur Treppe hinüber.

Ihr Herz klopfte schneller, als sie den blonden Gentleman am oberen Ende der Treppe entdeckte. Eine Hand lässig auf das Geländer gestützt, überblickte er den Saal.

»Kennen Sie den Gentleman?«, wollte Lady Beresford wissen, die offenbar ihrem Blick gefolgt war.

Rose schüttelte den Kopf.

»Mir scheint, er sieht in Ihre Richtung.« Lady Beresford lächelte verschmitzt. »Nun, wundern sollte es uns nicht, dass Sie jemandem aufgefallen sind. Sie sehen hinreißend aus in diesem Kleid. Es passt wundervoll zu Ihrem Haar und steht Ihnen ganz ausgezeichnet.«

In diesem Augenblick kehrte Mr Honeyfield mit der Limonade zurück, und Rose wandte rasch den Blick vom Treppenabsatz ab.

»Vielen Dank, Mr Honeyfield. Sie sind ein Held«, lachte Lady Beresford und nahm das Glas entgegen, das er ihr reichte. »Es war unangenehm warm im Ballsaal. Man ist nach diesem ewigen Frost Wärme überhaupt nicht mehr gewöhnt.«

»Fühlen Sie sich nicht wohl, Miss Lymington?«, fragte Honeyfield und betrachtete Rose stirnrunzelnd.

»O nein, es ist nichts. Mir war eben ein wenig flau. Aber es geht wieder«, log sie und nötigte sich ein Lächeln ab. In Wahrheit beschäftigte sie der Herr mit dem intensiven Blick. Er hatte etwas in ihr ausgelöst, das ihr unheimlich war.

»Trinken Sie ein wenig, das wird Ihnen guttun«, schlug Honeyfield vor, und Rose nahm pflichtschuldig einen Schluck. Tatsächlich tat es gut und erfrischte, die seltsame Unruhe allerdings blieb. Als ihr Blick nach einigen Minuten kurz wieder zum Treppenabsatz zurückflatterte, war der Gentleman verschwunden.

»Honeyfield! Hier versteckst du dich also!«, hörte sie hinter sich eine sonore Stimme und wandte sich um. Beinahe wäre ihr das Glas entglitten. Neben einem würdevoll aussehenden Herrn, den sie für den Earl of Harrington, Mr Honeyfields Onkel hielt, stand der Gentleman mit den meergrünen Augen.

Zweiundzwanzig

Reynolds holte noch einmal tief Luft. Ihr Fingerknöchel schwebte in der Luft, zögernd, ob sie es wagen sollte. Doch dann straffte sie die Schultern und klopfte.

»Ja, bitte?«, kam es von der anderen Seite der Tür.

Reynolds öffnete und trat ein.

»Guten Abend, Mylord. Bitte verzeihen Sie die Störung.«

Lord Beresford sah von den Papieren auf, mit denen er beschäftigt gewesen war.

»Reynolds?«, wunderte er sich. »Was haben Sie auf dem Herzen?«

Martha Reynolds verschränkte die Hände vor dem Körper und senkte den Blick.

»Mylord, ich wollte mit Ihnen über – nun, über die Sache mit meinem Bruder sprechen.«

Ein Ausdruck des Verstehens trat in sein Gesicht.

»Natürlich, worüber auch sonst«, murmelte er.

»Mylord, ich hoffe Sie verzeihen mir, wenn ich so offen spreche«, begann Reynolds. »Doch ich arbeite nun schon so lange in Ihrem Haushalt, und es ist furchtbar ungewohnt, Sie und Ihre Ladyschaft so uneins zu erleben. Ich fühle mich schrecklich, weil es doch in gewisser Weise alles meine Schuld ist.«

Lord Beresford zog die Augenbrauen zusammen und schüttelte den Kopf.

»Nein, Reynolds. Nein, ganz und gar nichts ist Ihre Schuld.«

»Verzeihen Sie, Mylord, aber ich muss widersprechen«, beharrte sie. »Lady Beresford wollte doch nur meinem Bruder und mir helfen.«

»Herrje! Natürlich wollte sie nur helfen!« Lord Beresford schlug mit der Faust auf die Tischplatte und Reynolds zitterte ein wenig. Womöglich kostete es sie jetzt auch noch ihre Stelle, auf die sie nun mehr denn je angewiesen war.

»Aber warum ist sie nicht zu mir gekommen? Vertraut sie mir denn gar nicht? Habe ich ihr je Anlass dazu gegeben?«

Reynolds hatte den Eindruck, dass er Letzteres mehr zu sich selbst gesagt hatte, als zu ihr. Lord Beresford sah auf.

»Ja, zum Kuckuck, warum sind Sie nicht zu mir gekommen? Ich fühle mich wie ein Trottel. Der Ahnungslose in einem Haus voller Geheimnisse.«

»Es tut mir leid, Mylord«, entgegnete sie. »Sie haben recht, ich hätte mich Ihnen anvertrauen sollen, doch ich fürchtete, Sie könnten mich entlassen, wenn Sie erführen, dass mein Bruder verhaftet wurde.«

»Gut, das verstehe ich«, gab er, nun bereits deutlich ruhiger, zu. »Doch Ihre Ladyschaft hatte wohl kaum zu befürchten, dass ich sie entlassen würde. Warum hat sie mich nicht in ihre Pläne eingeweiht?«

»Wenn ... wenn ich es erklären dürfte«, begann Reynolds zögerlich.

»Nur zu, Reynolds. Erklären Sie mir die unerklärlichen Wege der Frauen«, entgegnete er mit einem sarkastischen Tonfall.

»Ihre Ladyschaft fürchtete, Sie könnten ihr ausreden wollen, Nachforschungen anzustellen. Sie glaubte, Sie könnten es verbieten. Ich bitte Sie, Mylord. Vergeben Sie ihr doch. Sie handelte nur mit den besten Absichten.«

»Warum nur glaubt sie, ich wäre so ein verbohrter Sturkopf und könnte mich ihr in den Weg stellen?« Lord Beresford schüttelte den Kopf. »Das ist es, was mich über die Maßen enttäuscht. Nicht die Tatsache, dass sie sich entschlossen hat, zu handeln und Ihnen zu helfen.«

Reynolds fiel ein Stein vom Herzen. Sie konnte spüren, dass Lord Beresford ihnen beiden diesen Verrat in seinem Innern längst vergeben hatte.

»Haben Sie denn wenigstens etwas Brauchbares herausgefunden?«, fragte er.

Reynolds fasste kurz zusammen, was sie bisher in Erfahrung gebracht und welche Überlegungen sie angestellt hatten.

»Doch nun sind wir einigermaßen ratlos«, endete sie ihren Bericht. »Wir müssten diesen Mr Russ befragen, aber das würde Verdacht erregen.«

»Natürlich würde es das, Reynolds. Aber ich habe schon eine Idee, wie wir es anstellen können.« Es klang, als habe der Marquess nun selbst für die Sache Feuer gefangen.

»Dann werden Sie uns helfen?«

Reynolds fühlte sich erleichtert. Das eisige Schweigen zwischen Lord und Lady Beresford, die sonst so herzlich und vertraut miteinander waren, hatte sie die ganze Zeit über zusätzlich belastet.

»Richtig. Ich gehe wohl recht in der Annahme, dass Ihre Ladyschaft nicht zufällig zu Almack's wollte. Dann werden wir unsere eigenen Erkundigungen einholen, Reynolds. Gleich morgen früh werden Sie sich noch einmal in die Harley Street begeben.

Dreiundzwanzig

»Lady Beresford, Honeyfield, darf ich Ihnen meinen alten Freund, Colonel Patrick Egerton vorstellen? Egerton – Ihre Ladyschaft, die Marchioness of Beresford und mein Neffe Nathaniel Honeyfield.«

Colonel Egerton machte eine elegante Verbeugung und begrüßte die ihm Vorgestellten, wobei er Rose nur kurz aus dem Blick ließ. Das Forschende darin verunsicherte Rose. Doch es lag darin auch etwas anrührend Verletzliches oder Melancholisches, das sie faszinierte. Sie schlug die Augen nieder und fühlte die Hitze in ihre Wangen steigen. Nathaniel Honeyfield schien den stummen Austausch zwischen ihr und Colonel Egerton bemerkt zu haben, denn er betrachtete den Colonel mit schlecht kaschierter Skepsis.

»Sehr erfreut, Colonel«, entgegnete Lady Beresford. »Erlauben Sie mir, dass ich Ihnen beiden Miss Lymington vorstelle, die Tochter von Lord und Lady Ramsbury. Sie ist derzeit zu Gast bei mir und seiner Lordschaft.«

»Es ist mir eine Ehre, Miss Lymington. Ich hoffe, es gefällt Ihnen in London? Ich selbst gewöhne mich noch daran.« Ein kleines Lächeln zeigte sich auf Colonel Egertons Gesicht, als er Rose begrüßte.

»Sie müssen wissen, Colonel Egerton stammt aus Somerset. Er hat eine Immobilie in der Nähe von London erworben und ist erst vor zwei Monaten dort eingezogen«, erklärte Lord Harrington.

Somerset! Rose' Herz pochte. Deswegen hatte er sie so angestarrt. Sie hätte es wissen müssen.

»Eine glückliche Fügung, möchte ich meinen. Miss Lymington stammt ebenfalls aus Somerset. Womöglich sind Sie einander bereits begegnet?«, begeisterte sich Lady Beresford. Rose spürte, wie sich ihr Magen zusammenkrampfte. Am liebsten hätte sie die Marchioness am Arm genommen und fortgezogen. Natürlich hatte diese die besten Intentionen, doch sie hatte unabsichtlich noch mehr Aufmerksamkeit auf Rose gelenkt.

»Nein, Lady Beresford. Daran würde ich mich ganz gewiss erinnern«, entgegnete Colonel Egerton, wobei er Rose noch immer unverwandt ansah. Der satte Bariton seiner Stimme überraschte Rose. Sie klang männlich und doch warm und sanft.

»Der Colonel kehrte erst im Herbst 1812 aus Spanien zurück. Er diente unter Marquess Wellington und wurde bei Burgos schwer verwundet«, erklärte Lord Harrington. Rose fühlte die Anspannung von sich abfallen. Natürlich! Er war auf dem Kontinent gewesen. Die Wahrscheinlichkeit, dass sich ihre Wege bereits gekreuzt hatten, war also gering.

»Ein Held des Vaterlandes. Sie haben unseren Respekt und Dank, Colonel«, entgegnete Lady Beresford. »Mein erster Mann war bei der Marine. Er diente unter Captain Riou auf der Amazon und fiel in der Schlacht von Kopenhagen. Dreizehn Jahre ist das nun her. Es wird Zeit, dass diese Kriege ein Ende finden.«

»Da gebe ich Ihnen recht, Mylady. Und es gibt tatsächlich Anlass zur Hoffnung, denn die Koalition steht kurz davor, Paris einzunehmen. Die Tage Bonapartes scheinen gezählt.«

»Ich hörte davon. Das wäre in der Tat ein Anlass zur Freude. Wollen wir unseren Soldaten Glück und Gottes Segen wünschen«, entgegnete Lady Beresford. »Aber an einem Abend wie diesem sollten wir nicht vom Krieg sprechen.«

»Wohl wahr, Mylady. Sprechen wir von Erfreulicherem. Wenn ich so neugierig sein darf, Miss Lymington, aus welcher Gegend von Somerset stammen Sie denn genau?«, wollte Colonel Egerton wissen.

»Der Landsitz meiner Familie befindet sich in Combe Monkton, keine fünf Meilen von Bath.«

»Dann trennen uns keine zwanzig Meilen, möchte ich meinen. Mein Anwesen liegt in Midsomer Norton«, entgegnete Patrick Egerton.

Rose lächelte. »Ich glaube, den Ort kenne ich. Es liegt etwa auf halbem Weg zwischen Bath und Wells, nicht wahr? Ich meine, mich an eine alte normannische Kirche zu erinnern.«

»Richtig. Die Pfarrkirche St. Johannes der Täufer. Midsomer Norton ist ein hübsches Fleckchen.«

Der säuerliche Ausdruck in Nathaniel Honeyfields Gesicht war sicherlich nicht der Limonade geschuldet. Ihm schien die Richtung, die diese Konversation nahm, gar nicht zu gefallen, und seine Miene verfinsterte sich zusehends. Er tat Rose ein wenig leid. Sie hatte nicht die Absicht gehabt, ihn in irgendeiner Weise zu düpieren.

»Mit Ihrer Erlaubnis, Lady Beresford, würde ich Miss Lymington, wenn sie noch ein wenig ausgeruht hat, gern um einen Tanz bitten«, hörte sie den Colonel sagen und Rose' Herz begann bei dieser Aussicht wild zu klopfen. Nur zu gern nahm sie die Einladung an.

Sie fühlte sich großartig, als sie an Colonel Egertons Seite auf die Tanzfläche schritt. Auch wenn der Gedanke an Nathaniel Honeyfield ihr ein schlechtes Gewissen bereitete, schmeichelte es ihr doch ganz ungemein, dass sich bereits zwei Gentlemen für sie interessierten. Noch dazu ein so vortreffliches Exemplar wie Colonel Egerton. Ein deutlich älterer und erfahrenerer Mann als Mr Honeyfield, der sich bereits auf dem Schlachtfeld bewährt hatte, und schon in der Art, wie er sich bewegte, eine immense Souveränität ausstrahlte. Rose schätze den Colonel auf etwas über dreißig. Aufgrund der hellen Haare war es schwer zu sagen, doch um seine Augen kräuselten sich bereits einige verräterische Fältchen.

Es wurde ein lebhafter Reel getanzt, was ihr leider nicht viel Gelegenheit gab, sich mit dem Colonel zu unterhalten. Doch die Blicke, die sie tauschten, sprachen lauter als Worte, und es wurde Rose bewusst, dass das unruhige Gefühl, das sie verspürt hatte, nichts anderes war als Verliebtheit. Eine Verliebtheit, die sich anders anfühlte als damals in Bath.

Viel zu schnell endete der Tanz, und Rose hoffte, der Colonel würde sie um einen weiteren bitten, doch stattdessen verneigte er sich nur.

»Miss Lymington, es war mir eine große Ehre und ein Vergnügen, mit Ihnen zu tanzen«, sagte er. »Leider muss ich mich bereits verabschieden, da ich für diesen Abend noch eine Verabredung zum Supper mit einigen Gentlemen bei Watier's habe. Ich bin in Versuchung, diese zu enttäuschen, doch das spräche wohl kaum für meinen Charakter. Und so verlasse ich Sie in der Hoffnung, Sie bald wiederzusehen.«

Enttäuscht ließ sich Rose zu Lady Beresford zurückgeleiten, wo sich Egerton auch von den anderen verabschiedete. Nathaniel Honeyfield konnte kaum verbergen, dass er über den Weggang des Colonels nicht besonders traurig war.

Als um elf das Supper serviert wurde, waren auch Lady Pomfret und deren Tochter Florentia wieder zu ihnen gestoßen, und sie beschlossen, gemeinsam zu essen.

Das dürftige Angebot an trockenem Kuchen und dünnen, mit Butter bestrichenen Weißbrotscheibchen als Supper zu bezeichnen, fand Rose ein wenig irreführend, doch sie hatte ohnehin keinen großen Appetit, und ihr an diesem Abend besonders eng geschnürtes

Korsett hätte auch wenig Raum für eine ausgedehnte Mahlzeit gelassen.

»Schade, dass Ihr Freund Colonel Egerton nicht bleiben wollte«, befand Lady Pomfret, nachdem die Gruppe sich gesetzt hatte. »Ich hätte ihn gern näher kennengelernt.«

»Bisweilen ist Egerton ein wenig menschenscheu«, verriet Lord Harrington. »Man kann es ihm nicht verdenken bei seiner tragischen Geschichte.«

Lady Pomfrets erwartungsvoller Blick schien den Earl herauszufordern, mehr zu enthüllen, was jener bereitwillig tat.

»Er hatte eine ganz reizende Frau. Doch nicht lange, nachdem Egerton aus Spanien zurückgekommen war, stürzte sie von einer Brücke in den Fluss und ertrank. Um die Familie zu schützen, behauptete man, es sei ein Unfall gewesen, doch viele bezweifeln es. Es heißt, sie sei schwermütig geworden und habe sich das Leben genommen.«

»Wie entsetzlich, der arme Colonel!«, rief Rose aus.

»Nicht wahr?«, fuhr Harrington fort. »Zuerst seine schwere Verwundung, es grenzt an ein Wunder, dass er davon nichts zurückbehalten hat. Und dann der tragische Tod seiner Frau.«

»Hat er Kinder?«, wollte Lady Beresford wissen.

»Nein. Leider blieb die Ehe kinderlos. Ein Jammer, denn ich glaube, für Egerton wäre es tröstlich, in seinen Kindern ein lebendiges Andenken an seine Frau zu haben«, entgegnete Harrington. »Nach Mrs Egertons Tod hat er sich ganz zurückgezogen. Erst vor kurzem konnte seine Familie ihn schließlich überreden, sich einen Wohnsitz in London zuzulegen und wieder unter Menschen zu gehen.«

Nun, da Rose eine Ahnung hatte, was das Verletzliche, Wehmutsvolle gewesen war, das sie glaubte, im Blick des Colonels bemerkt zu haben, fühlte sie sich noch stärker zu ihm hingezogen. Dem Schrecken des Krieges ins Auge gesehen zu haben, schwer verwundet heimzukommen, in der Hoffnung auf ein glückliches Leben mit seiner Frau – und dann starb diese unter so tragischen Umständen.Die Geschichte rührte Rose, und in ihr keimte die leise Hoffnung, das Glück zurück in Colonel Patrick Egertons Leben bringen zu können.

Vierundzwanzig

Mittwoch, 30. März 1814 – Grosvenor Street London

Dotty hatte sich entkleidet und für das Bett bereit gemacht. Gerade wollte sie die Lampe löschen, als es klopfte. Ihr Herz machte einen erfreuten Satz. Das Klopfen kam nicht von der Tür, die auf den Flur hinausführte, sondern von der, die zwischen ihrem Zimmer und dem von Lord Beresford lag.

»Ja bitte?«

Ihre Stimme klang belegt, denn sie war ein wenig aufgeregt. Ganz so wie damals, kurz nach ihrer Hochzeit.

Die Tür öffnete sich und Archibald trat hindurch. In Hausschuhen und Nachthemd stand er da und sah Dorothy mit einem leichten Schmunzeln an.

»Guten Abend. Oder sollte ich lieber guten Morgen sagen? Schließlich ist es bereits weit nach Mitternacht.« Offenbar hatte er ihr vergeben, und dies war seine Art, es zu zeigen. Der Augenblick hatte etwas so Intimes, Vertrauliches, dass die Anspannung der letzten Tage ganz von Dorothy abfiel. Vor Rührung und Erleichterung hätte sie weinen mögen.

»Dann bist du nun nicht mehr wütend?«, fragte sie vorsichtig.

»Doch«, entgegnete Archibald. »Ich bin noch immer wütend, weil du mir nicht vertraut hast. Du hättest mich in alles einweihen sollen.«

»Das hätte ich. Es war dumm von mir«, stellte sie nüchtern fest. »Bitte verzeih mir.«

»Ich konnte dir noch nie etwas übelnehmen«, entgegnete Archie. Er trat an seine Frau heran und schloss sie liebevoll in die Arme. Dotty lehnte ihren Kopf an seine Schulter. Sie fühlte sich warm und geborgen und dachte, was für ein großes Glück es doch war, wenn man jemanden gefunden hatte, bei dem man sich ganz und gar aufgehoben und verstanden fühlen konnte.

Zärtlich berührte Archibald mit den Lippen zuerst ihre Stirn, dann ihren Mund. Das warme Gefühl breitete sich in ihrem ganzen Körper aus, und sie nahm Archie bei der Hand und führte ihn zum Bett.

Angenehm ermattet schmiegte sich Dorothy einige Zeit später an Archibalds Seite. Sie wusste, dass viele Frauen es als eine lästige Pflicht empfanden, doch sie hatte die körperliche Zusammenkunft stets genossen und sich ihm gern hingegeben. Sie drückte einen Kuss auf seine Schulter, dann wandte sie sich um und löschte die Lampe auf dem Nachtkästchen.

»Hast du im Almack's wenigstens etwas erfahren, das dich weiterbringt?«, hörte sie Archibalds Stimme in der Dunkelheit. Als sie stutzte, fügte er hinzu: »Reynolds hat mir alles erzählt. Aber du darfst ihr nicht böse sein. Sie plagte ein schlechtes Gewissen, und sie bat mich, dir zu verzeihen.«

»Die treue Seele!«, rief Dorothy.

»Du hattest vollkommen recht, dass wir Reynolds und ihrem Bruder helfen müssen. Du hättest nur mit mir darüber sprechen sollen.«

»Ich weiß.«

»Also, was hast du im Almack's erfahren?«, wollte Archibald wissen.

»Nicht viel. Bloß, dass Mr Seymour offenbar ein Lebemann war, der sich mit seinem Lebenswandel und einem Hang zu Weibergeschichten keine Freunde gemacht haben dürfte. Es hat also eine Reihe Leute gegeben, die nicht gut auf ihn zu sprechen waren«, entgegnete Lady Beresford. »Lady Pomfret war an jenem Abend wohl nicht zugegen, so dass sie mir nicht sagen konnte, wer der Herr war, der ihn zur Kutsche begleitet hat. Allerdings habe ich von Lady Middleton erfahren, dass Countess Lieven ihn hinauswerfen ließ, weil er offensichtlich betrunken war. Sein Begleiter war Lady Middleton allerdings nicht bekannt. Mehr habe ich nicht erfahren können.«

»Warst du denn in deiner offiziellen Mission erfolgreicher?«, wollte Archibald wissen.

»Du meinst, ob ich einen geeigneten Heiratskandidaten für Rose finden konnte? Zumindest gibt es zwei Gentlemen, die sich sehr an ihr interessiert zeigen. Mr Nathaniel Honeyfield, der Neffe Earl Harringtons – wir lernten ihn am Samstag bei Clara und Alexander kennen – hat sogar zweimal mit ihr getanzt. Und dann war da noch Colonel Patrick Egerton, ein Witwer. Ein Bild von einem Mann, möglicherweise ein wenig zu alt für Rose, doch er stammt aus ihrer Gegend. Er schien seine Augen gar nicht von ihr lassen zu können, und sie wirkte auch recht angetan.«

»Gleich zwei vielversprechende Kandidaten also. Du findest mich ein wenig erleichtert.«

»Erleichtert? Warum?«

»Nun, ich war ebenfalls nicht ganz ehrlich mit dir, was Rose angeht«, gestand Archibald. »Ihr Vater verriet mir im Vertrauen, dass Rose bei ihrem Debüt im vergangenen Jahr in Bath offenbar einen Mann kennengelernt hatte, von dem die Familie wohl nicht viel hielt. Rose hielt es nicht davon ab, sehr öffentlich mit ihm zu kokettieren und viel zu vertraulich mit ihm zu sein. Es hat ihren Ruf ziemlich beschädigt, zumal da-raus keine Verlobung resultierte.«

»Ach du Schreck.« Es überraschte Dotty allerdings nicht, so etwas über Rose zu hören. Das Mädchen war liebenswert, doch ein Temperamentbündel und recht eigensinnig.

»Es kommt noch besser«, fuhr Archibald fort. »Da Rose – vermutlich zu Recht – glaubte, ihre Familie würde einer Verbindung mit dem Gentleman nicht zustimmen, ließ sie sich von ihm überreden, durchzubrennen. Ihr Bruder Horace konnte den Fluchtplan vereiteln und Rose gerade noch rechtzeitig nach Hause schaffen, bevor Schlimmeres geschehen konnte.«

»Herrje! Das habe ich nicht geahnt«, entgegnete Dotty.

»Zum Glück hat davon sonst niemand etwas mitbekommen, und so blieb es bei einem leicht angekratzten Ruf und ein wenig Getuschel«, endete Archibald.

»Dann ist es tatsächlich gut, dass sie hier ist. Ihre Reputation wäre dahin, wenn dies herauskäme. Und sie zu verheiraten, wäre auch beinahe unmöglich. Wer will schon beschädigte Ware nehmen?«

»Horace Lymington hat übrigens geschrieben. Er hat in London zu tun und wird uns einen Besuch abstatten«, informierte sie Archibald.

»Ich vermute, dabei will er wohl auch ein wachsames Auge auf seine Schwester haben«, schloss Dorothy. »Nun, er sollte sich nicht zu viele Gedanken machen. Schließlich scheint es, als würde für Rose alles noch ein glückliches Ende nehmen.«

»Dank dir, mein Rehlein.« Sie konnte an Archibalds Stimme hören, dass er lächelte. »Du verbringst deine Abende also damit, Ehen zu stiften und einen Mörder zu jagen und glaubst immer noch, Männer hätten das abenteuerlichere Leben?«

Sie musste lachen. Doch dann wurde ihr wieder bewusst, dass sie noch immer keine Spur hatte, die sie zu Mr Seymours Mörder führen könnte und der arme Mr Reynolds noch immer in Newgate saß und seiner Verhandlung entgegenbangte.

»Ich wünschte, ich könnte Mr Reynolds helfen«, sagte sie in ernstem Ton. »Man müsste sich diesen Diener, diesen Mr Russ noch einmal vornehmen. Doch ich kann wohl schlecht bei Miss Seymour auftauchen und ihre Dienerschaft befragen.«

»Nein«, entgegnete Archibald mit einem amüsierten Unterton. »Aber du kennst jemanden, der es kann.«

Natürlich! Es war bezeichnend, dass sie allein nicht darauf gekommen war. Sie und Archibald waren einfach ein perfektes Gespann. Nur mit ihm zusammen funktionierte sie richtig. An das Nächstliegende hatte sie nämlich überhaupt nicht gedacht.

Fünfundzwanzig

Donnerstag, 31. März 1814 – Grosvenor Street, London

Dorothy streckte sich. Archibald saß auf der Bettkante und betrachtete sie mit einem Lächeln im Gesicht.

»Guten Morgen, meine Schöne.«

Dorothy blinzelte in das Zwielicht des Schlafzimmers. Sie hatten offenbar lange geschlafen, denn die Sonne warf schon ihre Strahlen durch den Spalt in den Vorhängen.

»Du hast mir tatsächlich verziehen. Dann habe ich es nicht nur geträumt.«

Sie setzte sich auf und schüttelte das Kissen in ihrem Rücken auf.

»Ich werde heute nicht zum Frühstück bleiben«, bemerkte Lord Beresford. »Denn ich gedenke, gleich Sir William aufzusuchen. Möglicherweise kann ich ihn umstimmen. Uns läuft die Zeit davon.«

»Du bist der Beste, Archibald. Kann ich derweil denn gar nichts tun? Ich fühle mich unsagbar hilflos.«

»Ich fürchte nein. Allerdings hast du ja bereits eine Menge herausgefunden, was ein mögliches Motiv für diesen Mord angeht«, warf der Marquess ein.

»Was uns jedoch wenig nützt, oder?«, erwiderte Dotty resigniert.

»Möglicherweise doch. Denn wenn tatsächlich Russ ihn getötet hat, dann glaube ich nicht, dass er es allein getan hat. Wie ihr herausgefunden habt, war Seymour ein großzügiger Arbeitgeber, der die Angestellten gut bezahlte und mit Respekt behandelte. Auch wenn Mrs Pikes Sicht der Dinge durch ihre persönlichen Gefühle für Mr Seymour getrübt sein dürfte, glaube ich nicht, dass sie im Widerspruch zur Realität stehen«, gab Archibald zu bedenken.

»Das ist ein guter Gedanke. Ich habe auch bereits überlegt, ob der Täter womöglich einen Komplizen oder eine Komplizin hatte. Wenn nun Mr Seymour nicht mit dem Messer aus dem Kutschkasten erstochen wurde, sondern mit einer Waffe, die bereits zuvor im Fond der Kutsche versteckt war? Dann hätte es jemanden gebraucht, der Russ half, die Mordwaffe verschwinden zu lassen, das Messer in Mr Reynolds Kutschkasten zu verstecken und die Tatwaffe dort zu deponieren. Es würde einiges erklären«, fasste Dorothy ihre Überlegungen zusammen.

»Erstaunlich«, fand Archibald. »Wie gut du dich in die Gedankengänge eines Mörders versetzen kannst. Sollte ich mir Sorgen machen?«

Dorothy legte den Kopf schräg und sah ihn mit einem schalkhaften Lächeln an.

»Nein. Allerdings kann es auch nicht schaden, mich nicht gegen dich aufzubringen.«

Der Marquess lachte leise.

»Wünsch mir Glück. Vielleicht kann eine erneute Befragung des Dieners die Wahrheit ans Licht bringen.«

»Wollen wir es hoffen, Archibald. Wollen wir es hoffen.«

Kurze Zeit später saß Dorothy im Salon beim Frühstück. Rose schien ebenfalls noch zu schlafen. Es war schließlich spät geworden, das Mädchen hatte viel Neues erlebt und war sicherlich müde. Reynolds hatte sich auf den Weg gemacht, um sich noch einmal bei der Dienerschaft in der Harley Street umzuhören. Vielleicht würde sie dort noch etwas Brauchbares zutage fördern können. Blieb Dotty nur noch abzuwarten und in der Zwischenzeit ihre Pläne in Sachen Heiratsvermittlung voranzutreiben. Die Wahl würde Rose gewiss schwer fallen, denn sowohl Mr Honeyfield als auch Colonel Egerton waren vielversprechende Kandidaten, beide äußerst attraktiv und wohlhabend.

Für Honeyfield sprach seine Jugend und das unbeschwerte, natürliche Wesen. Doch aus eigener Erfahrung wusste Dorothy, dass auch ein größerer Altersunterschied nicht notwendigerweise einer glücklichen Ehe entgegenstehen musste.

Sie konnte nicht genau sagen, wo dieser Eindruck herrührte, doch der Colonel, so fand sie, hatte etwas, das sie an den tragischen Helden in einem Liebesroman denken ließ. Möglicherweise war es die erschütternde Geschichte um das Schicksal seiner Frau. Dorothy konnte nicht sagen, für wen der beiden sie sich hätte entscheiden wollen, wenn sie an Rose' Stelle gewesen wäre. Allerdings konnte man zum gegenwärtigen Zeitpunkt auch noch nicht absehen, ob sich das Interesse der Gentlemen an ihr überhaupt als ernsthaft und nachhaltig erweisen würde.

Sie wurde aus ihren Gedanken gerissen, als Wilkins erschien und das Tablett mit einer Visitenkarte brachte. Auch wenn sie heute später als üblich frühstückte, war es ungewöhnlich früh für einen Besuch. Neugierig nahm sie die Karte und das beiliegende Billet.

»Seine Lordschaft, der Earl of Harrington lässt Ihnen seine Karte und diese Nachricht überbringen, Mylady«, erklärte Wilkins.

»Fantastisch, Wilkins. Vielen Dank. Sie dürfen gehen.«

Als sie den Brief gerade geöffnet hatte, hörte sie Rose die Treppe herunterkommen. Rasch überflog sie die Zeilen.

»Kommen Sie herein, Rose. Ich habe erfreuliche Neuigkeiten«, rief sie, und kurz darauf trat das Mädchen in den Salon. Es beäugte mit erwartungsvollem Blick den Brief in Dorothys Hand.

»Der Earl of Harrington lädt uns für morgen Abend zum Dinner ein. Und ich denke, wir dürfen davon ausgehen, dass wir dort auf einen gewissen jungen Gentleman treffen werden.«

Kurz hatte Dotty das Gefühl, einen beinahe enttäuschten Ausdruck in Rose' Gesicht gelesen zu haben, doch nach einem Augenblick hatte diese sich wieder gefangen und lächelte.

»Das sind tatsächlich gute Nachrichten. Ich freue mich.«

Dennoch konnte sie nicht verbergen, dass dies nicht die Nachricht war, mit der sie gerechnet hatte.

Für Dorothy bestand nun kein Zweifel mehr daran, welchem der beiden Herren Rose den Vorzug geben würde.

Sechsundzwanzig

»Ich bin im Dienst bei der Marchioness of Beresford, vielleicht erinnern Sie sich. Ich war vor kurzem schon einmal hier. Ich würde gern Mrs Pike sprechen, wenn sie gerade abkömmlich ist.«

»Warten Sie einen Augenblick, Miss Eddowes. Ich werde nachsehen. Setzen Sie sich doch solange.«

Reynolds nahm auf der Küchenbank Platz, während das Mädchen loslief, um die Hausdame zu holen.

»Sie arbeiten für Lord und Lady Beresford?«, wollte die Köchin wissen, die offenbar mit einem Ohr mitgehört hatte, während sie gelbe Rüben schabte.

»Ja. Ich bin dort sehr glücklich«, entgegnete Reynolds.

»Lord Beresford hat nich zufällig Bedarf für ’nen Kammerdiener?«, fragte die Köchin.

»Einen Kammerdiener? Nein. Er ist mit Mr Brooks sehr zufrieden.«

»Schade. Unser Mr Davis wird uns ja nu verlassen müssen. Jetzt, wo Mr Seymour ... na ja, da is’ kein Bedarf mehr für einen Kammerdiener. Ein Jammer ist das alles.«

»Das ist es«, stimmte Reynolds zu. »Doch ich bin sicher, dass bei Lord Beresford auf absehbare Zeit keine Stelle frei wird.«

»War ’nen Versuch wert. Ich hoffe, Mr Davis findet eine gute Anstellung. Unser Mr Russ nimmt es besonders schwer. Er ist ohnehin völlig daneben, seit ... na ja, is’ ja auch kein Wunder, nich wahr? Keine schöne Sache, jemanden so zu finden. Und nu geht auch noch Mr Davis. Die haben sich immer gut verstanden. Vielleicht ein bisschen zu gut, wenn Sie wissen, was ich meine.

Gab schon manche böse Zungen im Haus, die munkelten. Na aber Sie wissen, wie das is. Geredet wird ja viel. Ich find’ es traurig, dass Mr Davis gehen muss und der arme Mr Russ so unter all dem leidet.«

»Mrs Potts, wenn Sie mit dem Messer so schnell wären wie mit Ihrem Mundwerk, wäre uns allen sehr geholfen.« Mrs Pike, die soeben die Küche betreten hatte, warf der Köchin einen unterkühlten Blick zu, dann wandte sie sich an Reynolds.

»Verzeihen Sie, Miss Eddowes, unsere gute Potts ist manchmal ein bisschen mitteilsam. Sie wollten mich sprechen? Haben Sie das Rezept schon ausprobiert?«

»Deswegen bin ich hier. Sie baten mich, Ihnen zu sagen, wie sie gelungen sind.« Reynolds lächelte. »Ich war gerade in der Gegend und dachte, ich schaue schnell einmal herein. Sie sind ganz wunderbar gelungen, wenn auch nicht so gut wie Ihre, fürchte ich. Die Creme ist ein wenig zu flüssig geraten. Doch geschmeckt haben sie Ihrer Ladyschaft trotzdem vorzüglich.«

»Es ist wichtig, dass Sie die Masse gut abkühlen lassen, bevor der Zitronensaft hineingegeben wird«, sagte Mrs Pike.

»Ich werde es unserer Köchin ausrichten. Haben Sie noch einmal vielen Dank für das Rezept und Ihren Rat.« Reynolds lächelte und knickste. »Ich werde dann mal wieder gehen. Ich möchte Sie nicht bei der Arbeit stören.«

Sie war noch ganz perplex. Der Besuch war völlig anders gelaufen als geplant. Sie hatte vorgehabt, vorsichtig eines der Dienstmädchen auszufragen. Doch die Köchin hatte sie auf einen vollkommen neuen Gedanken gebracht. Darüber musste sie zunächst noch eine Weile nachdenken.

Siebenundzwanzig

Donnerstag, 31. März 1814 – Bow Street

Sir William Domville brütete über einigen Papieren, als es an der Tür klopfte. Er sah auf.

»Ja bitte?«

»Sir, Lord Beresford ist da. Er möchte mit Ihnen sprechen.«

»Bitten Sie ihn herein, Cranston.« Mit ein paar Handgriffen versuchte Sir William noch rasch, ein wenig Ordnung auf dem Schreibtisch zu schaffen, dann erhob er sich, um Lord Beresford zu begrüßen, der soeben eintrat.

»Guten Morgen, Sir William«, grüßte der zurück. »Wie geht es Ihnen?«

»Danke Mylord, ich kann nicht klagen«, entgegnete Sir William. »Was kann ich für Sie tun?«

»Sie erinnern sich, dass wir neulich von dieser Sache mit Mr Reynolds sprachen – der Bruder der Kammerdienerin Ihrer Ladyschaft.«

»Ja, daran erinnere ich mich.«

Sir William war neugierig, was Lord Beresford ihm mitteilen wollte. Wenn er sich nicht getäuscht hatte, so hatte der Marquess erstaunt ausgesehen, als Sir William Lady Beresfords Besuch bei ihm und im Newgate-Gefängnis erwähnt hatte. Lord Beresford hatte zwar so getan, als sei ihm dies nicht neu, doch Sir William hatte den Eindruck nicht abschütteln können, dass er keineswegs in Lady Beresfords Pläne eingeweiht gewesen war. Er rühmte sich einer guten Menschenkenntnis und der Fähigkeit, einen Lügner recht schnell und zuverlässig zu erkennen. Und Lord Beresford, ein aufrechter und ehrlicher Mensch, hatte all die kleinen verräterischen Zeichen gezeigt, die einen Lügner verrieten. Die raschen Augenbewegungen, Berührungen im Gesicht, das Hin- und Herwenden des Kopfes. Es erstaunte ihn also nicht, dass Lord Beresford ihn aufsuchte. Womöglich, um mehr darüber herauszufinden, was seine Gattin heimlich umtrieb.

»Nun, Lady Beresford hat sich mit der Sache beschäftigt und noch immer sind zahlreiche Fragen offen. Zum Beispiel die nach dem Motiv. Welchen Grund hätte Mr Reynolds gehabt, Mr Seymour zu töten? Unklar ist auch, warum er mit dem Toten bis vor dessen Haustür fuhr, wenn es doch wesentlich einfacher gewesen wäre, den Leichnam unterwegs loszuwerden.«

Sir William kratzte sich an der Schläfe. Anscheinend hatte er sich doch getäuscht. Lord Beresford machte in der Tat den Eindruck, als sei er von Anfang an in die Vorgänge eingeweiht gewesen.

»Das sind alles Fragen, die wir in der Verhandlung klären müssen«, entgegnete er. »Doch vergessen Sie nicht, dass Mr Reynolds der Letzte war, der Seymour lebend sah und dass ein Messer unter dem Kutschbock gefunden wurde.«

»Das ist nicht ganz richtig«, warf sein Gegenüber ein.

Sir William runzelte die Stirn. »Nicht richtig? Was wollen Sie damit sagen, Lord Beresford?«

»Nun, wir sind uns nicht sicher, ob Reynolds der Letzte war, der Seymour lebend sah. Es bestünde doch die Möglichkeit, dass er noch lebte, als der Diener, Mr Russ, den Schlag der Kutsche öffnete«, erklärte Lord Beresford.

»Ihre Gattin hatte dieselbe Idee, doch dagegen spricht, dass es keine Anzeichen für einen Kampf in der Kutsche gab und dass weder Mr Reynolds noch der Diener, Mr Davis, der sich in der Nähe des Kohlenlagers, also direkt unterhalb der Straße, aufhielt, etwas Verdächtiges gehört haben. Wer würde sich einfach so abstechen lassen, ohne sich zu wehren oder zumindest zu schreien?«, wandte Sir William ein.

In der Tat hatte er sich ebenfalls dieselben Fragen gestellt, und er war zu keinem brauchbaren Ergebnis gekommen. Nicht sicher sein zu können, dass Reynolds Seymour getötet hatte, war kein gutes Gefühl. Lady Beresford hatte recht gehabt. Es war ihm keineswegs gleichgültig, ob ein Unschuldiger an den Galgen kam. Doch ein Urteil zu fällen, stand ihm in seinem Amt nicht zu. Er hatte zu entscheiden gehabt, ob Anklage erhoben wurde, und unter den gegebenen Umständen hätte er Reynolds schwerlich einfach laufen lassen können. Was den weiteren Prozess anging, so waren ihm die Hände gebunden. Es lag nun in der Verantwortung der Geschworenen und des Richters, über Schuld oder Unschuld des Angeklagten zu befinden. Die Verhandlung würde sicher bald stattfinden.

»Ich weiß, es ist höchst ungewöhnlich, da bereits Anklage gegen Mr Reynolds erhoben wurde, doch ich möchte Sie bitten, Mr Russ noch einmal zu den Ereignissen jener Nacht anzuhören. Sollte es doch Verdachtsmomente geben ...«

»... könnte ich den Staatsanwalt ersuchen, die Anklage gegen Mr Reynolds fallenzulassen und Anklage gegen Mr Russ zu erheben. Ich verstehe.«

Die Argumentation leuchtete ihm durchaus ein. Auch wenn Verhöre durch den Magistrat und eine Einmischung in das gerichtliche Prozedere unerwünscht waren, war es besser, als möglicherweise einen Unschuldigen zum Tode zu verurteilen.

Achtundzwanzig

Freitag, 1. April 1814 – Grosvenor Square

Für den Nachmittag hatte Horace Lymington seinen Besuch angekündigt, und Lady Beresford empfing ihn im Salon.

»Lady Beresford. Ich möchte Ihnen noch einmal meinen persönlichen Dank und den meiner Familie für die freundliche Aufnahme meiner Schwester überbringen.«

Horace Lymington verneigte sich.

»Aber nicht doch, lieber Lymington. Ihre Schwester bereitet uns nichts als Freude und ist ein sehr angenehmer Gast. Ich sollte Ihnen danken, nicht umgekehrt. Sie konnte sogar Lady Cowper von sich überzeugen. Aber nehmen Sie doch Platz. Rose wird jeden Augenblick herunterkommen.«

Rose Lymingtons Bruder folgte der Aufforderung. Er hatte dieselben blauen Augen wie seine Schwester, jedoch ein breiteres, herzförmiges Gesicht und braune Haare.

»Es wird Sie sicher freuen zu hören, dass es bereits zwei Gentlemen gibt, die sich für Ihre Schwester zu interessieren scheinen. Der Neffe des Earl of Harrington und Colonel Patrick Egerton, der übrigens ebenfalls aus Somerset stammt.«

Einige Falten erschienen auf Horace Lymingtons Stirn.

»Somerset, sagen Sie?«

»Oh, seien Sie unbesorgt, Mr Lymington. Ich bin, was die – nun, sagen wir etwas unglücklichen – Ereignisse des letzten Jahres in Bath angeht, im Bilde. Seine Lordschaft war so frei, mich darüber in Kenntnis zu setzen.

Selbstverständlich haben wir darüber hinaus äußerste Diskretion walten lassen.«

Die Gesichtszüge Lymingtons entspannten sich wieder etwas.

»Der Colonel kehrte vor zwei Jahren schwer verwundet aus Spanien heim. Kurz darauf starb seine Frau. Eine tragische Geschichte – für uns allerdings auch eine glückliche Fügung, denn er wird gesellschaftliche Anlässe gemieden haben und wohl kaum etwas von dem – nun – Gerede in Bath mitbekommen haben«, erklärte Dorothy gerade, als ein Hüsteln von der Tür her zu hören war.

»Rose!«, rief Horace Lymington.

»Dotty, Sie wissen ...?« Erschrocken sah das Mädchen sie an.

»Beruhigen Sie sich, Kind. Ja, ich weiß Bescheid. Seine Lordschaft hat es mir nach unserem Besuch im Almack's erzählt. Es ist doch keine große Sache. Sie sind jung. Wir alle machen Fehler im Leben, nicht wahr, Lymington?«, fügte sie, an den Bruder gewandt, hinzu.

Rose sah immer noch erschrocken drein, und rote Flecken zeichneten sich auf Wangen und Hals ab. Auf Lady Beresfords Aufforderung hin nahm sie Platz.

»Ach, es ist doch alles nicht so dramatisch, wie es scheinen mag. Schließlich ist nichts Schlimmeres geschehen, und die Leute werden sicher bald etwas finden, über das sie lieber tuscheln. Wenn Sie erst glücklich verheiratet sind, werden Sie über diese Ereignisse lachen«, beschwichtigte Dorothy.

»Möglicherweise haben Sie recht. Wir sollten diese unerfreuliche Sache so schnell wie möglich hinter uns lassen und sie vergessen. Zumal ich hörte, dass diesen nichtsnutzigen Schürzenjäger ein gerechtes Schicksal ereilt hat«, stimmte Horace Lymington zu. »Wie ich hörte, wurde er erstochen. Poetische Gerechtigkeit, möchte ich meinen.«

Ein grimmiger Ausdruck der Genugtuung war in Horace' Gesicht getreten.

»Er ist tot? Seymour ist tot?«, rief Rose entsetzt und starrte ihren Bruder entgeistert an, während die Farbe aus ihrem Gesicht wich.

Lady Beresford sah ungläubig zwischen den beiden hin und her. Seymour? Hatte sie sich verhört?

»Ja, er ist tot. Und wenn er sich nicht direkt wie ein rechter Hasenfuß aus dem Staub gemacht hätte, als ich dich vor der Poststation abfing, hätte ich es liebend gern selbst erledigt!«, spie Horace mit Verachtung in der Stimme.

»Seymour?«, warf Lady Beresford ein. »Mr Felton Seymour? Sie meinen, er war derjenige, mit dem Rose ...«

Horace Lymington nickte und setzte zu einer längeren Antwort an, doch Rose war aufgesprungen und starrte auf ihren Bruder herab.

»Wie kannst du so etwas Herzloses sagen? Egal, was er getan hat, wie kannst du ihm nur den Tod wünschen? Hast du denn keinen Anstand?«

»Anstand!«, lachte Horace bitter auf. »Ausgerechnet wegen dieses Lumpen soll ich mir Gedanken um meinen Anstand machen?«

Dorothy schwieg. Sie hätte auch nichts zu sagen gewusst. Sie war zu perplex und versuchte noch immer, das eben Gehörte zu verarbeiten.

»So würdest du nicht reden, wenn du wüsstest, wie er über dich und seine anderen Eroberungen gesprochen hat«, verteidigte sich Horace. »Mein Freund Bolton erzählte, eines Abends habe Seymour ihm gegenüber im Wirtshaus geprahlt, er werde wohl bald aus Somerset fort müssen, da er in seinen drei Jahren dort eine Reihe Gentlemen gegen sich aufgebracht habe. Es gebe einige Damen, die seine Liebeskünste denen ihrer Gatten vorgezogen hätten. Außerdem habe er einem naiven jungen Ding den Kopf verdreht und es sei bald ›reif zum Pflücken«. Damit hat er übrigens dich gemeint, Rose. Seymour war ein skrupelloser Weiberheld und hatte nie vor, dich zu heiraten. Sieh das doch endlich ein!«

Rose war inzwischen bleich wie ein Leintuch. Sie schluchzte auf, wandte sich um und stürzte hinaus.

»Bitte verzeihen Sie, dass Sie das mit anhören mussten, Mylady«, sagte Horace, an Dorothy gewandt. »Aber sie muss doch begreifen, dass ihr feiner Mr Seymour ein gewissenloser Verführer war.«

Noch immer war Dorothy zu verwirrt, um etwas Vernünftiges zu entgegnen. Mr Seymour hatte sich in Somerset aufgehalten. Er war der Mann gewesen, der Rose beinahe ihren guten Ruf, und darüber hinaus vermutlich ihre Unschuld, gekostet hätte. Welch ironische Wendung des Schicksals.

»Sie haben recht, Lymington. Es ist besser, sie weiß es«, entgegnete sie schließlich. »Warten Sie doch bitte einen Augenblick hier. Ich werde nach ihr sehen. Ich denke, es braucht eine Frau, um Ihrer Schwester in dieser Sache beizustehen. Natürlich haben Sie recht. Sie sollte ihn nicht verteidigen. Doch unterschätzen Sie nicht die Duldsamkeit eines liebenden Herzens. Es ist geneigt, einige Verfehlungen hinzunehmen, bis es bereit ist loszulassen.«

Neunundzwanzig

Freitag, 1. April 1814 – Bow Street

Der junge Mann, den Cranston hereinführte, war in sichtbar schlechter Verfassung. Sein aschfahles Gesicht zeigte eingefallene Wangen und dunkle Augenringe. Sein Blick huschte nervös im Raum umher, und seine Stimme klang belegt, als er Sir William mit einer raschen Verbeugung begrüßte.

»Mr Russ. Setzen Sie sich doch.« Der Magistrat wies auf den Stuhl vor seinem Schreibtisch.

»Darf ... darf ich fragen, warum Sie mich haben holen lassen, Sir?«

Es bedurfte keiner besonders scharfen Beobachtungsgabe, um zu erkennen, dass Russ verunsichert war. Das allein musste jedoch nichts zu bedeuten haben. Denn es wäre auch für einen unschuldigen Mann beängstigend gewesen, vom obersten Magistrat zu einer weiteren Befragung einbestellt zu werden, wenn es um einen Mord ging.

»Nun, es gibt noch eine Reihe Unklarheiten, was das Geschehen in der Nacht des neunten März angeht, und ich wollte mir die Vorgänge noch einmal ganz genau von Ihnen schildern lassen.«

»Aber das habe ich doch bereits getan«, wandte Russ ein, und sein Blick wich dem Sir Williams aus. »Außerdem haben Sie den Mörder doch gefasst.«

»Da, mein lieber Mr Russ, bin ich mir eben noch nicht vollkommen sicher. Sie werden mir zustimmen, dass es katastrophal wäre, wenn ein Mann für ein Verbrechen, das er nicht begangen hat, an den Galgen käme. Oder etwa nicht?«

»Doch, natürlich, Sir William. Selbstverständlich haben Sie recht«, stimmte Anthony Russ zu.

»Dann erzählen Sie mir doch noch einmal, was genau sich an jenem Abend zugetragen hat.«

»Es war nach Mitternacht, und die meisten waren schon zu Bett gegangen. Nur der Kammerdiener, also Mr Davis, und ich warteten noch auf Mr Seymour, der ausgegangen war. Ich war müde und legte mich auf die Küchenbank, denn ich rechnete nicht so bald mit seinem Eintreffen«, begann Mr Russ. »Doch dann hörte ich draußen eine Kutsche vorfahren, und ich lief hinaus, um zu sehen, ob es Mr Seymour war.«

»Sie sagen, Sie sind hinausgelaufen«, unterbrach Sir William den Bericht. »Und Mr Davis holte Kohlen? Sah er Sie vorbeigehen?«

»Er muss mich gesehen haben, ja.«

»Und dann?«

»Ich lief die Treppe hinauf zur Straße und sah dort die Droschke stehen.«

»War Mr Reynolds zu diesem Zeitpunkt bereits abgestiegen oder saß er noch auf dem Bock?«, wollte Sir William wissen.

»Er ... ich glaube, er war bereits abgestiegen.« Der Blick des Dieners wich dem Sir Williams erneut aus, und er schien einen Fleck an der Wand zu seiner Rechten zu betrachten. Sir Williams spürte, wie sein Mundwinkel unwillkürlich zu zucken begann. Dieser Mann, da war er sich sicher, sagte nicht die Wahrheit.

»Wo genau befand sich Mr Reynolds? In der Nähe des Schlages? Band er die Pferde an?« Sir William feuerte seine Fragen in schneller Folge.

»Ich ... ich glaube, er band die Pferde an. Ich bin mir nicht ganz sicher.« Der Magistrat glaubte, ein Zittern in der Stimme seines Gegenübers zu registrieren.

»Haben Sie ihn zuerst angesprochen, oder öffneten Sie direkt den Schlag der Kutsche?«

»Ich grüßte und sah dann nach Mr Seymour.« Auf Mr Russ' Oberlippe hatte sich ein feiner Schweißfilm gebildet.

Sir William runzelte die Stirn. Bei seiner ersten Anhörung hatte Russ angegeben, direkt den Schlag geöffnet zu haben, was sich mit Mr Reynolds' Version der Ereignisse deckte. Was ihn stutzig machte, war, dass Russ sich an die einfachsten Details seiner Geschichte nicht sicher erinnern konnte. Ganz so, als sei er nicht bei klarem Verstand gewesen.

»Sie öffneten also den Schlag ...«

»Ich öffnete den Schlag und sah hinein. Da sich nichts rührte, nahm ich an, Mr Seymour müsse eingeschlafen sein. Ich kletterte auf den Tritt und rief, um ihn zu wecken.«

Auch in diesem Detail stimmte der Bericht nicht mit dem von Mr Reynolds überein. Der hatte ausgesagt, Russ habe zuerst gerufen und sei erst dann auf den Tritt gestiegen. Sir William erinnerte sich noch genau daran, da er das Vorgehen des Dieners ungewöhnlich fand. Für gewöhnlich sollte er seinen Dienstherrn doch zunächst einmal ansprechen, bevor er in seine Privatsphäre eindrang.

»Vergeben Sie mir, Mr Russ, ich habe den Eindruck, als sei Ihre Erinnerung an jenen Abend im besten Falle als lückenhaft zu bezeichnen.«

Sir William suchte den Blick des jungen Mannes, doch die grauen Augen huschten nervös umher, und Mr Russ schluckte.

»Ich ... es fällt mir schwer, mich zu erinnern. Mr Seymour so vorzufinden, hat mich zutiefst erschüttert. Es kam mir alles so unwirklich vor, dass möglicherweise einiges in meiner Erinnerung durcheinandergeraten ist.«

Sir William schwieg. Er sah Mr Russ lediglich an und nickte langsam. Der wurde zusehends nervöser.

»Beschreiben Sie mir ganz genau, was Sie sahen, was Sie hörten, was Sie riechen konnten. Versuchen Sie, sich so genau wie möglich zu erinnern.«

Sir William sah den Adamsapfel des Dieners auf und ab hüpfen, bevor dieser mit seinem Bericht fortfuhr.

»Ich rief, und Mr Seymour reagierte nicht. Ich versuchte ihn wachzurütteln. Doch er bewegte sich nicht. Dann sah ich ...«

»Sie hatten keine Lampe bei sich?«, bohrte Sir William nach. Ein solch ungeschickter Lügner musste sich früher oder später in Widersprüche verstricken.

»Ich ... nein. Das ... das Licht der Laternen reichte aus, ich habe ...« Mr Russ atmete schnell und flach. Er fuhr sich mit der Hand über die Stirn. »Herrje, ich erinnere mich nicht mehr«, rief er, seine Stimme belegt und zittrig. Dann plötzlich schluchzte er auf. »Ich wollte doch nicht ... ich wollte das nicht!«, brach es aus ihm heraus.

Teufel auch! Da hatte dieses renitente Frauenzimmer doch glatt recht behalten, dachte Sir William.

»Mr Russ, warum erzählen Sie mir nicht einfach, was wirklich geschehen ist?«

Dreißig

Freitag, 1. April 1814 – Grosvenor Street, London

Dorothy klopfte an die Tür des Gästezimmers. Sie wartete nicht ab, ob sie hereingebeten würde, sondern trat direkt ein.

Sie fand Rose heftig schluchzend auf dem Bett und setzte sich vorsichtig auf die Bettkante.

»Rose, Kind. Es tut mir leid«, sagte sie leise. »Sie haben ihn geliebt. Auch wenn er es nicht im Geringsten verdient hatte.«

Vorsichtig legte die Marchioness dem weinenden Mädchen die Hand auf den Rücken.

»Aber zürnen Sie nicht mit Ihrem Bruder. Er sorgt sich doch nur um Sie, weil er Sie ebenfalls liebt.«

Langsam wurde das Schluchzen leiser und Rose schien sich etwas zu beruhigen.

»O Dotty! Ich weiß, es ist dumm von mir, um ihn zu trauern. Aber Sie verstehen mich, nicht wahr? Was er getan hat, ist schrecklich, und er verdient meine Verachtung – aber den Tod? Horace sagte, er wurde erstochen. Hat er sich duelliert?«

»Nein. Er wurde auf dem Heimweg von einem Ball in seiner Kutsche ermordet. Die genauen Umstände sind nicht ganz klar. Es gibt da viele Ungereimtheiten.«

»Auch wenn er ein schrecklicher Mensch war, ich werde noch einige Zeit brauchen, um alles, was geschehen ist, begreifen zu können.«

»Das verstehe ich, Rose. Ich werde Sie noch einen Augenblick allein lassen. Doch wenn Sie sich etwas besser fühlen, sollten Sie mit Ihrem Bruder sprechen. Er meint es gut mit Ihnen. Das dürfen Sie nicht vergessen.«

»Das werde ich nicht.« Rose setzte sich auf und lächelte schwach. Sie wischte sich über die Augen. »Himmel, was müssen Sie von mir denken.«

Dorothy erhob sich und wandte sich zum Gehen.

»Ich denke, dass Sie jung sind und Träume haben. Darin kann ich nichts Verwerfliches sehen, Rose.«

Das Mädchen lächelte kurz und blinzelte die Tränen aus den Augen.

»Vielen Dank, Dotty. Für alles.«

Dotty erwiderte das Lächeln. Dann ließ sie Rose allein und begab sich in den Salon zurück, wo Horace Lymington wartete. Erwartungsvoll sah er zur Tür, als Dorothy eintrat.

»Und? Wie geht es ihr?«

»Den Umständen entsprechend, würde ich meinen, Mr Lymington. Sie hat eine Menge zu verarbeiten und Sie sollten ihr die Zeit geben. Seien Sie nicht so streng mit ihr.«

Lymington nickte und zeigte ein kurzes Lächeln. Er sah nachdenklich aus.

»Ein Jammer, dass Sie seinerzeit nicht in Bath waren, Mylady. Ich bin mir fast sicher, Sie hätten Rose von dieser Dummheit abhalten können. Sie scheinen einen guten Einfluss auf meine Schwester zu haben. Womöglich waren meine Eltern und ich zu streng mit ihr und haben so nur ihren Trotz herausgefordert.«

»In Letzterem mag ich Ihnen nicht widersprechen, jedoch hat Rose einen starken Willen, und ich bezweifle, dass sie auf mich gehört hätte, was Seymour angeht. Gottlob dürfen wir davon ausgehen, dass sie aus jener Erfahrung gelernt hat.«

Einunddreißig

Samstag, 2. April 1814 – Craig's Court, London

»Lady Beresford, Miss Lymington. Wie schön, dass Sie meiner kurzfristigen Einladung folgen konnten. Ich befürchtete bereits, Sie könnten andere Pläne haben«, begrüßte Lord Harrington seine Gäste. »Insbesondere meinem Neffen war es ein Bedürfnis, Sie bald wiederzusehen.«

»Es ist uns eine große Ehre, Mylord«, entgegnete Lady Beresford. »Wir freuen uns, hier sein zu dürfen.«

»Wird Ihr Freund Colonel Egerton auch kommen?«, fragte Rose hoffnungsvoll.

»Egerton war leider verhindert«, entgegnete Harrington rasch, als sei ihm das Thema unangenehm. Dorothy mutmaßte, Honeyfield hatte es seinem Onkel übelgenommen, dass dieser unwissentlich seine Pläne durchkreuzt hatte, indem er ihnen den Colonel vorgestellt hatte.

In diesem Augenblick läutete es, und der Earl wirkte sichtlich erleichtert.

»Das wird Honeyfield sein«, verkündete er, und tatsächlich trat Nathaniel Honeyfield kurz darauf in den Salon, begrüßte die Gäste und seinen Onkel, und der Earl bat sie, Platz zu nehmen.

»Kommen Sie, Lady Beresford, wir wollen die Jugend unter sich lassen. Würden Sie mir erlauben, Sie zu einer Partie Piquet herauszufordern?«, schlug der Earl vor.

»Sehr gern, Mylord«, sagte Dorothy und folgte ihm zum Kartentisch, während sich Nathaniel Honeyfield und Rose an den Kamin setzten.

Es war Rose anzusehen, dass die Ereignisse am Nachmittag sie erschüttert hatten, doch während sie mit Mr Honeyfield plauderte, schien sie allmählich ihre gewohnte Fröhlichkeit zurückzugewinnen. Dorothy fand, dass auch diese beiden ein wunderbares Paar abgegeben hätten. Am Ende würde zählen, welcher der Gentlemen ernsthafte Absichten hatte, und bei Mr Honeyfield konnten sie sich mittlerweile recht sicher sein. Sollte allerdings auch der Colonel sich aufrichtiger interessiert zeigen, hätte der arme Honeyfield schlechte Karten. Dabei war er redlich bemüht und erschien ihr warmherzig und ehrlich.

Der Earl ließ Lady Beresford abheben und tat es ihr dann gleich.

»Eine Drei. Sie geben, Mylady.«

Dorothy nahm das Kartenpäckchen und begann zu mischen.

»Übrigens lässt Earl Percy Grüße ausrichten. Ich traf ihn gestern im Club und erwähnte, dass ich Sie für heute eingeladen habe«, erzählte Lord Harrington. »Eine furchtbare Sache mit seinem Enkel Seymour, nicht wahr?«

Dorothy warf einen raschen Blick zu Rose hinüber, doch die schien in ihre Unterhaltung mit Honeyfield vertieft.

»Ja, das ist es, Lord Harrington.«

»Ein Teufelskerl, dieser Seymour!«, lachte der Earl. »Allerdings nicht im besseren Sinne. Es musste einmal böse mit ihm enden. Wussten Sie, dass er sich mit Sir Leonard Delamere wegen einer Dame duelliert hat?«

»Nein, aber ich habe bereits gehört, dass Mr Seymour ein recht umtriebiger Charakter gewesen sein muss.«

»Umtriebig ist eine freundliche Untertreibung.« Lord Harrington lachte, legte fünf Karten ab und zog fünf neue vom Stapel.

» Seymour wurde verwundet. Die Dame war wütend auf ihren Verehrer, weil er das Duell gefordert hatte und wendete sich dem Unterlegenen zu. Dabei glaube ich, es ging ihm nur um den Sport, die Rivalität, denn kurz darauf ließ er sie fallen. Den Earl of Weston kostete eine Rauferei mit Seymour das eine Auge. Er stürzte unglücklich auf ein zerbrochenes Glas. Nun, derlei Geschichten gibt es viele, und ich möchte meinen, es gab so manchen, der Mr Seymour an den Kragen wollte.«

»Ähnliches habe ich bereits von anderen gehört«, bestätigte Lady Beresford.

»Dennoch wünscht man ihm kein solches Ende«, warf Lord Harrington ein. »Besonders für die Familie tut es mir leid. Earl Percy hatte den Jungen trotz allem sehr gern. Und er wäre sicher noch zur Vernunft gekommen, nachdem er sich lange genug die Hörner abgestoßen hat. Wahrscheinlich hätte er nur eine Frau gebraucht, die ihm den Kopf zurechtrückt.«

Dorothy lachte.

»Ja, das mag sein. Manch ein Mann tut sich schwer damit, erwachsen zu werden.«

Womöglich wäre Mr Seymour mit den Jahren ruhiger geworden, ob er sich allerdings je ganz geändert hätte, wagte Dotty zu bezweifeln. Die Liste derer, die einen Grund gehabt hätten, sich an ihm zu rächen, war jedenfalls lang.

Blieb also zu hoffen, dass sie den wahren Mörder fanden, bevor Mr Reynolds verurteilt werden konnte.

Zweiunddreißig

Samstag, 2. April 1814 – Grosvenor Square, London

»Ich habe unsere nächtlichen Gespräche vermisst.«

Dankbar schmiegte sich Dorothy an die Schulter ihres Mannes. »Wir dürfen einander nie wieder so böse sein.«

»Nein, das sollten wir nicht. Allerdings glaube ich, zu einer guten Ehe gehört auch das. In guten wie in schlechten, reichen wie in armen Zeiten, in Gesundheit und Krankheit ... Das haben wir einander gelobt und so soll es auch sein. Nun hatten wir unsere erste Feuerprobe.«

Dotty lächelte.

»Nicht unsere erste.«

»Wie meinst du das?«, wunderte sich Archibald.

Dotty spürte, wie ihre Kehle eng wurde. Sie hatte es bisher gemieden, das Thema anzusprechen. Doch jetzt schien ihr der passende Zeitpunkt gekommen.

»Wir haben darüber nie gesprochen, aber ... nun, ich nehme an, du hast dir von einer zweiten Ehe vermutlich auch einen Erben versprochen, nicht? Du hast mir deswegen nie Vorwürfe gemacht. Dafür bin ich dir sehr dankbar.«

Sie grub ihre Nase zärtlich in seine Halsbeuge und drückte einen Kuss auf seine Schulter.

»Warum sollte ich dir Vorwürfe machen, Dorothy? Es liegt nicht in deinen Händen. Und mit Gott werde ich mich nicht anlegen. Ich kenne die Schrift und weiß, dass so etwas selten gut ausgeht.«

Dorothy gluckste. »Ach, Archie! Musst du immer alles ins Lächerliche ziehen?«

»Wenn es dich zum Lachen bringt ...«

»Im Übrigen blieb auch meine Ehe mit Elizabeth kinderlos. Die Vermutung ist daher eher, dass es an mir liegt.«

»Nein. Zweimal hatte ich Hoffnung, doch beide Male konnte ich das Kind nicht halten«, entgegnete Dorothy und grub die Zähne in die Unterlippe.

»Warum hast du mir denn davon nichts erzählt?«

Archibald strich sanft über ihre Haare. »Du warst doch gewiss sehr traurig.«

»Ich konnte es dir nicht sagen. Ich fühlte mich unzulänglich, als sei mit mir etwas nicht in Ordnung.«

»Dummerchen.« Er drückte einen Kuss auf ihren Scheitel. »Ich liebe dich und hätte dir gern beigestanden. Du weißt, dass du mir alles sagen kannst. Was es auch sei, gemeinsam finden wir eine Lösung, und wenn es keine gibt, tragen wir auch das gemeinsam.«

»Das weiß ich. Deswegen habe ich es dir auch jetzt erzählt.« Dorothy atmete tief ein und aus. Sie fühlte sich erleichtert, endlich darüber gesprochen zu haben. Und sie liebte Archie umso mehr.

Eine Weile lagen sie still nebeneinander und hingen ihren Gedanken nach.

»Hast du eigentlich Sir William überzeugen können, sich Mr Russ noch einmal vorzunehmen?«, nahm Dorothy das Gespräch wieder auf.

»Ich kann es nicht mit Sicherheit sagen, aber er schien dem Gedanken nicht ganz abgeneigt. Wenn ich es richtig einschätze, dann hat auch er seine Zweifel daran, dass Mr Reynolds Seymour getötet hat.«

»Dann wollen wir beten, dass die Wahrheit herauskommt und der arme Mr Reynolds freigesprochen wird.«

Dreiunddreißig

Sonntag, 3. April 1814 – Grosvenor Square

Rose saß im Sessel beim Fenster und stickte, als Lady Beresford eintrat und sich ihr gegenüber niederließ. Neugierig beäugte Rose das dicke rote Buch in Dottys Händen.

Debrett's Peerage, wunderte sie sich. Ob die Marchioness in dem Adelsverzeichnis nach weiteren geeigneten Heiratskandidaten suchen wollte?

Dorothy sah auf.

»Lord Harrington erwähnte gestern Sir Leonard Delamere und den Earl of Weston, und ich war neugierig, wo sich ihre Anwesen befinden.«

Mit gerunzelter Stirn betrachtete die Marchioness die Seite. Dann schüttelte sie den Kopf, legte das Buch neben sich und holte ebenfalls ihr Handarbeitszeug heraus. Schweigend saßen sie eine Weile in ihre Arbeit vertieft. Von Zeit zu Zeit wanderte Rose' Blick aus dem Fenster. Colonel Egerton hatte am Mittwoch so interessiert gewirkt, und sie hatte gehofft, jederzeit Nachricht von ihm zu erhalten. Er wusste, dass sie Gast im Hause Lady Beresfords war und somit auch, wo er sie finden konnte. Doch je mehr Zeit verging, desto mehr sank ihre Hoffnung. Ganz hatte sie diese allerdings nicht fahren lassen. Immer noch wartete sie, ob nicht vielleicht draußen eine Kutsche vorfuhr oder jemand Post für sie brachte.

»Sie sehen nun schon zum dritten Mal aus dem Fenster«, kommentierte Lady Beresford lachend. »Verraten Sie mir, von wem Sie sich Nachricht erhoffen, Rose. Oder nein, lassen Sie mich raten. Sie warten auf ein Wort von Colonel Egerton, nicht wahr?«

»Bin ich so leicht zu durchschauen?« Rose nahm die Stickerei kurz herunter und sah Lady Beresford an. Die Marchioness hatte sie nur allzu leicht durchschaut, doch in ihrem Gesicht war kein Vorwurf zu lesen.

»So alt bin ich nun auch nicht, dass ich nicht mehr wüsste, wie es ist, jung zu sein. Machen Sie sich keine Gedanken. Sie haben sich auf dem Ball tadellos verhalten und haben Ihre Zuneigung nicht zu deutlich gezeigt.«

In diesem Augenblick hörten sie schnelle Schritte auf der Treppe. Etwas später klopfte es, und Rose zuckte unwellkürlich zusammen. Ob das endlich die erhoffte Nachricht war? Sie wandte rasch den Blick zur Tür. Es war jedoch Reynolds, Lady Beresfords Kammerdienerin, die eintrat und knickste. Rose war enttäuscht, doch sie bemerkte, dass die Kammerdienerin aufgeregt aussah. Ihre Wangen glühten, und sie wirkte gehetzt. Offenbar war sie es gewesen, die so eilig die Treppe heraufgekommen war.

»Mylady!«, keuchte sie, nach Atem ringend. »Bitte entschuldigen Sie, dass ich Sie störe, doch es gibt gute Neuigkeiten. Es geht um meinen Bruder, Mylady.« Rose bemerkte, dass Reynolds einen nicht ganz unauffälligen Seitenblick auf sie geworfen hatte und erst weitersprach, als Lady Beresford nickte und sie dazu aufforderte.

»Nach der Messe habe ich noch schnell nach meinem Bruder sehen und ihm etwas Obst und frische Kleider bringen wollen. Denken Sie sich, wie erschrocken ich war, als sie mir am Wärterhaus sagten, er sei nicht mehr da. Für einen kurzen Augenblick dachte ich ...« Wieder warf sie Rose einen kritischen Seitenblick zu. Rose tat, als sei sie in ihre Stickerei vertieft. Miss Reynolds schien das zu genügen, denn sie fuhr fort. »Nun ja, ich dachte, sie hätten ihn geholt. Sie verstehen.«

Über den Rand des Stickrahmens konnte Rose die Anspannung in Lady Beresfords Gesicht sehen. Sie war bis ganz an die Kante ihres Sessels gerückt und sah Reynolds erwartungsvoll an.

»Denken Sie sich, wie ängstlich ich war! Und dann sagte man mir, man hätte ihn heute Morgen gehen lassen!«

»Sie haben ihn entlassen?«, rief Dorothy. Mit dieser Nachricht schien die Marchioness nicht im Geringsten gerechnet zu haben, doch ihr Gesicht hellte sich zusehends auf.

»Reynolds! Das sind ja ganz hervorragende Neuigkeiten! Ich freue mich so für Sie! Ich weiß zwar nicht, was geschehen ist, aber ich freue mich. Wie erleichtert Sie sein müssen! Und erst ihr Bruder!«

»Ich kann Ihrer Ladyschaft gar nicht genug danken«, rief Reynolds, doch die Marchioness beschwichtigte.

»Das ist lieb von Ihnen, doch ich bin ehrlich gesagt gar nicht sicher, ob ich für diese plötzliche Wendung mit-
verantwortlich zeichnen darf.«

Sie erhob sich, machte einen Schritt auf Reynolds zu und ergriff beide Hände der ziemlich verdattert dreinblickenden Kammerdienerin.

»Ich freue mich so mit Ihnen!«, rief Lady Beresford fröhlich und drückte kurz die Hände ihrer Angestellten. »Wissen Sie was, Reynolds? Sie nehmen sich den Rest des Tages frei. Sophie wird für Sie einspringen. Gehen Sie nur zu Ihrem Bruder. Und vergessen Sie nicht, mir zu berichten, wie es zu seiner Freilassung kam. Sie sehen mich zwar hocherfreut, doch auch sehr gespannt.«

Reynolds lachte leise.

»Vielen vielen Dank, Eure Ladyschaft. Natürlich werde ich Ihnen sofort berichten, wenn ich etwas

Neues erfahre.« Die Kammerdienerin knickste und verließ den Raum.

Eine äußerst ungewöhnliche Unterhaltung. Rose
dachte angestrengt nach. Reynolds hatte gesagt, man
habe ihren Bruder gehen lassen. Was mochte es damit
auf sich haben? Ob er im Hospital gewesen war? Oder
hatte er Schulden gehabt und hatte eingesessen? Sie
überlegte, ob es indiskret sei, nachzufragen, doch die
Neugier siegte.

»Verzeihen Sie meine Neugier, Dotty, darf ich fragen,
was Reynolds gemeint hat?«

Dorothy Beresford schien eine Weile zu überlegen,
dann ließ sie ihre Handarbeit sinken und sah Rose an.

»Nun, da alles geklärt zu sein scheint, sollte ich es Ihnen womöglich sagen. Sie erinnern sich, dass ich Ihnen
sagte, Mr Seymour sei in einer Kutsche erstochen
aufgefunden worden.«

Rose runzelte die Stirn. Wie mochte Seymours Tod
mit all dem zusammenhängen?

»Mr Reynolds war der Droschkenfahrer, der Seymour
an jenem Abend nach Hause fuhr und man verdächtigte ihn – fälschlicherweise, wie sich soeben herausgestellt hat – ihn getötet zu haben.«

Mit dieser Antwort hatte Rose nun wirklich nicht
gerechnet.

»Ich hatte Reynolds versprochen, ihr zu helfen und zu
versuchen, die Unschuld ihres Bruders zu beweisen. Sie
verstehen nun, warum ich so erstaunt reagierte, dass
Ihr Bruder Horace und Sie den ermordeten Mr Seymour offenbar kannten«, erklärte Lady Beresford. Sie
sah auf und lächelte wissend. »Mehr als das.«

»Er war sehr attraktiv und konnte unglaublich charmant sein. Stets hat er mich glauben lassen, ich sei
etwas Besonderes für ihn. Nicht einen Augenblick
hätte ich vermutet, dass er ... dass er Gefühle mit einer
solchen Leichtfertigkeit behandelte. Offenbar konnte

er sich geschickt verstellen.« Rose war selbst erstaunt, wie nüchtern sie auf die Ereignisse zu blicken imstande war. Als sei ihr Streit mit Horace und ihr Ausbruch danach ein reinigendes Gewitter gewesen, das Klarheit und Kühle zurückließ. »Moralisch mag man darüber denken, was man möchte. Dennoch hätte ich ihm nicht den Tod gewünscht. Ich hoffe, man hat den wahren Mörder gefasst.«

»Das hoffe ich auch«, stimmte Lady Beresford ihr zu. »Mir scheint, als hätten Sie Ihren Frieden mit der Angelegenheit gemacht?«

Rose musste eine Weile über die Frage nachdenken. Hatte sie Seymour vergeben? Und konnte sie die Vergangenheit tatsächlich hinter sich lassen und nicht mehr zurückblicken?

»Ich kann nicht sagen, dass die Geschehnisse keine Spuren hinterlassen hätten«, erklärte sie schließlich. »Zweifellos haben sie mich vorsichtiger werden lassen. Jetzt muss ich meinen Blick auf die Zukunft richten. Ich denke, insofern kann man sagen, dass ich tatsächlich mit der Vergangenheit abgeschlossen habe.«

»Dann war es nicht umsonst, Rose. Dann sind Sie an dieser unerfreulichen Angelegenheit gereift. Versuchen Sie, es als eine wertvolle Erfahrung zu betrachten.«

»Das ist ein guter Rat, Dotty.« Rose lächelte. Sie fühlte sich befreit. Eigenartig, welch verschlungene Pfade das Schicksal ging und welch seltsame Zufälle es dabei entstehen ließ.

Sie wurde aus den Gedanken gerissen, als Hufgetrappel und das Geräusch hölzerner Räder auf dem Pflaster vor dem Haus zu hören waren. Natürlich war es nicht die erste Kutsche, die an diesem Nachmittag an dem Haus vorbeirumpelte. Doch dieses Mal hielt sie. Wieder sah Rose zum Fenster und entdeckte eine Tilbury, die von einem hübschen Grauschimmel gezogen wurde. Neugierig reckte sie den Hals, um zu sehen, wer sich unter dem Verdeck verbergen mochte.

Ein Gentleman in einem dunklen Mantel stieg aus. Ein Hut verdeckte Haare und Gesicht, so dass Rose ihn nicht erkennen konnte. Kurz hob der Mann den Kopf, und Rose glaubte, sein Gesicht erkannt zu haben. Mit pochendem Herzen lauschte sie.

Dotty hatte offenbar ihre Anspannung bemerkt und sah nun auch aus dem Fenster. Sie räumte ihr Handarbeitszeug zur Seite und lächelte Rose an.

»Es scheint, wir bekommen Besuch.«

Vierunddreißig

Als Archibald Lord Beresford den großen Clubraum in der ersten Etage betrat, waren dort bereits zahlreiche Gentlemen versammelt, einige in Unterhaltungen vertieft, andere hatten an dem großen Spieltisch in der Ecke Platz genommen. Trotz der schweren orientalischen Teppiche, die den Lärm dämpften, war der Raum von einem Stimmengewirr erfüllt, das immer wieder von lautem Gelächter unterbrochen wurde. An den Tischen im Brooks's wurde nicht nur Politik gemacht und das Tagesgeschehen kommentiert. Hier waren die Herren unter sich und in Abwesenheit von Damen, auf deren empfindsames Wesen man hätte Rücksicht nehmen müssen, war der Ton nicht selten rau, und es wurden derbe Späße gemacht, die nicht für genierliche Ohren geeignet waren.

Durch das hohe Tonnengewölbe und den wuchtigen kristallenen Leuchter, der darunter hing, wirkte der Raum wesentlich größer als er eigentlich war und strahlte eine gediegene Eleganz aus, ohne dabei unbehaglich zu wirken. Archibald nahm an einem der Tische auf der Fensterseite Platz, ließ sich einen Brandy bringen und nahm die Zeitung zur Hand. Er hatte an diesem Nachmittag eine Verabredung mit Lord Burlington, um noch einige Dinge zu besprechen, allerdings war er reichlich früh und würde noch etwas warten müssen.

Am Spieltisch nebenan ging es hoch her. Der Einsatz schien hoch gewesen zu sein, denn ein Aufschrei ging durch die Runde.

»Alle Wetter, Weston! Sie scheinen heute Ihren Glückstag zu haben. Sie werden uns bis aufs Hemd ausziehen.«

»Nein danke, Pierrepoint. Behalten sie die Hosen an, darin gibt es nichts Sehenswertes.«

Die Runde grölte und die Verlierer forderten eine Revanche.

»Nein, Gentlemen. Heute werde ich mein Glück nicht herausfordern. Vorigen Monat habe ich bei Watier's beim Macao Federn lassen müssen. Heute werde ich weiser sein«, erklärte Weston und nahm seinen Gewinn an sich. »Ich will mich nicht beklagen, ich hatte schon schlechtere Abende bei Watier's und weit mehr verloren als das.«

»Sie müssen das Positive darin sehen, Weston. Darin gleichen Sie nun Admiral Nelson«, flachste einer der Gentlemen, den Lord Beresford als Henry de Ros identifizierte, in Anspielung an das erblindete Auge des Earls. »Außerdem hat Seymour das Schicksal eingeholt, wie man hört.«

»Wohl wahr«, entgegnete der Earl of Weston. »Dennoch, gewünscht habe ich ihm ein solches Ende nicht. Im Grunde war er ein famoser Kerl. Konnte nur nicht die Finger vom Spiel, vom Port und vor allem von den Weibern lassen. Ich habe ihm nie die Schuld gegeben. Es war ein Unglück. Eine Ironie des Schicksals vielleicht. Während ich beim Macao ein Vermögen verliere, verliert der Ärmste sein Leben.«

»Das Schicksal geht verschlungene Pfade. Ohne Seymour wird es in London auf jeden Fall ein gutes Stück langweiliger«, fand Pierrepoint. »Ein Toast auf Mr Felton Seymour!«

»Hört hört!«, ertönte es aus der Runde. »Auf Mr Felton Seymour, einen vortrefflichen Spitzbuben.«

Lord Weston leerte sein Glas und erhob sich.

»Für heute verabschiede ich mich, Gentlemen. Die Revanche wird warten müssen.«

An Archibalds Tisch blieb der Earl kurz stehen.

»Beresford! Ich habe Sie gar nicht hereinkommen sehen. Nehmen Sie sich vor den Gentlemen dort in Acht, sie sind auf Rache aus.«

»Ich konnte nicht umhin, Ihre Unterhaltung mit anzuhören, Weston. Sie tun gut daran, Fortuna nicht herauszufordern. Wie heißt es doch gleich? Man soll gehen, wenn es am schönsten ist.«

Weston lachte.

»Man wird sehen, wie lange meine guten Vorsätze und die Schelte meiner Frau wirksam bleiben werden.«

»Der Weg zur Hölle ist mit guten Vorsätzen gepflastert, mein Bester!« Lord Beresford hob Weston sein Glas entgegen.

»Gut gebrüllt, Löwe! Und grüßen Sie mir Ihre Gattin, Beresford.« Weston nickte und ging hinaus.

Es ist seltsam, dachte Lord Beresford, dass die Sprache auch hier wieder auf Mr Seymour kam. Sobald man sich mit einer Sache befasste, begegnete man ihr plötzlich jederzeit und überall.

Das Gespräch der Gentlemen ließ Archibald wieder an das Schicksal des armen Mr Reynolds denken, und er hoffte, mit seinem Besuch bei Sir William Domville etwas bewirkt zu haben. Er zog die Uhr aus der Westentasche und warf einen Blick darauf. Lord Burlington würde sicher gleich kommen, und man könnte sich in den kleinen Salon zurückziehen, um in Ruhe zu sprechen. Gewiss würde es nicht allzu viel Zeit in Anspruch nehmen. Bliebe also vor dem Dinner noch ausreichend Zeit, zu White's hinüberzugehen und nach Sir William Ausschau zu halten. Der traf sich dort häufig mit dem Innenminister, dem er als Magistrat unterstand, denn als überzeugter Tory bevorzugte Viscount Sidmouth die Gesellschaft im White's.

Zweieinhalb Stunden später überquerte Lord Beresford die St James's Street und betrat das White's mit seinem berühmten Erkerfenster, vor dem Beau Brummell mit seiner Entourage oft zu sitzen pflegte, um sein kritisches Urteil über Kleidung und Haltung der Vorbeigehenden zu fällen. Er hatte einst den Ausspruch getätigt, Mode sei vergänglich, schlechter Geschmack hingegen zeitlos.

Doch Archibald Beresford scherte sich nicht um das Urteil des Dandy-Clubs. In seinem Alter und seiner Position hatte man es nicht mehr nötig, jedem zu gefallen. Außerdem war Brummells Stern, wenn man den Gerüchten glauben konnte, bereits im Sinken begriffen, denn die Freundschaft zwischen Brummell und »Prinny«, dem Prinzregenten, längst nicht mehr so innig, wie sie es gewesen war. Nicht nur Mode war offenbar vergänglich.

Tatsächlich traf er Viscount Sidmouth im Kartenzimmer an, wo er mit anderen bei einer Partie Loo saß. Lord Beresford beschloss, noch zu bleiben, und gesellte sich zu der Runde. Sie hatten erst eine Weile gespielt, als, wie erwartet, Sir William erschien.

»Ha! Beresford!«, rief der gleich von der Tür her. »Ich bin sicher, Sie haben es schon gehört.«

»Gehört, Sir?« Archibald zog die Augenbrauen zusammen. »Was soll ich gehört haben?«

»Zum Kuckuck, dann wissen Sie es noch gar nicht? Sie glauben es nicht, aber Ihr Mr Russ hat gestanden. Der Staatsanwalt hat die Anklage gegen Reynolds fallengelassen.« Der Magistrat schüttelte den Kopf und lachte. »Wer hätte das gedacht? Da waren die Zweifel Ihrer Ladyschaft wohl berechtigt.«

»Reynolds ist frei? Das sind ja fantastische Neuigkeiten!«, rief Lord Beresford. »Wissen Sie, meine Gattin und ich kennen den Mann schon eine Weile, und niemals hätte ich glauben mögen, dass er imstande gewesen wäre, einen Mord zu begehen. Ich bin erleichtert, dass ich mich dahingehend nicht getäuscht habe. Was hat Russ dazu bewogen, zu gestehen?«

Sir William orderte einen Port und kam zu ihrem Tisch hinüber.

»Ich spiele eine Partie mit. Wer gibt?«, fragte er in die Runde und setzte sich. An Lord Beresford gerichtet, fuhr er fort: »Viel hat es gar nicht gebraucht. Der Bursche war sehr nervös und verstrickte sich immer mehr in Widersprüche. Eine merkwürdige Geschichte das alles.«

»Warum hat er es getan?«, wollte Archibald wissen.

»Er sagte, er habe Seymour gehasst und schon lange geplant, ihn umzubringen«, entgegnete Sir William. »Wenn Sie den Jungen gesehen hätten – Sie hätten nie etwas dergleichen vermutet. Er schien höflich, beinahe schüchtern.«

»Merkwürdig«, überlegte Lord Beresford und begann, die Karten zu mischen. »Höchst merkwürdig. Mr Seymour galt als fairer und großzügiger Arbeitgeber. Welchen Grund soll Russ gehabt haben, ihn derart zu hassen?«

»Nun, wenn Sie mich fragen, Mylord, ist der Ärmste einfach nicht ganz richtig im Kopf. Seine Schilderung der Ereignisse war äußerst verworren und lückenhaft. Man konnte den Eindruck gewinnen, er habe vollkommen neben sich gestanden – wie ein Schlafwandler. An viele Einzelheiten konnte er sich angeblich nicht erinnern oder machte widersprüchliche Angaben. Ja nun, er hat gestanden. Vermutlich werden wir nie erfahren, was den armen Teufel dazu getrieben hat.«

Archibald verteilte die Karten.

»Nein, das werden wir wahrscheinlich nicht. Die Sache erscheint mir weiterhin sonderbar.«

»Das ist sie.« Sir William nickte und nahm die Karten auf die Hand. »Doch die menschliche Seele ist voller

Abgründe, und nicht immer lässt sich eine logische Erklärung finden, warum jemand plötzlich zum Verbrecher wird.«

Archibald nickte. Man las so oft in der Zeitung von den unglaublichsten Dingen. Oft konnte man nur darüber staunen, wozu Menschen fähig waren und wie doch immer wieder tierische Triebe über jede Zivilisiertheit siegen konnten. Er schüttelte ungläubig den Kopf.

»Nun, ich bin froh, dass für Mr Reynolds alles glimpflich ausgegangen ist.«

Fünfunddreißig

»Mylady, Colonel Patrick Egerton bittet darum, empfangen zu werden.«

Wilkins präsentierte der Marchioness das Tablett mit der Karte.

»Vielen Dank, Wilkins«, entgegnete Lady Beresford und warf Rose einen bedeutungsvollen Blick zu. »Bitten Sie ihn doch herein.«

Rose hätte am liebsten laut gejubelt. Wie hatte sie seit ihrem Tanz am Mittwoch darauf gehofft, der Colonel würde sie wiedersehen wollen. Fast schon hatte sie geglaubt, er habe sie umgehend wieder vergessen. Doch nun war er hier! Und gewiss nicht nur, um Lady Beresford einen Besuch abzustatten. Rasch erhob sie sich, ordnete mit den Fingern ihre Locken, knetete ihre Lippen durch und kniff sich in die Wangen, was Dotty amüsiert beobachtete.

Kurz darauf trat Colonel Egerton ein. Rose fand, dass er an diesem Nachmittag noch besser aussah als im Almack's. Das mochte daran liegen, dass die Kleiderordnung dort auf die altmodischen Kniebundhosen bestand. Jetzt trug Patrick Egerton eng geschnittene, sandfarbene Pantalons und Reitstiefel, was wesentlich modischer war und ihm ausgezeichnet stand. Die gestärkten, blütenweißen Rüschen des Hemdkragens blitzten unter dem Revers des dunklen Cuts hervor, und die Krawatte war zu einem schlichten Knoten gebunden. Rose fand, er sah unglaublich elegant aus.

Er grüßte und machte eine galante Verbeugung.

»Colonel Egerton. Wie schön, dass Sie uns mit einem Besuch beehren«, begrüßte Dorothy den Gast. »Es ist uns eine außerordentliche Freude, Sie zu sehen. Und ich denke, ich spreche dabei gewiss auch für unsere junge Freundin, Miss Lymington.«

Rose spürte einen angenehmen Schauer über ihre Haut rieseln, als sich der Blick des Colonels auf sie richtete. Sie hätte sich überhaupt nicht zu kneifen brauchen, um ihren Wangen eine rosige Farbe zu verleihen.

»Die Freude ist ganz auf meiner Seite«, entgegnete Colonel Egerton. »Ich kann meinem Freund Lord Harrington nicht genug danken, dass er mich Ihre Bekanntschaft machen ließ.«

»Aber nehmen Sie doch Platz, mein lieber Colonel.«

Die Marchioness deutete auf einen freien Stuhl, und sie setzten sich.

»Haben Sie sich mittlerweile hier in London eingelebt, Sir? Lord Harrington erwähnte, Sie seien erst vor zwei Monaten hergezogen?«

»Ich wollte das Landleben nicht ganz missen, also habe ich ein Haus in Hampstead gekauft. In die Stadt ist es nicht weit, und ich beginne, Gefallen daran zu finden. Womöglich suche ich mir doch eines Tages etwas direkt in der Stadt. Ich übernachte ohnehin oft dort. Die vielen Zerstreuungen, die beeindruckende Architektur und die Parks haben ihren Reiz. Außerdem muss ich auf die Schönheit Somersets auch hier nicht verzichten.«

Er wandte den Blick Rose zu und lächelte kurz. Sie hatte den Eindruck, ihre Wangen müssten ob dieses kaum verdeckten Komplimentes nahezu glühen.

»Das freut mich zu hören, Colonel Egerton«, sagte die Marchioness.

»Und wie gefällt Ihnen London bisher, Miss Lymington?«, wollte der Colonel wissen.

»Mir gefällt es hier ganz ausgezeichnet. Es gibt so viel zu sehen und zu unternehmen. Besonders jetzt, da die Kälte langsam nachlässt und man sich auch wieder länger vor die Tür wagen kann.« Rose lächelte und strich sich eine Locke aus der Stirn.

»Damit haben Sie mir ein gutes Stichwort geliefert, Miss Lymington. Denn ich würde Lady Beresford und Sie gern morgen Nachmittag zu einer Ausfahrt im Hyde Park und einem anschließenden Dinner in meinem Haus einladen.« Colonel Egerton sah die Marchioness an. »So das Wetter mitspielt, könnten wir im offenen Wagen fahren. Ich werde Sie gegen halb vier abholen, wenn es Ihnen recht ist.«

»Ausgezeichnet, Colonel«, rief Lady Beresford. »Haben Sie vielen Dank für diese freundliche Einladung. Wir würden uns sehr freuen. Nicht wahr, Miss Lymington?«

»Ja, sehr, lieber Colonel. Was für eine wunderbare Idee. Bisher habe ich den Hyde Park noch nicht gesehen und freue mich sehr darauf, es nachzuholen.«

»Dann ist es ausgemacht?« Colonel Egerton strahlte. »Meine Freude könnte nicht größer sein. Dann beten wir zu St. Sebald und dem heiligen Medard, sie mögen uns wohlgesonnen sein und uns mit Frost und Regen verschonen.«

»Bisher sieht es recht freundlich aus. Das lässt hoffen, dass der Frost nun endgültig ein Ende hat«, fand Dorothy.

»Mögen Sie recht behalten, Mylady. Leider muss ich Sie bereits wieder verlassen, denn ich habe noch einiges zu erledigen. Doch da ich Ihrer beider Zusage habe, wird mir alles leichter und angenehmer von der Hand gehen.«

Sechsunddreißig

»Guten Morgen, Mylady.« Gut gelaunt und leise summend, kam Reynolds ins Zimmer, um die Vorhänge zu öffnen und Lady Beresford beim Ankleiden zu helfen.

»Reynolds. Wie schön, Sie so fröhlich zu sehen«, rief Lady Beresford. In Hemd und Strümpfen setzte sie sich an den Frisiertisch und sah Reynolds neugierig an. »Nun erzählen Sie schon. Wie ist es Ihrem Bruder ergangen? Ich bin äußerst gespannt.«

Reynolds nahm die Bürste und begann, Dorothys Haare zu glätten.

»Ihm ist natürlich ein Stein vom Herzen gefallen. Am frühen Samstagabend rief ein Wärter ihn zu sich und verkündete, er könne seine Sachen nehmen und gehen. Er wollte es zunächst gar nicht glauben und dachte, dieser erlaube sich einen grausamen Scherz mit ihm. Doch der versicherte ihm, er sei frei – jemand anderes habe die Tat gestanden.«

Dorothy runzelte die Stirn.

»Aber Sie haben erst am Sonntag von seiner Freilassung erfahren, als Sie ihn besuchen wollten?«

Reynolds lachte.

»Er war so erleichtert über seine Entlassung, dass er zunächst ins Wirtshaus ging, wo er einige Freunde traf, die ihn überredeten, den glücklichen Ausgang mit ihnen zu feiern. Es wurde wohl spät, und er ging nach Hause und legte sich schlafen. So erfuhr ich erst im Newgate Gefängnis davon.«

»Ich bin so froh, dass es für Ihren Bruder ein gutes Ende genommen hat. Ehrlich gesagt, hatte ich begonnen, daran zu zweifeln«, gab Lady Beresford zu.

»Nicht nur Sie, Mylady. Innerlich hatte ich schon fast aufgegeben.« Reynolds legte die Bürste beiseite und holte das Korsett.

»Und wie geht es nun für Ihren Bruder weiter?«, wollte Lady Beresford wissen. »Wird er sich eine neue Droschke und neue Pferde kaufen?«

»Ich fürchte, dafür reicht unser Geld derzeit noch nicht«, erklärte Reynolds. »Mr Slater würde ihm die Pferde und die Kutsche zum selben Preis überlassen, zu dem er sie ihm abgekauft hat, doch die Zeit im Gefängnis hat uns einiges gekostet. Vorerst wird er als Fahrer für Mr Slater arbeiten, bis er sich wieder ein eigenes Gespann leisten kann.«

Sie legte Dorothy das Korsett an und begann, es zu schnüren.

»Hören Sie, Reynolds. Ich habe so etwas befürchtet und darüber bereits mit meinem Mann gesprochen. Wie würde es Ihrem Bruder gefallen, fest für uns zu arbeiten? Wir werden ihm natürlich einen großzügigen Lohn bezahlen. Einen zuverlässigen Kutscher, der sich um die Pferde kümmert und die Gefährte in Ordnung hält, könnten wir schon gebrauchen, und die Arbeit wäre nicht so schwer. Allerdings müsste er uns am Ende der Saison natürlich nach Kent begleiten.«

»London verlassen? Ich glaube, das könnte Martin gefallen«, meinte Reynolds.

»Fragen Sie ihn. Er muss sich ja nicht gleich entscheiden.«

»Das werde ich tun. Vielen Dank, Mylady.« Reynolds schob die hölzerne Miederstange vorne in das Korsett und holte den baumwollenen Unterrock. »Wir sind jedenfalls mächtig erleichtert, das kann ich Ihnen sagen, Mylady. Man sieht das Leben plötzlich mit ganz anderen Augen. Ein Glück, dass den Mörder rechtzeitig das Gewissen drückte und er gestanden hat. Ich frage mich, wer es nun gewesen ist. Das haben sie Martin in

Newgate nicht gesagt. Und er war so froh, rauszukommen, dass er natürlich auch nicht nachgefragt hat.«

»Verständlich. Sehen Sie, Reynolds. Das Wichtigste hätte ich fast noch vergessen. Die Frage kann ich Ihnen nämlich beantworten.« Dorothy sah Reynolds bedeutungsvoll an und machte eine Pause. Sie wollte ihren Wissensvorsprung eine Weile auskosten und genoss den überraschten Ausdruck in Reynolds' Gesicht.

»Die Frage danach, wer es war, Mylady?« Reynolds, die gerade dabei gewesen war, das Kleid mit Nadeln am Unterrock festzustecken, hielt inne.

»Richtig. Seine Lordschaft hat es mir gestern Abend erzählt. Er hatte im Club eine Unterhaltung mit dem obersten Magistrat.«

»Es war aber doch wohl nicht Mrs Pike?« In Miss Reynolds' Blick lag eine Mischung aus Entsetzen und Sensationslust.

»Nein nein, Reynolds. Die nicht. Mr Anthony Russ, der Diener. Der Magistrat hat ihn zu einer weiteren Befragung vorgeladen, bei der er sich zunehmend in Widersprüche verstrickte. Schließlich brach er zusammen und gestand.«

»Nein!«, rief Reynolds aus und zupfte die Ärmel des Kleides zurecht. »So etwas. Dann hatten wir ja die richtige Idee.«

»Offenbar ja. Doch dabei frage ich mich, warum Russ es getan hat. Mr Seymour war vielleicht kein Engel, aber er galt als freundlicher und großzügiger Arbeitgeber. Warum sollte Mr Russ einen solchen Hass auf ihn entwickeln, dass er ihn tötete?«

»Das kann womöglich ich Ihnen sagen«, entgegnete Reynolds zu Dorothys Erstaunen. »Die Köchin, Mrs Potts, machte eine Andeutung, die mich beschäftigt hat. Sie sagte, in der Dienerschaft habe es Gerüchte über Mr Russ und Mr Davis, den Kammerdiener, gegeben. Sie seien ein wenig zu freundlich miteinander

174

gewesen, wenn Sie wissen, was ich meine.« Reynolds
räusperte sich. »Womöglich wusste Mr Seymour von
ihrer – Neigung – und sie hatten Angst, er könne sie
verraten.«

Dorothy stutzte. »Möglich. Ja«, bestätigte sie nachdenklich, »das wäre zumindest eine Erklärung. Nun,
wahrscheinlich werden wir nie die volle Wahrheit
erfahren. Doch die Hauptsache für uns ist, dass Ihr
Bruder wieder frei ist und seine Unschuld beweisen
konnte.«

Siebenunddreißig

Montag, 4. April 1814 – Grosvenor Square, London

Endlich hatte Rose Gelegenheit, ihr hübsches neues Promenadenkleid auszuführen. Es war aus weißem Jakonett, zart und duftig leicht. Eigentlich noch ein wenig zu luftig für die noch immer recht frischen Temperaturen. Doch am Nachmittag würde die Sonne scheinen, und allein der Gedanke an eine Ausfahrt mit Colonel Egerton genügte, um sie ausreichend zu wärmen. Der primelgelbe Spencer mit der Blütenstickerei würde zusätzlich dafür sorgen, dass sie sich nicht verkühlte, ohne dabei ihre zarte Figur zu verbergen. Er war raffiniert geschnitten, und ein hübscher Seidengürtel mit Quasten betonte ihre schmale Taille. Eine farblich passende, zierliche Haube mit Feder und ein hübsch bestickter gelber Sonnenschirm vervollständigten die Garderobe. Frühlingsfrisch sah es aus und ließ ihr rotes Haar strahlen. Wenn sie schon damit geschlagen war, konnte sie es auch zu ihrem Vorteil einsetzen. In der Nachmittagssonne würde es keck unter der Haube hervorleuchten und schimmern wie Kupfer. Das blasse Gelb des Spencers brachte auch ihre blauen Augen hervorragend zur Geltung.

Nach einem letzten Blick in den Spiegel war Rose zufrieden und ließ Jenny gehen. Sie nahm Handschuhe und Sonnenschirm und lief eiligen Schrittes die Treppe hinab in den Salon, wo Lady Beresford sie bereits in einem eleganten bordeauxfarbenen Ensemble erwartete.

Lange mussten sie nicht warten, bis die Barouche des Colonels vorfuhr. Auch an diesem Tag sah Patrick Egerton hervorragend aus. Der schwarze Hut mit der breiten Krempe war bestens geeignet für einen sonnigen Tag, und in hellen Wildlederhosen mit Reitstiefeln und brauner Jacke machte er eine gute Figur. Trotz der Handschuhe spürte Rose ein Kribbeln in den Fingerspitzen, als er ihr in die Kutsche half und sie sich für einen kurzen Moment direkt in die Augen sahen.

In gemächlichem Tempo ging es die Upper Brooke Street entlang und in die Park Lane, von wo aus sie den Park über das Grosvenor Gate befuhren. Das Wetter enttäuschte sie nicht. Die Sonne strahlte kräftig vom fast wolkenlosen Himmel und hatte bereits etliche Reiter, Kutschen und Spaziergänger in den Park gelockt. Rose fühlte sich großartig, während die Barouche südwärts in Richtung Rotten Row fuhr. Die Luft war erfüllt von Blütenduft, der sich mit dem herben Aroma des Kutschenleders und dem warmen, holzigen Geruch der Eichenlohe mischte, mit der die Reitwege abgestreut waren.

Nach dem außergewöhnlich kalten März war es der erste sonnige Tag, und besonders die Damen nutzen die Gelegenheit, um die Frühlingsgarderobe zu präsentieren, allerorten zierliche Sonnenschirme, leichte Kleider und sogar einige freie Schultern, was Rose ein wenig gewagt fand. Denn immer noch war es kühler als gewöhnlich um diese Jahreszeit.

»Ich muss gerade an ein Gedicht denken, das meine Gouvernante, Miss Lawrence, mich auswendig lernen ließ«, rief sie munter und begann zu rezitieren. »The sun does arise/ And make happy the skies/ The merry bells ring / To welcome the spring.«

Colonel Egerton lächelte. »The skylark and thrush/ The birds of the bush/ Sing louder around/ To the bells' cheerful sound/ While our sports shall be seen/ On the echoing green. William Blake. The Echoing Green. Das habe ich auch in der Schule lernen müssen.«

»Wie schön, nun komme ich auf diese Weise noch zu einem Lyrikvortrag. Bravo!«, rief Lady Beresford fröhlich.

»Lesen Sie gern Gedichte, Colonel?«, wollte Rose wissen.

»Inzwischen ja. Damals in der Schule fand ich sie grausig.« Er lachte.

»Genauso ging es mir auch, als Miss Lawrence mich noch mit Sidney und Marlowe quälte.« Rose musste daran denken, dass sie den Colonel bis jetzt noch nie hatte lachen sehen. Da war immer dieser melancholische Ausdruck in seinem Gesicht gewesen. Doch heute wirkte er fröhlich und gelöst.

»Sie sind offenbar keine Freundin der elisabethanischen Literatur?«

»Shakespeares Sonette mag ich«, entgegnete Rose.

»As lightning or a taper's light, thine eyes and not thy noise wak'd me; Yet I thought thee (For thou lovest truth) an angel, at first sight«, zitierte der Colonel, und sein Blick heftete sich auf sie. »But when I saw thou sawest my heart, And knew'st my thoughts, beyond an angel's art, When thou knew'st what I dreamt, when thou knew'st when excess of joy would wake me, and cam'st then, I must confess, it could not choose but be profane, to think thee any thing but thee.«

Rose verspürte eine angenehme Unruhe. Sprach der Colonel mit diesem Zitat für sich selbst? Hatte er sie auch bei ihrer ersten Begegnung für einen Engel gehalten? Ihr Herz schlug schneller und das Blut schoss in ihre Wangen.

»Ist das Sidney?«, riet sie aus Verlegenheit. Sie wusste nicht, wie sie reagieren sollte, zumal sie sich nicht besonders gut mit Dichtung auskannte. Wohl hörte sie gern einen Vortrag und konnte einige Gedichte und Sonette auswendig aufsagen. Allerdings hatte sie es immer als müßig empfunden, die Namen der Dichter und ihrer Werke zu lernen.

»Es ist von John Donne«, erklärte Colonel Egerton.

»Ich bin beeindruckt, Sir. Vielleicht können Sie später noch etwas zu Gehör bringen«, schlug Lady Beresford vor.

»Ich fürchte, damit erschöpft sich mein Repertoire beinahe«, gab Egerton mit einem kleinen Lächeln zu. »Sie haben mich ertappt. Dabei hoffte ich, Miss Lymington mit meinen profunden Kenntnissen beeindrucken zu können.«

Das unruhige Gefühl begann, sich in Rose auszubreiten und sie so zu erfüllen, als habe man die Saite eines Musikinstruments zum Schwingen gebracht. Es war ein Gefühl, wie sie es noch nie empfunden hatte. Anders als der schwärmerische Überschwang, den sie im letzten Jahr mit Seymour gespürt hatte. Dabei war es nicht nur das ansprechende Äußere des Colonels, das sie anzog. Es waren vielmehr Egertons ernsthafte Art und die Traurigkeit, die stets aus seinen Augen zu leuchten schien, die sie auf ungekannte Weise ansprachen. Auch er schien in ihrer Gegenwart aufzublühen. Man hätte glauben können, dass sie einander schon länger kannten. Eine kleine Stimme jedoch mahnte Rose zur Vorsicht. Dieses Mal würde sie sich mehr Zeit nehmen, ihre Gefühle zu prüfen.

Achtunddreißig

Das rote Ziegelgebäude stammte noch aus dem vorigen Jahrhundert und war offenbar kürzlich dem Zeitgeschmack entsprechend umgebaut worden. Es sah hübsch aus mit dem hellen Säulenportal, den weißen Fensterrahmen und Balkonbrüstungen aus hellem Sandstein. Es war nicht viel größer als ein Cottage und lag inmitten eines Gartens mit sorgfältig in Form geschnittenen Hecken und Beeten, in denen gerade die ersten Frühlingsblüten zaghaft die Köpfe in die Luft streckten. Der rötliche Schein der Abendsonne spiegelte sich bereits in den Fensterscheiben, als die Barouche die Zufahrt zum Haus hinaufrollte.

»Wie schön Sie es hier haben!«, rief Dotty aus und schaute sich um. »Sie sollten es sich gut überlegen, ob Sie es tatsächlich gegen ein Stadthaus eintauschen möchten.«

Sie wartete, bis der Colonel auch Rose aus der Kutsche geholfen hatte und folgte ihm ins Haus.

Die Einrichtung war eher altmodisch, aber geschmackvoll und zurückhaltend, und Dorothy fühlte sich sofort wohl. Der Salon lag am Ende eines langen Korridors, mit Blick in den hinteren Garten, und wirkte schon allein durch die großen Fenster hell und freundlich.

»Ich finde auch, Sie haben es richtig gemacht, sich hier niederzulassen«, sagte Rose, die ans Fenster getreten war und in den erblühenden Garten hinausblickte. »Darf ich hinausgehen? Ich würde mir gern den Garten ansehen.«

»Selbstverständlich. Kommen Sie, ich werde Ihnen alles zeigen.«

Sie traten auf die Terrasse und stiegen drei Stufen hinunter zu einem von niedrigen Buchshecken eingefassten Gartenweg. Zu ihrer Linken lag ein kleiner Küchengarten, in dem die milderen Temperaturen auch bereits zartes Frühlingsgrün hervorgelockt hatten. Auf der rechten Seite gab es einen Wintergarten, in dem Dorothy Töpfe mit Oliven- und Zitrusbäumchen erkennen konnte.

Der feine Kies knirschte unter ihren Schritten, und rechts und links unter den frisch austreibenden Büschen blühten ganze Teppiche von Schneeglöckchen, Blausternen und Krokussen. Hyazinthen und Narzissen hatten sich ebenfalls vorgewagt und warteten nur darauf, zu voller Blüte zu gelangen. Im hinteren Teil stieg das Gelände leicht an, und man konnte einige Obstbäume erkennen.

Am Fuße dieser kleinen Obstwiese lag ein Teich mit einer zierlichen weißen Gartenbank.

»Wirklich hübsch!«, rief Rose begeistert aus. »Wie schön es erst im Sommer sein muss.«

In ihrem Überschwang musste sie eine Unebenheit übersehen haben und mit dem Fuß umgeknickt sein, jedenfalls kam sie für einen kurzen Moment ins Straucheln.

»Vorsicht, Madeleine!«

Der Colonel konnte sie am Arm festhalten und vor einem Sturz bewahren. Rose sah ihn fragend an.

»Madeleine?«

Im ersten Augenblick wirkte Patrick Egerton erschrocken, hatte sich dann aber recht schnell wieder gefangen.

»Verzeihung, Miss Lymington. Haben Sie sich verletzt?«

»Nein, ich denke nicht. Es geht schon.«

»Kommen Sie, wir wollen uns einen Augenblick setzen.« Colonel Egerton bot Rose den Arm und führte sie zu der Bank, während Dorothy ein wenig hinter ihnen zurückblieb.

Die falsche Anrede, die dem Colonel herausgerutscht war, beschäftigte sie. Ob sie sich in seinem Charakter getäuscht hatten, so wie Rose sich bereits in Seymour getäuscht hatte? Konnte es sein, dass auch der Colonel ein Herzensbrecher war, der Mühe hatte, die Namen seiner Eroberungen auseinanderzuhalten? Doch so wirkte er nicht. Er schien ein ernsthafter und besonnener Mann zu sein. Eher still und grüblerisch war er ihr erschienen. Sie konnte beim besten Willen nicht glauben, dass er ein Draufgänger sein könnte, der Rose gegenüber unlautere Absichten hatte. Es musste eine andere Erklärung für diese Namensverwechslung geben.

Als sie die Bank erreicht hatten, setzte sich Rose und betastete ihren Knöchel. Sie drehte den Fuß in beide Richtungen und wippte damit auf und ab.

»Es schmerzt nur ganz leicht«, erklärte sie und rieb über die Stelle. »Das wird sicher gleich vergehen.«

Sie sah auf und schien einen Augenblick zu zögern. Dann räusperte sie sich.

»Madeleine. Ist das – war das – der Name Ihrer Frau?«

Der Colonel nickte. Seine Stimme klang etwas belegt, als er antwortete.

»Ja. Bitte Verzeihen Sie, Miss Lymington. Es war die Gewohnheit. Und ... ein wenig erinnern Sie mich an sie.« Etwas verlegen sah er zur Seite. »Es tut mir wirklich leid.«

»Oh, das muss es nicht«, wehrte Rose ab. »Das verstehe ich gut. Sie vermissen Sie sicher noch sehr.«

Colonel Egerton nickte. Dann schien ein Ruck durch seinen Körper zu gehen, und er wandte sich zum Haus um.

»Wir sollten wieder hineingehen. Die Sonne geht langsam unter, und nach so einem Tag an der Luft werden Sie beide hungrig sein.«

Tatsächlich fühlte sich Dorothy ein wenig unwohl. Vielleicht war es kein schlechter Gedanke, etwas zu essen.

Das Speisezimmer lag direkt neben dem Salon, ragte aber etwas weiter in den Garten hinaus. Hinten grenzte der Wintergarten an, den sie von draußen bereits gesehen hatten. Auf der linken Seite ließen große Fenster den Blick auf den Küchengarten frei. So hatte man beinahe das Gefühl, mitten im Grünen zu speisen.

Colonel Egerton führte Dorothy an den Platz zu seiner Rechten ans Kopfende des Tisches, Rose nahm ihr gegenüber zur Linken des Gastgebers Platz.

Der erste Gang bestand aus Weißer Suppe, die bei kaum einem Dinner fehlen durfte, und Dotty aß mit großem Appetit. Offensichtlich hatte die viele frische Luft sie tatsächlich hungrig gemacht. Nur der Wein wollte ihr heute nicht recht schmecken, und so nippte sie nur ein wenig daran, während sie über den Tag plauderten. Es war ein rundum gelungener Ausflug gewesen, und sie hatten viel gesehen. Der Serpentine war nun endgültig eisfrei und überall grünte und blühte es.

»Ich habe den Tag außerordentlich genossen«, sagte Rose. »Haben Sie herzlichen Dank dafür, Colonel!«

»Nein, Miss Lymington, ich habe zu danken – für die charmante Gesellschaft und die interessante Unterhaltung.«

Sie hatten die Suppe beendet und der Fischgang wurde aufgedeckt. Plötzlich war das flaue Gefühl zurück, das Dorothy bereits im Garten verspürt hatte. Nur dieses Mal wesentlich stärker und so sehr sie versuchte, sich zusammenzureißen, steigerte es sich zur Übelkeit.

»Bitte verzeihen Sie«, brachte sie gerade noch hervor, erhob sich rasch und lief durch den Salon hinaus in den Garten. Sie zwang sich, tief durch die Nase ein- und auszuatmen, und die Übelkeit legte sich ein wenig. Allerdings zitterten ihre Glieder noch ein wenig.

Colonel Egerton und Rose waren ihr gefolgt und tauchten nun hinter ihr auf.

»Mylady!«, rief Egerton. »Ist Ihnen nicht wohl?«

»Bitte verzeihen Sie, Colonel. Es ist mir sehr unangenehm. Ich weiß auch nicht, was es ist. Mich überfiel plötzlich ein heftiges Unwohlsein. Womöglich habe ich mir gestern den Magen verdorben. Es tut mir wirklich unglaublich leid.«

»Aber ich bitte Sie, Mylady! Das muss es nicht. Soll ich Sie nach Hause fahren lassen? Oder möchten Sie sich eine Weile hinlegen und ausruhen? Im privaten Salon gibt es ein Kanapee. Salter wird sich um Sie kümmern. An ihr ist eine Apothekerin verlorengegangen. Ihre Hausmittel wirken wahre Wunder.«

Einen kurzen Augenblick zögerte Dorothy, ob sie es riskieren konnte, Rose mit dem Colonel allein zu lassen. Allerdings wollte sie den Abend auch nicht verfrüht abbrechen. Sie sagte sich, dass Rose schließlich aus ihrer Erfahrung mit Seymour gelernt hatte und der Colonel ein anständiger Mann war. Außerdem wäre sie ja nicht weit weg und würde nicht lange fortbleiben. Sie wagte sich jedenfalls nicht zurück in das Speisezimmer. Allein wenn sie an den intensiven Geruch des Essens dachte, kehrte die Übelkeit zurück.

Also ließ sie sich von Salter, der Hausdame, in den privaten Salon führen, wo sie sich bei geöffnetem Fenster auf dem Kanapee ausstreckte.

»Ist es der Magen, Mylady?«, wollte die Hauswirtschafterin wissen.

»Ich fürchte ja. Ich muss etwas gegessen haben, das mir nicht bekommen ist«, entgegnete Dorothy.

»Da habe ich genau das Richtige«, verkündete Salter. »Ich werde Ihnen Lavendelgeist und Ingwersirup bringen. Das vertreibt Übelkeit und Unwohlsein und beruhigt den Magen. Damit habe ich auch die selige Mrs Egerton kuriert. Sie hatte auch einen empfindlichen Magen. Vor ihrem ... ihrem Unfall hatte sie besonders damit zu kämpfen, aber damit ging es ihr immer rasch besser.«

Dorothys Blick war zu dem Portrait einer jungen, dunkelhaarigen Frau gewandert, das hinter Salter an der Wand hing.

»Ist sie das?«

»Mrs Egerton? Ja, genau. Das ist sie. Eine ausgesprochen hübsche Erscheinung, nicht wahr? Und so ein freundliches und fröhliches Wesen, bis der Colonel dann verwundet wurde. Danach war sie nicht mehr dieselbe. Etwas schien sie zu bedrücken. Das hat sie richtiggehend krank gemacht, fürchte ich. Eine Tragödie. Der Colonel hat ihren Tod nur schwer verkraftet.« Sie lächelte. »Es freut mich, ihn wieder fröhlicher zu sehen – aber ich rede und rede. Nun werde ich Ihnen rasch den Ingwersirup und den Lavendelgeist holen. Es wird Ihnen im Nu besser gehen. Sie werden sehen.«

Damit verließ Salter den Raum. Tatsächlich war Madeleine Egerton Rose bis auf die dunklen Haare auffallend ähnlich. Und da war noch etwas, das Dorothy an dem Portrait störte, doch sie konnte sich nicht darauf konzentrieren, da die Übelkeit wieder einsetzte. Sie lehnte sich zurück und atmete langsam und tief dagegen an. Die kühle Abendluft, die durch das Fenster hineinströmte, tat gut, und es dauerte nicht lange, bis Salter mit einem Tablett erschien.

Der intensive Geruch des Lavendels und Ingwers machte es zunächst schlimmer. Trotzdem stürzte Dorothy das Tonikum herunter und hoffte, es würde seine

Wirkung bald entfalten. Sie ließ sich auf das Kissen zurücksinken, schloss für einen Augenblick die Augen und atmete die kühle, frische Luft. Tatsächlich ließ die Übelkeit nach einiger Zeit deutlich nach, und kurz darauf fühlte sie sich so weit wieder hergestellt, dass sie sich sogar ins Speisezimmer zurückwagte. Dort servierte Salter ihr einige Scheiben trockenes, dünn mit Butter bestrichenes Weißbrot, damit Dorothy ihren Magen schonen konnte.

»Es freut mich zu sehen, dass es Ihnen wieder besser geht, Mylady.« Der Colonel lächelte ihr aufmunternd zu. »Wir hatten uns bereits Sorgen gemacht.«

»Ich glaube, es ist nichts Ernstes«, beschwichtigte Dotty. »Nur eine kleine Magenverstimmung. Wenn ich mich ein wenig schone, werde ich bald wieder wohlauf sein. Miss Lymington und ich hatten einen wundervollen Tag und danken Ihnen von Herzen. Dennoch würde ich gern nach dem Dinner aufbrechen. Ich hoffe, Sie werden mir verzeihen.«

»Selbstverständlich, Lady Beresford. Ihr Wohlergehen liegt mir am Herzen, und Ruhe wird Ihnen guttun. Wir werden den Abend ein anderes Mal fortsetzen, nicht wahr, Miss Lymington?«

Rose stand die Freude ins Gesicht geschrieben.

Neununddreißig

Am Morgen fühlte Dorothy sich wesentlich besser. Ruhe und Schlaf schienen ihr gutgetan zu haben. Sie hatte Archibald nicht beunruhigen wollen und ihm am Abend nichts von ihrem Unwohlsein gesagt, denn er machte sich immer gleich große Sorgen, wenn sie auch nur den Anflug einer Verkühlung oder einen Schnupfen hatte.

»Mr Reynolds hat mich übrigens gestern aufgesucht«, erzählte Lord Beresford. »Er hat sich für das Angebot bedankt und die Stellung angenommen. Er sagte, nach dieser Erfahrung hätte er London fürs Erste ohnehin gründlich satt und freue sich darauf, uns im August nach Kent zu begleiten.«

»Wie schön. Das sind gute Neuigkeiten. Mrs Reynolds wird froh sein, ihren Bruder bei sich zu haben. Ich bin sehr erleichtert, dass sich alles aufgeklärt hat und der Ärmste frei ist.«

Dennoch war da ein vages Gefühl des Unbehagens, wie man es verspürt, wenn man das Haus in dem Bewusstsein verlässt, etwas Wichtiges vergessen zu haben, ohne eine konkrete Vorstellung davon, was es sein könnte. Sie wusste nicht, ob sie Archie davon erzählen sollte. Nachdem Russ gestanden hatte, hätte er es sicher für verrückt gehalten. Und es war ja auch nicht viel mehr als eine Ahnung ohne Substanz.

»Habe ich dir übrigens Grüße von Lord Weston ausgerichtet?« Archibald hatte sich aufgesetzt und schlüpfte in seine Hausschuhe.

»Weston? Nein, hast du nicht. Er lässt mich grüßen? Ich kann mich nicht daran erinnern, ihn je kennengelernt zu haben.«

»Das ist lange her. Bestimmt mindestens zwei Jahre. Ich habe euch auf dem Ball von Lady Huntington miteinander bekannt gemacht. Du hast offenbar einen bleibenden Eindruck hinterlassen. Er fragt fast immer nach dir, wenn ich ihn sehe. Wer möchte es ihm verdenken?« Archibald beugte sich zu ihr und küsste sie auf die Wange.

Weston! Natürlich. Jetzt fiel es Dorothy wieder ein. Sie hatte Delamere und Weston in Debrett's Adelsverzeichnis nachgeschlagen und war über Westons Wappen gestolpert. Es zeigte zwei Löwen und einen Kranz aus Blättern, den sie zunächst für Lorbeer gehalten hatte. Doch wie die Beschreibung verriet, war es in Wahrheit ein Myrtenkranz. Sie hatte den Gedanken zunächst verworfen und dann durch die Aufregung um Colonel Egertons Einladung und die Nachricht von Mr Reynolds Entlassung sogar vollständig vergessen. Doch jetzt, da Archibald Weston erwähnt hatte, fiel es ihr wieder ein. Plötzlich wurde ihr auch klar, was sie gestört hatte.

»Dorothy?«, Archibald sah sie mit zusammengezogenen Brauen an. »Geht es dir gut?«

»Wie bitte?« Die Frage hatte Dorothy aus ihren Gedanken gerissen. »Ja, natürlich. Mir geht es bestens.«

»Dann ist es gut. Du sahst gerade für einen Augenblick so abwesend aus.« Archibald küsste sie. »Ich werde jetzt gehen und mich anziehen. Die Parlamentssitzung heute kann lang werden. Nach der Einnahme von Paris erwarten wir nun einen Durchbruch bei den Verhandlungen mit den Franzosen. Ich bin zuversichtlich, dass der Krieg bald ein Ende hat.«

»O Archie! Das wären wundervolle Neuigkeiten. Ach, manchmal beneide ich euch Männer. Im Parlament zu sitzen und solch weltbewegende Ereignisse zu beeinflussen, der Welt ihr Gesicht geben zu können.«

Archibald lachte.

»Der Philosoph Bentham ist der Meinung, Frauen sollten dieselben Rechte haben wie Männer und zum Beispiel wählen dürfen. Wer weiß, vielleicht werden Frauen auch eines Tages im Parlament sitzen.«

»Würdest du es mir nicht zutrauen, Politik zu machen?«, neckte Dorothy ihn.

»Dir, mein Liebling, würde ich alles zutrauen. Doch ihr Frauen seid schon in so vielem besser als wir. Lasst uns doch noch unsere letzte Bastion.« Archibald küsste ihr die Stirn. »Im Übrigen, wer sollte die Nation im Innern zusammenhalten, wenn die Frauen im Heim fehlten?«

»Die Männer«, hielt Dorothy mit einem verschmitzten Lächeln dagegen. »Kindererziehung, Haushalt und soziale Pflichten – das stünde dir doch auch gut zu Gesicht.«

Archibald lachte und drückte Dorothy an sich.

»Nun, fürs Erste werde ich mich mit der Politik begnügen.«

»Derweil will ich dann gern die Nation zusammenhalten. Und nun spute dich, bevor die Politik sich noch von alleine macht.«

Vierzig

Dienstag, 5. April 1814 – Grosvenor Square

Rose strich etwas Marmelade auf das Brot und biss hinein. Sie hatte großen Appetit und war bester Laune. Noch wollte sie vorsichtig sein, doch seit gestern glaubte sie zu wissen, dass es Colonel Egerton durchaus ernst mit ihr war. Armer Honeyfield! Er war so bemüht um sie gewesen und – wenn sie ehrlich war – dachte sie noch oft an ihre Unterhaltung beim Tanz. Anfangs hatte sie ihn unterschätzt, denn er war ohne Frage ein geistreicher und gewitzter junger Mann, und sie mochte ihn sehr. Allerdings tat sie sich schwer, sich Honeyfield als Ehemann vorzustellen. Er entsprach nicht dem Bild, das sie sich von ihrem zukünftigen Gatten gemacht hatte. Wer sollte in einer solchen Ehe die Zügel in der Hand halten, wenn ihnen beiden die Erfahrung und Reife fehlten? Es war doch gewiss besser, sich einen Mann zu suchen, der über mehr Lebenserfahrung verfügte als sie selbst, jemanden wie Colonel Egerton. Ein weltgewandter und äußerst ansehnlicher Mann, der darüber hinaus noch diese tiefe Traurigkeit in sich zu tragen schien, die Rose so berührte. Sie weckte in ihr das Bedürfnis, ihn trösten zu können, die Schatten zu vertreiben, die auf seiner Seele zu lasten schienen.

»Sie sind offenbar in Gedanken«, unterbrach die Marchioness ihre Überlegungen.

»Oh Verzeihung, Lady Beresford. Ich habe gar nicht bemerkt, dass Sie hereinkamen. Einen guten Morgen wünsche ich. Geht es Ihnen heute besser?«

»Ja, ich denke, es war nur eine kleine Magenverstimmung«, entgegnete Dorothy und setzte sich. »Heute Morgen geht es mir bereits viel besser. Ich fürchte, Sie werden eine Weile ohne mich auskommen müssen. Ich habe noch einen dringenden Termin in der Stadt, zu dem Sie mich leider nicht begleiten können. Ich hoffe, Sie werden sich allein nicht langweilen. Wenn es Sie hinauszieht, könnten Sie Jenny mitnehmen. Ich überlasse Ihnen gern den Zweispänner. Allerdings sieht es heute Morgen ein wenig trübe aus.«

»Vielen Dank, das ist sehr liebenswürdig, Mylady. Aber ich möchte Ihre Großzügigkeit nicht mehr in Anspruch nehmen als nötig. Ich werde mir die Zeit schon zu vertreiben wissen.«

»Sie dürfen natürlich jederzeit Gebrauch von der Bibliothek machen«, bot Lady Beresford an.

»Ich denke, das werde ich. Zumindest, solange das Wetter so wenig vielversprechend bleibt. Vielleicht kann ich mit Jenny später ein paar Schritte gehen.«

Nachdem Lady Beresford aufgebrochen war, ging Rose in die Bibliothek, um sich etwas zu lesen herauszusuchen. Sie entschied sich für einen Roman von Mary Brunton, über den sie bereits viel gehört hatte. Daheim in Combe Monkton hätte sie ein solches Werk vergeblich in der Bibliothek gesucht, doch Dorothy Beresford schien kulturell interessiert und aufgeschlossen zu sein. Sie nahm das Buch mit in den Salon und setzte sich ans Fenster, nicht nur des besseren Lichtes wegen. Insgeheim hoffte sie, Colonel Egerton bald wieder zu sehen oder wenigstens eine Nachricht von ihm zu bekommen, auch wenn sie wusste, dass damit heute noch nicht zu rechnen war.

Sie hatte einige Kapitel gelesen, als tatsächlich eine Kutsche vorfuhr. Mit klopfendem Herzen lugte Rose durch die Gardine. Doch es war nicht Egerton, der ausstieg, sondern Nathaniel Honeyfield. Oje, das passte ihr nun überhaupt nicht. Was sollte sie tun?

Ihn abzuweisen, kam ihr herzlos vor. Sie wollte ihn auf keinen Fall brüskieren. Aber sie konnte ihn doch nicht empfangen, während Lady Beresford ausgegangen war. Sicher hätten ihre Gastgeber nichts dagegen gehabt, doch wie leicht konnte es zu einer unangenehmen Situation kommen, der sie nicht gewachsen wäre? Honeyfield könnte die Gelegenheit, dass er sie allein antraf, nutzen wollen und ihr einen Antrag machen. Doch das wollte sie auf keinen Fall riskieren, bevor sie sich vollkommen klar darüber war, was sie ihm antworten würde. Eine vertrackte Situation. Ihr blieb nichts übrig, als sich verleugnen zu lassen und zu hoffen, dass er sie eben am Fenster nicht gesehen hatte.

Reglos verharrte sie bei der Tür, bis die Stimmen unten verstummt und die Kutsche wieder abgefahren war. Armer Honeyfield! Hoffentlich hatte er sie nicht entdeckt. Dann würde er glauben, sie habe ihn nicht sehen wollen. Eine solche Zurückweisung hatte er nicht verdient. Schon hörte sie Wilkins die Treppe heraufkommen.

»Miss Lymington.« Wilkins hielt ihr ein silbernes Tablett hin, auf dem sich eine Karte, ein Briefchen und ein Tütchen aus hübsch bedrucktem Papier befanden.

»Mr Honeyfield lässt Lady Beresford und Sie grüßen. Diesen Brief und das kleine Präsent lässt er Ihnen bringen.«

»Vielen Dank, Wilkins.« Mit einem überaus schlechten Gewissen nahm Rose den Brief und das Tütchen vom Tablett. Die Karte ließ sie liegen, damit Lady Beresford über den Besuch informiert wäre. Als der Butler gegangen war, entfaltete Rose den Brief.

Teure Miss Lymington,

ich fürchte, Sie haben mir mehr als nur den Schlaf geraubt.

Ehrfurchtsvoll,
Ihr Freund Honeyfield

O Honeyfield! Rose öffnete vorsichtig das Papiertütchen und sah hinein. Zuckermandeln. Sie erinnerte sich an den Abend bei Lord und Lady Guilsborough. Ihre Schwäche für Zuckermandeln hatte sie ihm eigentlich nur gestanden, um sich davor zu drücken, ihm etwas Intimeres zu verraten. Doch anscheinend hatte er es sich gemerkt. Rose presste die Lippen aufeinander. Herrje! Warum musste es mit der Liebe so kompliziert sein? Gerade war sie sich noch so sicher gewesen, dass sie sich für den Colonel entscheiden würde, doch Honeyfields herzerwärmende Geste ließ ihre Überzeugung dahinschmelzen und erinnerte sie wieder an das Gefühl, das sie beim Tanz mit ihm gehabt hatte. So unbeschwert und fröhlich. Ach, es war doch zu dumm! Sie würde sich bald entscheiden müssen, welchem der Herren sie den Vorzug gäbe, doch das erschien ihr im Augenblick beinahe unmöglich. Denn Honeyfields Bekenntnis hatte ihr eines bewusst gemacht: Würde sie sich für Colonel Egerton entscheiden, hätte sie ihn auch als Freund verloren.

Einundvierzig

Dienstag, 5. April 1814 – Ecke Newgate Street, Old Bailey, London

Dieses Mal verzichtete Dorothy auf die Begleitung des Magistrats. Der hätte sie wohl auch für verrückt erklärt. Abgesehen davon, wenn ihre Theorie sich als richtig erwies, war es besser, der Magistrat erführe nichts davon.

Sie klopfte an das Dienstzimmer des Verwalters und trug ihr Anliegen vor. Der betrachtete die Marchioness mit Skepsis. Da er sie aber von ihrem vorherigen Besuch noch kannte, ließ er sich überreden, den Schließer zu rufen und Lady Beresford hineinzulassen.

»Wenn Sie bitte hier warten mögen, Mylady«, sagte der Schließer, als sie den mit Gittern abgetrennten Besucherbereich des Innenhofs erreicht hatten. »Ich werde ihn holen.«

Einige Zeit später erschien er in Begleitung eines blonden jungen Mannes, der sie mit einem skeptischen Ausdruck musterte.

»Mr Russ. Erlauben Sie, dass ich mich vorstelle. Lady Dorothy Beresford, Marchioness of Beresford. Ich bin eine entfernte Bekannte von Miss Hester Seymour und hätte Ihnen gern ein paar Fragen gestellt.«

»Was wollen Sie denn noch fragen? Was erwarten Sie von mir? Ich habe doch bereits gestanden, dass ich ihn erstochen habe.« Der Mann fuhr sich mit einer Hand durch die matten blonden Haare.

»Genau darüber möchte ich mit Ihnen sprechen«, gab Dorothy in ruhigem Ton zurück. An den Wärter gewandt, fügte Sie hinzu: »Könnten Sie uns bitte einen

Augenblick allein lassen? Ich würde gern unter vier Augen mit Mr Russ sprechen.«

Die grauen Augen des Mannes maßen sie mit einer Mischung aus trotziger Abwehr und Neugier. Offenbar wollte er zumindest abwarten, was die Marchioness ihm zu sagen hatte. Als der Schließer sich entfernt hatte, trat Dorothy näher ans Gitter.

»Sie haben Mr Seymour nicht umgebracht. Warum haben Sie den Mord gestanden?«

Bisher war es nur eine vage Vermutung gewesen, doch die Reaktion ihres Gegenübers bestätigte sie. Russ hatte die Augen aufgerissen und begann nun, nervös von einem Bein auf das andere zu treten. Er sah schlecht aus. Die Wangen wirkten eingefallen, ganz so wie nach einer langen Krankheit, und dunkle Schatten zeichneten sich unter seinen Augen ab.

»Wie kommen Sie zu einer solchen Behauptung? Natürlich habe ich es getan. Ich habe ihn gehasst!«, zischte Anthony Russ.

»Mr Russ, wissen Sie, was eine Myrte ist?«, fragte Dotty unvermittelt.

Die Stirn ihres Gegenübers legte sich unwillkürlich in Falten. »Eine was?«

»Eine Myrte. Ein immergrüner Strauch, der am Mittelmeer zuhause ist, mit dunkelgrünen Blättern und weißen Blüten«, erklärte Dorothy gelassen. Sie wollte Russ herausfordern.

»Soll das ein schlechter Scherz sein? Sie kommen her, um mir eine Botanikstunde zu geben?« Anthony Russ starrte sie wütend an und sah aus, als ob er sich jederzeit zum Gehen wenden würde. Jetzt musste sie schnell sein.

»Und doch haben Sie bereits einen Myrtenzweig gesehen. Er lag auf Mr Seymours Brust, oberhalb der Stelle, wo sie ihm das Messer in den Bauch gerammt haben.«

Die grauen Augen des Mannes huschten hin und her und sie konnte seine Kiefer mahlen sehen.

»Das Ding ... er hatte es in der Hand, glaube ich. So genau habe ich nicht darauf geachtet. Ich habe die Tür aufgerissen und ihm direkt das Messer in den Bauch gerammt.«

»Und das Messer hatten Sie zuvor im Ärmel Ihrer Uniform versteckt?«, fragte Lady Beresford.

»Richtig. Ich zog es hervor, riss den Schlag auf und stach ihm das Messer mehrfach in den Bauch.«

»Interessant, Mr Russ«, entgegnete Dorothy und trat noch näher an das Gitter heran. »Nur dass Mr Seymour mit einem gezielten Stich ins Herz getötet wurde. Danach platzierte der Mörder einen Myrtenzweig auf dem Toten. Wie ich bereits sagte, wächst die Myrte am Mittelmeer. Sie braucht viel Licht, gute Pflege und verträgt keinen Frost. Sie, Mr Russ, dürften kaum die Möglichkeit haben, um diese Jahreszeit an einen solchen Zweig zu gelangen. Meinem Mann gegenüber erwähnte Sir William, er habe den Eindruck gehabt, Sie hätten wie ein Schlafwandler gewirkt, so als könnten Sie sich an Einzelheiten der Tat überhaupt nicht erinnern. Nun, wie Sie mir soeben eindrucksvoll bewiesen haben, können Sie das tatsächlich nicht. Weil nicht Sie es waren, der an jenem Abend den Schlag der Kutsche öffnete und Mr Seymour tötete, nicht wahr?«

Hektisch schaute sich Russ nach allen Seiten um und trat näher ans Gitter.

»Was wollen Sie von mir?«

»Ich möchte verhindern, dass ein Unschuldiger an den Galgen kommt, während der wahre Mörder ungeschoren davonkommt«, erklärte Dorothy. »Nur frage ich mich, warum Sie die Tat gestanden haben. Dafür kann es in meinen Augen nur einen Grund geben.«

»Ach ja?« Russ wirkte äußerst angespannt. Dorothy wusste, dass sie einen Nerv getroffen hatte. Die Zähne des Mannes bearbeiteten seine Unterlippe.

»Sie schützen jemanden.« Dorothy senkte ihre Stimme noch ein wenig mehr. »Es war ihr Freund, Mr Davis, nicht wahr?«

Russ riss entsetzt die Augen auf.

»Nein!«, rief er. »Nein, Neil war es nicht! Er ...« Er warf einen Blick zu dem Schließer hinüber, der in einiger Entfernung wartete und bei seinem plötzlichen Ausbruch aufgesehen hatte. »Er war es nicht, das schwöre ich«, fuhr er leise fort.

»Wer dann, Mr Russ?«, bohrte Dotty nach. »Wer hat ihn getötet? Wollen Sie es mir nicht sagen?«

Anthony Russ starrte sie schweigend durch die Gitterstäbe an. Er schüttelte den Kopf. »Ich kann nicht.«

»Haben Sie keine Angst, ich werde absolutes Stillschweigen bewahren, was die Natur Ihrer Beziehung zu Mr Davis angeht, aber ich bitte Sie, Mr Russ, werfen Sie Ihr Leben doch nicht einfach davon – während ein Mörder frei herumläuft und womöglich noch weitere Menschen tötet.«

Russ senkte den Blick.

»Möchten Sie das zulassen, Mr Russ? Dass diese Person womöglich noch weitere Menschen tötet?«

»Nein. Nein, das möchte ich nicht. Doch ich kann Ihnen nicht sagen, wer es getan hat.«

»Der Mörder weiß von Ihrem Verhältnis mit Mr Davis, nicht wahr? Er hat sie gesehen«, vermutete Dorothy. »Und sie würden lieber für einen Mord hängen, den Sie nicht begangen haben, als zu riskieren, dass Mr Davis der Sodomie angeklagt und im schlimmsten Falle selbst gehängt wird. Richtig?«

Russ zeichnete mit der Fußspitze Kreise auf den Boden und schob die Hände tief in die Taschen.

»Hören Sie, niemand darf etwas wissen«, sagte er schließlich. »Neil darf nichts geschehen!«

»Mr Russ. Auch wenn Sie sich für Mr Davis zu opfern bereit sind, wer auch immer Mr Seymour getötet hat, er wird befürchten, Mr Davis könnte es sich eines Tages anders überlegen und reden. Womöglich wird er den unliebsamen Zeugen möglichst elegant aus dem Weg räumen wollen.« Sie sah ihn eindringlich an. »Sie haben mein Ehrenwort. Was auch immer ich von Ihnen erfahre, werde ich mit äußerster Diskretion und Vorsicht behandeln. Ich werde weder Sie noch Mr Davis in Gefahr bringen. Was die Natur Ihrer Verbindung angeht – das ist Ihre private Angelegenheit und geht mich nichts an. Seien Sie versichert, dass ich auch darüber schweigen werde.«

Mr Russ zog die Unterlippe ein und kaute darauf herum, während er zu überlegen schien.

»Also gut. Aber selbst wenn ich wollte, ich kann Ihnen nicht sagen, wer es war. Ich habe sein Gesicht nie gesehen.«

»Erzählen Sie mir einfach, was vorgefallen ist, Mr Russ«, ermunterte ihn Dorothy.

»Etwa eine Woche vor dem Abend, an dem Mr Seymour ermordet wurde – Neil und ich hatten uns draußen bei den Ställen getroffen. Nun ja, als wir ... als wir zusammen waren ... Sie verstehen.« Er sah zu Boden. »Da war dieser Gentleman. Ich weiß nicht, wo er herkam. Er musste schon eine Weile dort gewesen sein, tauchte plötzlich wie aus dem Nichts auf. Sie können sich vorstellen, wie erschrocken wir waren.«

»Er hatte Sie beobachtet?«, wollte Lady Beresford wissen.

»Ja, Mylady. Doch er lachte nur und sagte, wir sollten uns keine Sorgen machen, er interessiere sich nicht für unsere Privatangelegenheiten. Er gab sich als ein alter Freund von Mr Seymour aus und behauptete, er wolle sich einen Scherz mit seinem alten Kameraden erlauben.«

»Können sie den Mann beschreiben?«, hakte Lady Beresford nach.

Anthony Russ schüttelte den Kopf. »Sehen Sie, es war dunkel. Wir ... wir wollten schließlich nicht gesehen werden, nicht wahr? Es war kalt an dem Abend. Der Gentleman trug einen Hut, einen dunklen Mantel und hatte einen Schal ins Gesicht gezogen. Ich konnte nur sehen, dass er recht groß war.

»Verstehe«, sagte Dorothy. »Ist Ihnen sonst irgendetwas aufgefallen?«

»Um ehrlich zu sein, ich war so erschrocken, dass ich nicht so genau darauf geachtet habe. Soweit ich es sehen konnte, war er jedenfalls gut gekleidet und drückte sich gewählt aus. Ich nahm also an, einen Gentleman vor mir zu haben.«

»Und was geschah dann? Er sagte, er wolle sich einen Scherz mit Mr Seymour erlauben?«

»Ja. Er sagte, er wolle ihm einen kleinen Schreck einjagen und ihn überraschen. Dazu brauche er unsere Hilfe. Am folgenden Mittwoch werde Mr Seymour ausgehen. Und ich solle meine Perücke und die Uniformjacke draußen bei den Ställen verstecken und dafür sorgen, dass das übrige Personal zeitig zu Bett ginge.«

»Er wusste also, dass Mr Seymour an jenem Abend unterwegs sein würde? Und Ihnen kam nicht der Gedanke, dass er etwas Übles im Schilde führen könnte?«, wollte Dorothy wissen.

»Ich bin ganz ehrlich, Mylady. Natürlich habe ich daran gedacht. Doch ich hatte Angst. Er hatte Neil und mich beobachtet. Unter den anderen Angestellten gab es ohnehin schon Gerüchte. Er ließ durchblicken, dass er ein Nein nicht akzeptieren würde. Er sagte so etwas wie: Sie können sich auf meine Diskretion verlassen, wenn ich mich auf Sie verlassen kann.«

»Natürlich. Das verstehe ich.« Dorothy nickte. »Sie mussten befürchten, dass er Sie anzeigen würde. Also haben Sie an jenem Abend die Uniform versteckt. Und dann?«

»Neil und ich warteten in der Küche. Als wir die Kutsche vorfahren hörten, gingen wir hinaus und warteten beim Kohlenlager, um zu sehen, was geschehen würde. Der Mann musste sich Uniform und Perücke geholt und sich irgendwo vor dem Haus versteckt gehalten haben. Eine Zeit später hörten wir Schreie. O Gott! Blut! Das ist Blut! Er ist tot! Später dann so etwas wie Sie haben Mr Seymour getötet! Sie können sich vorstellen, wie erschrocken wir waren. Da kam er auch schon die Treppe hinunter. Er schrie und lamentierte. Mord! Mord! Er hat Mr Seymour getötet! Der Kutscher hat Mr Seymour getötet! Er stieß uns zur Seite und stürmte durch den Dienstboteneingang ins Haus. Völlig kopflos bin ich hinterhergelaufen. Ich wollte ihn aufhalten, doch er war schneller. Im Laufen ließ er das Messer fallen, streifte Jacke und Perücke ab und entkam durch den Ausgang zu den Ställen. Ich konnte hören, dass sich im Haus bereits etwas regte. Das Geschrei musste die ersten Leute geweckt haben.«

»Und dann haben Sie Panik bekommen«, mutmaßte Dorothy. »Sie haben das Messer versteckt und später beseitigt. Dann zogen Sie die Jacke an, setzten die Perücke auf und taten so, als seien Sie von draußen hereingelaufen.«

»Was sollte ich tun?«, zischte Anthony Russ. »Wer hätte mir geglaubt? Abgesehen davon wusste der Mann ...« Er zuckte mit den Schultern.

»Er wusste von Ihnen und Mr Davis. Sie sind dann zunächst durchs Haus gelaufen und haben die anderen geweckt?«

Russ nickte.

»Und Mr Davis blieb beim Kohlenlager.«

»Richtig. Danach bin ich zu ihm gelaufen. Wir haben versucht, uns einen Reim darauf zu machen, was geschehen war. Dann hat man die Nachtwache und die Konstabler gerufen. Der Kutscher wurde überwältigt und im Kohlenlager festgesetzt, obwohl er immer wieder seine Unschuld beteuerte. Aus dem, was er vorbrachte, konnte ich mir ungefähr erklären, was vorgegangen war, so dass ich später, als die Konstabler eintrafen, eine Aussage machen konnte.«

»An die Sie sich natürlich bei der zweiten Befragung durch Sir William nicht mehr im Detail erinnern konnten, weil Sie Mr Seymour gar nicht selbst gesehen hatten.«

»Richtig«, bestätigte Anthony Russ.

»Und Sie können den Gentleman wirklich nicht beschreiben?«, wollte Dorothy wissen.

»Leider nein, Mylady. Er stieß uns beiseite und stürmte an uns vorbei. Als ich ihn verfolgte, war er schon ein gutes Stück vor mir, und ich konnte im fast dunklen Flur nur mehr seine Umrisse erkennen. Und dann war er auch schon durch die Hintertür verschwunden. Ich war so überrumpelt, dass ich auch nicht genau hingesehen habe.«

»Das ist verständlich, Mr Russ.«

Dorothy atmete tief durch. Sie würde das eben Gehörte erst einmal verarbeiten müssen. Im Augenblick war sie einfach nur ratlos. Wo sollte sie nach dem rätselhaften Gentleman suchen?

»Ich danke Ihnen für Ihre Ehrlichkeit, Mr Russ. Seien Sie versichert, dass ich Ihr Vertrauen nicht missbrauchen werde. Sind Sie sicher, dass Sie Ihre Aussage nicht Sir William gegenüber wiederholen möchten?«

Russ schüttelte vehement den Kopf. »Nein, Mylady. Ich möchte nicht, dass Neil etwas geschieht. Bitte versprechen Sie mir, dass Sie nichts verraten werden.«

»Ich habe Ihnen mein Wort gegeben, Mr Russ«, versicherte Dorothy. »Und ich werde mein Bestes geben, den wahren Mörder ausfindig zu machen und seiner gerechten Strafe zuzuführen.«

Als Dorothy das Gefängnis verließ, merkte sie, wie die Übelkeit zurückkehrte. Noch bevor sie die wartende Kutsche erreicht hatte, war sie so heftig geworden, dass sie sich beinahe übergeben hätte. Sie kramte das Riechfläschchen aus ihrem Retikül, öffnete es und hielt es sich unter die Nase. Doch der strenge Geruch des Ammoniums machte es nicht besser. Sie blieb stehen und konzentrierte sich darauf, langsam durch die Nase ein- und auszuatmen, und die Übelkeit legte sich ein wenig, doch sie fühlte sich noch immer elend.

Zum Glück hatte Salter ihr ein Fläschchen mit deren Spezialmischung gegen Übelkeit und eine Notiz für den Apotheker mitgegeben. Beides lag zuhause. Doch sie konnte später einen Dienstboten zur Apotheke schicken.

Mit Mühe kletterte sie in die Kutsche und ließ sich nach Hause fahren, wo sie sich mehrfach übergeben musste. Salters Tonikum verschaffte schließlich ein wenig Linderung. Doch wenn es ihr bis zum Abend nicht besser ginge, würde sie morgen den Arzt kommen lassen.

Zweiundvierzig

Mittwoch, 6. April 1814 – Grosvenor Square, London

Nachdem es Lady Beresford am Tag zuvor zunächst besser ging, war die starke Übelkeit zurückgekehrt. Sie hatte beim Frühstück kaum etwas essen können und sich wieder hingelegt. Lord Beresford, der früh aufgebrochen war, hatte davon nichts erfahren. Die Marchioness hatte gemeint, er würde sich nur unnötig Sorgen machen. Am Vormittag war der Arzt bei ihr gewesen. Es sei nichts Ernstes und man solle sich keine Gedanken machen. Dennoch hatte er der Marchioness zunächst ein paar Tage Ruhe und Schonkost verordnet.

Sie tat Rose leid, wie sie – recht blass – ihr gegenüber im Salon saß und an einer Tasse Kräutertee nippte. Stündlich nahm sie von Mrs Salters Wundermittel, doch sie sah noch immer elend aus. Rose hatte versucht, sie abzulenken, doch Dorothy wirkte abwesend und schien ihren Gedanken nachzuhängen.

So hatte sich Rose darauf verlegt, ihr stille Gesellschaft zu leisten und weiter in Mrs Bruntons Roman zu lesen.

»Sie müssen nicht meinetwegen das Haus hüten, Rose«, warf Dotty ein. »Nehmen Sie Jenny mit, und gehen Sie hinaus. Im Augenblick sieht es recht freundlich aus.«

Rose sah zum Fenster. Tatsächlich lugte die Sonne zwischen den Wolken hervor, und hier und da zeigte sich blauer Himmel.

»Sie haben recht, Mylady. Ein wenig Bewegung an der Luft wird mir guttun. Vielleicht könnten Sie mich begleiten. Wir müssen nicht weit gehen.«

»Vielen Dank, Rose. Heute noch nicht. Ich muss mich ein wenig ausruhen. Sicher geht es mir morgen wieder besser, und wir können gemeinsam ausgehen.«

»Gut. Dann gehe ich mit Jenny. Kann ich noch etwas für Sie tun oder Ihnen etwas bringen?«, wollte Rose wissen.

»Nein danke. Das ist lieb von Ihnen. Ich habe alles.« Lady Beresford lächelte ihr zu und nippte an ihrem Tee.

Gerade wollte Rose aufstehen und Jenny rufen, als sie die Tilbury des Colonels vorfahren sah. Sie erkannte sie gleich an dem hübschen Grauschimmel, der den Einspänner zog.

»Lady Beresford!«, rief sie aus. »Colonel Egerton fährt vor!« Sie strich sich die Röcke glatt und fasste instinktiv in ihr Haar. Lady Beresford lachte leise.

»Kind, beruhigen Sie sich. Sie sehen hinreißend aus.«

»Wollen Sie – ich meine, fühlen Sie sich denn wohl genug, den Colonel zu empfangen?« Rose hatte ein etwas schlechtes Gewissen, denn Dotty sah noch immer reichlich blass aus.

»Aber natürlich, Rose. Ich werde Sie doch nicht um diese Gelegenheit bringen, Egerton wiederzusehen. Im Übrigen«, sie machte eine kleine Pause und zog bedeutungsvoll eine Augenbraue hoch, »kann es womöglich nicht schaden, wenn ich mich nach einer Weile diskret zurückziehe.«

»O Dotty, Sie glauben ...«

Rose spürte, wie ihr Herz galoppierte. Rechnete Lady Beresford tatsächlich mit einem Antrag von Egerton? Nun hätte sie auch von Salters Wundermittelchen gebrauchen können, denn bei dem Gedanken fühlte sie sich ebenfalls etwas unwohl. War sie schon bereit, eine Entscheidung zu treffen? Was sollte sie dem Colonel antworten, sollte er tatsächlich um ihre Hand anhalten?

Unten klopfte es, und Rose hörte Wilkins die Tür öffnen. Hektisch zupfte sie an ihrem Kleid und ihrer Coiffure und lief wie ein kopfloses Huhn einige Schritte in diese und in jene Richtung, was Dotty zu amüsieren schien.

»Oje, hätte ich nur nichts gesagt!«, rief die lachend. »So beruhigen Sie sich doch, liebe Rose. Wenn Sie nicht mit dem Colonel unter vier Augen zu sprechen wünschen, werde ich bleiben.«

»Nein nein, schon gut«, entgegnete Rose. Früher oder später würde sie sich dieser Situation stellen müssen. Noch wusste sie nicht, was sie antworten sollte, doch sie hoffte, es würde ihr klar werden, wenn der Moment erst einmal gekommen war. Vielleicht täuschte sich Lady Beresford auch, und Colonel Egerton hegte keinerlei Pläne in dieser Richtung.

Es dauerte nicht lange, bis Wilkins den Besucher meldete und Dorothy ihn hereinbitten ließ.

Egerton grüßte und verneigte sich. Auch er erschien Rose heute ein wenig unruhig, seine Bewegungen etwas weniger sicher und souverän.

»Ich kam, um mich nach Ihrem Befinden zu erkundigen, Lady Beresford«, sagte er, doch sein Blick huschte dabei immer wieder zu Rose. »Ich hoffe, es geht Ihnen wieder besser.«

»Vielen Dank für Ihre freundliche Nachfrage, lieber Colonel. Leider muss ich Ihnen sagen, dass ich noch immer etwas angeschlagen bin. Der Doktor war heute Vormittag hier und sagte, es sei nichts Ernstes. Ich muss mich lediglich ein wenig schonen.«

»Oh! Es tut mir sehr leid, zu hören, dass Sie noch nicht wieder vollständig genesen sind. Ich wünsche Ihnen rasche Besserung. Dann komme ich womöglich ungelegen?«

»Aber nein, mein Bester! Wie könnten Sie uns je ungelegen kommen? Ich freue mich außerordentlich, Sie wiederzusehen und denke, Miss Lymington teilt diese Empfindung. Nicht wahr?«

Rose senkte den Blick. »Da gebe ich Ihnen recht, Mylady. Auch mir ist es eine große Freude, Sie so bald wiederzusehen, Colonel.«

»Sehen Sie, Egerton? Nun setzen Sie sich schon. Eine geistreiche Unterhaltung wird mich ablenken und mir guttun.«

»Dann werde ich mich nach Kräften bemühen, geistreich zu sein, Mylady.« Der Colonel lächelte kurz, zog den ihm angebotenen Stuhl heran und setzte sich.

Rose gab sich alle Mühe, doch sie fand es schwer, der Unterhaltung mit der nötigen Aufmerksamkeit zu folgen. Denn ihre Gedanken kreisten beständig um die Frage, ob sie einen etwaigen Antrag des Colonels annehmen sollte.

Seine sichtbare Unruhe schien jedenfalls die Vermutung nahezulegen, dass es nicht ganz abwegig war, dass seine Gedanken sich in diese Richtung bewegten.

Wild klopfte ihr Herz, als Lady Beresford schließlich verkündete: »Ich muss mich leider entschuldigen, Colonel. Ich fühle mich nicht wohl und werde mich zurückziehen. Aber bitte, ich möchte Ihre Unterhaltung nicht so abrupt beenden. Bitte bleiben Sie doch noch einen Augenblick. Wilkins wird Sie später hinunterbegleiten.«

Dreiundvierzig

Mittwoch, 6. April 1814 – Grosvenor Square, London

Dorothy war froh, sich zurückziehen zu können. Sie musste zunächst ihre Gedanken ordnen. Das gestrige Gespräch mit Russ, die Auskunft des Arztes – es gab eine Menge zu verarbeiten. Immerhin wusste sie nun, was mit ihr nicht stimmte. Eigentlich hätte sie es sich auch denken können. Schon eine ganze Weile wartete sie auf ihre Monatsblutung. Allerdings war das nicht weiter ungewöhnlich. Sie war es gewohnt, dass die bisweilen recht kapriziös war und oft auch ganz ausblieb. Die plötzliche Übelkeit hätte sie darauf bringen müssen, wenn sie auch bisher geglaubt hatte, dass diese typischerweise nur am Morgen auftrat. Dr. Stamford hatte darüber gelacht und gemeint, es stimme wohl, dass morgendliche Übelkeit besonders häufig sei, doch er kenne viele Frauen, die zu den unterschiedlichsten Zeiten davon geplagt würden. Manch eine fühle sich den ganzen Tag über miserabel, und bei einigen setze die Übelkeit grundsätzlich am Abend ein.

Übelkeit, hatte Stamford gesagt, sei jedoch ein positives Zeichen. Und so fasste es auch Dorothy auf, denn sie hatte schließlich bereits zweimal geglaubt, schwanger zu sein. Außer einem leichten Spannen in der Brust und dem Ausbleiben der Blutung hatte sie davon jedoch nichts bemerkt. Dieses Mal fühlte es sich deutlich anders an.

Ob sie es Archie sagen sollte? Oder wäre es klüger, noch eine Weile damit zu warten? Noch wagte sie nicht, sich zu freuen. Zu groß war die Furcht, sie könnte auch dieses Mal das Kind verlieren, bevor sie sich noch recht an den Gedanken gewöhnt hatte. Schützend legte sie die Hände auf ihren Bauch, als ob es dort jetzt schon etwas zu spüren gäbe. Vorsichtshalber würde sie Reynolds morgen bitten, das Korsett loser zu schnüren und die Miederstange wegzulassen. Sie wollte sichergehen, nichts zu tun, was dem Kind schaden könnte. Ein Kind. Sie schüttelte den Kopf. Nein, noch konnte sie es sich nicht vorstellen. Sie würde noch eine Weile brauchen, sich an den Gedanken zu gewöhnen.

Als sei dies nicht genug, arbeitete auch noch das Gespräch mit Mr Russ in ihr. Sie musste Archibald ins Vertrauen ziehen. Vielleicht hatte er eine Idee, wie sie weiter vorgehen konnten. Befand sich der Mörder womöglich im Kreis derer, die Dorothy bereits als Verdächtige in Erwägung gezogen hatte?

Anthony Russ hatte eindeutig von einem Gentleman gesprochen. Damit fielen sowohl Mrs Pike als auch Hester Seymour aus. Allerdings hatte sie bei ihrer Ausfahrt mit Colonel Egerton Miss Seymour gesehen. Sie war in einer offenen Kalesche an ihnen vorbeigefahren und war so sehr in das Gespräch mit einem Gentleman vertieft gewesen, dass sie Lady Beresford erst bemerkt hatte, als sie sie schon fast überholt hatten. Hester Seymour schien in ihrer neuen Rolle als Erbin und Herrin eines eigenen Haushalts aufzublühen. Das stand fest. Doch wäre sie imstande gewesen, jemanden zu beauftragen, ihren Bruder zu töten?

Blieb zum Beispiel der Earl of Weston. Die Rauferei mit Seymour hatte ihn ein Auge gekostet. Und er führte ein Familienwappen, auf dem ein Myrtenkranz zu sehen war. Oder Sir Leonard Delamere, der im Streit um eine Dame eine Verletzung davongetragen und darüber hinaus noch bei der Angebeteten den Kürzeren gezogen hatte. Doch solcherlei Geschichten gab es offenbar viele. Es gab eine Reihe Ehemänner, Väter und Brüder, die …

Dorothy stutzte. Den Gedanken mochte sie gar nicht zu Ende denken.

Hatten nicht letztlich auch Lord Ramsbury und Horace Lymington Grund, Rache an Seymour zu nehmen? Hatte Horace Lymington nicht sogar selbst etwas in dieser Richtung angedeutet? Konnte Rose' Bruder ein Mörder sein?

Vierundvierzig

Colonel Egerton räusperte sich und sah Rose an.

»Miss Lymington, ich habe eine etwas ungewöhnliche Bitte, die ich an Sie herantragen möchte. Ich hoffe nur, Sie werden mich nicht für aufdringlich halten.«

Rose glaubte, er müsse ihren Herzschlag hören können, so heftig klopfte es in ihrer Brust.

»Aber nein, Colonel, gewiss nicht.«

»Dann – dann darf ich ganz offen sprechen?« Die meergrünen Augen Colonel Egertons forschten in ihren nach einem Zeichen der Ermunterung.

Rose, außerstande einen Laut hervorzubringen, nickte nur.

»Es dürfte Ihnen nicht entgangen sein, dass ich große Zuneigung zu Ihnen gefasst habe, und gewiss können Sie sich vorstellen, was meine Intentionen in dieser Hinsicht sind. Jedoch, bevor ich Ihnen die Frage stelle, die mir auf der Seele brennt, muss ich Ihnen noch etwas Wichtiges sagen.«

Rose hatte das Gefühl, ihre Zunge klebe am Gaumen und sie könne sie kaum lösen.

»Bitte, Colonel, sprechen Sie«, brachte sie gerade noch hervor.

»Nun, das, was ich Ihnen anvertrauen möchte, ist etwas … delikater Natur, und ich möchte Sie um Verzeihung bitten. Unter gewöhnlichen Umständen würde ich Sie mit derlei Details selbstverständlich nicht belästigen, aber es ist mir wichtig, dass Sie Kenntnis davon haben, bevor ich … bevor wir darüber befinden, welcher Natur unsere Verbindung zukünftig sein soll.«

»Sie sprechen in Rätseln, Colonel.« Rose war verwirrt. Was wollte Egerton damit andeuten? Gab es Hindernisse, die einer zukünftigen Verbindung im Wege standen?

»Lassen Sie mich erklären, Miss Lymington. Wie Sie wissen, wurde ich in Spanien schwer verwundet. Es ist ein großes Glück – nahezu ein Wunder, dass ich von den schweren Verletzungen kaum etwas zurückbehalten habe. Jedoch hatte die Art der Verletzungen zur Folge, dass ... die Details möchte ich Ihnen ersparen ...« Er senkte den Blick und schien, seine Fußspitzen zu betrachten. »Jedenfalls, ehe ich Sie später enttäuschen müsste, dachte ich, Sie sollten vorher wissen, dass – nun, also, ich werde keine Kinder mehr zeugen können..«

Rose wusste nicht, was sie sagen sollte. Sie konnte ihn nur mehr anstarren, während sie versuchte, zu erfassen, was sie gerade gehört hatte.

»Sie sind jung, Miss Lymington, und wenn Sie sich Ihre Zukunft vorstellen, werden Sie gewiss hoffen, mit Kindern gesegnet zu sein. Meine Gefühle sind jedenfalls derart, dass ich es Ihnen sagen musste.«

Schweigend sah Rose auf ihre Hände, die ineinander verschränkt in ihrem Schoß ruhten. Schließlich hob sie den Kopf und sah Colonel Egerton an, der ebenso angespannt schien wie sie.

»Ich danke Ihnen für Ihre Ehrlichkeit und Offenheit«, sagte sie schließlich. »Doch ehrlich gesagt weiß ich jetzt nicht, was ich dazu sagen soll.«

»Oh natürlich, ich erwarte nicht, dass Sie mir gleich eine Antwort geben. Im Gegenteil. Ich wollte es Ihnen mitteilen, damit Sie in Ruhe darüber nachdenken können. Miss Lymington – Rose, Sie haben meine Lebensfreude wieder geweckt und würden mich zu einem sehr glücklichen Mann machen, wenn ich Ihre Erlaubnis hätte, bei Ihren Eltern um Ihre Hand anhalten zu dürfen. Doch ich hielt es für unredlich, Sie nicht zuvor darüber in Kenntnis zu setzen, dass es eine kinderlose Ehe bleiben würde.«

Rose nickte wieder. »Ich verstehe, Colonel. Vielen Dank, dass Sie es mir gesagt haben.«

»Denken Sie in aller Ruhe darüber nach, Rose, und lassen Sie mich wissen, wenn Sie zu einer Entscheidung gekommen sind. In der Zwischenzeit schlage ich vor, dass wir unsere Freundschaft wie bisher fortführen und uns dabei noch etwas besser kennenlernen. Womöglich erleichtert es Ihnen die Entscheidung.«

»Ein sehr vernünftiger Vorschlag, Colonel«, fand Rose.

»Dann werde ich Sie jetzt wieder verlassen. Ich möchte die Grenzen des Schicklichen nicht weiter strapazieren.«

»Bitte warten Sie noch einen Augenblick, Egerton. Sie waren aufrichtig und ehrlich mit mir. Auch bei mir gibt es etwas, von dem ich denke, dass sie es wissen sollten.«

Fünfundvierzig

Mittwoch, 6. April 1814 – Grosvenor Square, London

Dotty wurde von einem Klopfen aus ihren Gedanken gerissen. Das musste Rose sein. Kurz zuvor glaubte sie gehört zu haben, wie der Colonel das Haus verließ.

»Ja bitte? Kommen Sie doch herein.«

Rose trat ein. Dotty hatte erwartet, sie überglücklich zu sehen, doch stattdessen war der Ausdruck der jungen Frau ernst und nachdenklich.«

»Sie schauen so zweifelnd, Rose. Hat Colonel Egerton Ihnen denn keinen Antrag gemacht?« Sie klopfte auffordernd auf die leere Bettseite, um anzudeuten, Rose solle sich setzen.

Die schaute etwas skeptisch drein. Offenbar erschien es ihr nicht passend, sich zu der älteren und deutlich ranghöheren Frau aufs Bett zu setzen.

»Nun kommen Sie schon, Rose. Ich fühle mich nicht wohl, und dem Wunsch einer Kranken sollte man nicht widersprechen. Außerdem betrachte ich Sie mittlerweile fast als eine gute Freundin.«

Rose lächelte und setzte sich.

»Vielen Dank, Mylady. Auch ich habe das Gefühl, mich Ihnen wie einer Freundin anvertrauen zu können.«

»Das ist schön. Wenn Sie mögen, dann erzählen Sie mir, was sich zwischen Egerton und Ihnen zugetragen hat.«

»Es fällt mir ein wenig schwer, Ihnen meine Situation zu erklären, ohne das Vertrauen, das mir der Colonel geschenkt hat, zu verletzen«, erklärte Rose. »Doch ich weiß, dass Sie verschwiegen sind und ich auf Ihre

Diskretion bauen kann. Nicht wahr? Sie versprechen mir, dass Sie mit niemandem darüber sprechen werden?«

Nun war Dotty erst recht gespannt, was Rose zu berichten hatte. »Selbstverständlich, Rose. Sie können sich darauf verlassen.«

»Colonel Egerton beabsichtigt durchaus, um meine Hand anzuhalten. Allerdings wollte er mir Bedenkzeit geben, da er ... aufgrund seiner Verletzungen wird er mir keine Kinder schenken können.«

Dotty wusste einen Augenblick lang nicht, was sie sagen sollte.

»Es muss ihm sehr ernst sein, wenn er Ihnen etwas derart Delikates anvertraut hat. Es spricht für ihn, dass er Ihnen die Wahl lassen möchte«, fand Dorothy.

»Das denke ich auch. Bitte halten Sie mich nicht für verrückt, Dotty. Denn ich fand, ich sollte mit ihm ebenfalls aufrichtig sein.«

Dorothy sah Rose mit hochgezogenen Augenbrauen an. Sie ahnte, was das Mädchen andeuten wollte.

»Sie haben ihm von Seymour erzählt?«

»Ich weiß. Sie fürchten, er könnte es sich anders überlegen oder sogar die Geschichte hier in London verbreiten.«

»Richtig.« Dennoch konnte Dorothy verstehen, dass es Rose ein Bedürfnis war, ihrem potenziellen Ehemann gegenüber die Karten offen auf den Tisch zu legen.

»Zunächst sah er schockiert aus, als ich ihm von Seymour und meinen Plänen erzählte, mit ihm nach Schottland durchzubrennen. Jedoch war er verstandnisvoll und glaubte meinen Beteuerungen, dass nichts Ungebührliches geschehen war und ich Seymour nur deshalb zu folgen bereit war, weil er mir ernste Absichten vorgegaukelt hatte.

Der Colonel sagte, er habe von Seymour und seinem Ruf gehört und könne sich vorstellen, wie leicht ein junges Mädchen dem Charme und den Versprechungen erliegen könne. Er schwor, mein Geständnis mit Diskretion zu behandeln. An seinen Absichten mir gegenüber habe sich dadurch, wie er versicherte, nichts geändert.«

»Und was ist mit Ihnen, Rose? Haben Sie bereits eine Entscheidung getroffen, was den Antrag Colonel Egertons angeht?«

Dotty versuchte, diese neue Information in das Gedankenwirrwarr in ihrem Kopf einzusortieren. Die Ereignisse überschlugen sich nahezu und machten es ihr schwer, einen klaren Gedanken zu fassen – und diese vermaledeite Übelkeit machte es nicht einfacher.

»Nein.« Rose seufzte. »Auch Honeyfield scheint mir ein wunderbarer Mann zu sein. Er ist freundlich und aufmerksam und hat Humor. Allerdings scheint er mir so unsicher. Ich fühle mich selbst noch so wenig erwachsen – denken Sie doch nur daran, welchen großen Fehler ich im vergangenen Jahr um ein Haar begangen hätte! Mit Honeyfield wäre es, als führe ein Blinder eine Blinde, nicht?«

Dorothy lachte.

»O Rose, was Sie sich für Gedanken machen! Honeyfield ist doch auch nicht allein auf der Welt. Er hat einen Vater und einen Onkel und er wird – genau wie Sie selbst – lernen und sich entwickeln. Ich entnehme Ihren Worten, dass Ihr Herz mehr für ihn schlägt?«

Rose hob die Schultern.

»Wenn ich das nur wüsste, Dotty! Ich soll mich zwischen zwei Männern entscheiden, die ich doch beide kaum kenne. Wie soll man jemanden wirklich kennenlernen, wenn man kaum Gelegenheit hat, unter vier Augen zu sprechen? Es erscheint mir, als müsse man sich für etwas entscheiden, ohne recht zu wissen, wofür. Ich hoffe, Sie verzeihen mir. Möglicherweise ist es ungehörig, so etwas zu sagen, doch ich wünschte, ich könnte mehr Zeit mit beiden verbringen, bevor ich mich entscheide. Aber dann würde man mich für eine Kokette halten.«

»In gewisser Weise kaufen wir die Katze im Sack, wenn wir uns entschließen zu heiraten. Das ist leider wahr, Rose«, bestätigte Dorothy. Wieder einmal wurde ihr bewusst, welch großes Glück es war, dass sie Archibald begegnet war. »Allerdings ist auch ein Verlöbnis nicht in Stein gemeißelt. Man kann es notfalls lösen. Dieser Gedanke könnte Sie eventuell beruhigen. Vielleicht hilft Ihnen auch das Geständnis des Colonels weiter? Sie sollten sich fragen, wie wichtig es Ihnen ist, eine eigene Familie zu haben.«

»Das ist es ja eben! Noch wünsche ich mir nicht unbedingt, Mutter zu werden. Ich kann mir gut ein Leben ohne Kinder vorstellen. Doch wie soll ich wissen, wie ich in einigen Jahren empfinden werde? Sicher, sollte es mir nicht vergönnt sein, ich würde auch ohne Kinder glücklich werden können. Doch es von Anfang an zu wissen?« Rose zupfte an ihrer Unterlippe. »Wie würden Sie an meiner Stelle entscheiden, Dotty?«

»Eine solche Entscheidung kann niemand für Sie treffen, Rose.«

»Ich weiß.« Die junge Frau nickte. »Lord Beresford und Sie wirken so glücklich, Dotty. Wie haben Sie gewusst, dass er der Richtige war?«

Darüber musste Dorothy eine Weile nachdenken.

»Meinen ersten Mann, Henry, lernte ich ungefähr in Ihrem Alter kennen. Wir verlobten uns und heirateten zwei Jahre später. Wir waren beide noch sehr jung und hatten keine Vorstellung davon, wie unser gemeinsames Leben verlaufen sollte. Doch das war nicht wichtig. Ich war sehr glücklich in jener Zeit. Wir hatten vieles gemeinsam und ein ähnliches Elternhaus. Sicher wären wir miteinander glücklich geworden. Leider fiel er drei Jahre später bei Kopenhagen.«

Obwohl sie nun schon so lange Zeit mit Archibald glücklich war, dachte sie noch immer mit Trauer an diese Zeit zurück.

»Lord Beresford war ganz anders. Älter, erfahrener und als Marquess mir auch im gesellschaftlichen Rang weit überlegen. Zunächst glaubte ich, ein Mann wie er könne sich überhaupt nicht ernsthaft für mich interessieren. Ich glaubte, er habe sich hauptsächlich in mein Äußeres verliebt.«

Dorothy musste bei der Erinnerung an ihre ersten Begegnungen lachen.

»Sicher, Männer verlieben sich zuerst immer mit den Augen, doch Beresford ... es waren viele Kleinigkeiten, die mir zeigten, dass er mich ernsthaft liebt. *Ich bemerkte, dass er mir aufmerksam zuhört.* Er misst meinen Worten Gewicht bei und gibt mir nie das Gefühl, ihm unterlegen zu sein. Das Wichtigste war mir, dass ich mit ihm wieder lachen und unbeschwert sein kann. Lange Zeit habe ich geglaubt, mich nie wieder verlieben zu können. Es erschien mir wie Verrat an Henry. Lord Beresford hat mich mit Humor und Witz gewonnen und seiner Art, mich zur Komplizin und Vertrauten zu machen. Er hat mir stets das Gefühl gegeben, ihm ebenbürtig zu sein und dass er meine Meinung schätzt. Das kann ich in vielen kleinen Gesten bis heute noch spüren. Und so ist es bis heute geblieben. Wichtige Entscheidungen trifft er nie, ohne mich um Rat zu fragen.«

»Hm«, machte Rose. »Haben Sie vielen Dank für Ihre Offenheit. Ich glaube, ich habe nun eine Menge, über das ich nachdenken kann.«

»Wahrscheinlich habe ich Sie nur noch mehr verwirrt, nicht wahr?« Dorothy lachte. »Ich fürchte, mit der Liebe ist es leider nie unkompliziert.«

»Sie haben mir trotzdem geholfen. Ich weiß nun, welche Fragen ich mir stellen sollte«, entgegnete Rose. »Vielen Dank, Dotty. Wenn Sie erlauben, werde ich mich nun zurückziehen.«

»Tun Sie das, meine Liebe.« Dorothy lächelte ihrer jungen Freundin zu.

Es war in der Tat keine leichte Entscheidung, vor der Rose stand. Es war eine jener Gabelungen des Lebenswegs, die ausschlaggebend für den Verlauf des eigenen Schicksals waren. Das eigene Wohl und Wehe in die Hände eines anderen Menschen legen zu müssen, den man doch kaum kannte. Auch in dieser Hinsicht hatten Männer es leichter, fand Dorothy. Sie blieben auch in der Ehe Herr über ihr eigenes Leben. Rose würde sich nun zugleich entscheiden müssen, ob sie Mutter sein wollte.

Dotty hatte bei ihrer Heirat mit Archibald durchaus noch auf Kinder gehofft. Hätte sie sich auch für ihn entschieden, wenn sie vorher mit Sicherheit gewusst hätte, dass sie niemals Mutter werden würde? Je mehr sie darüber nachdachte, desto klarer wurde es ihr, dass sie ihn auch dann geheiratet hätte. Hatte sie sich nicht längst an den Gedanken gewöhnt und war glücklich gewesen?

Und jetzt – jetzt kam es doch alles ganz anders. Sie würde sich wieder an einen neuen Gedanken gewöhnen müssen.

Sechsundvierzig

Rose hatte sich mit ihrer Häkelarbeit auf ihren Lieblingsplatz am Fenster im Salon zurückgezogen. Häkeln beruhigte sie, man konnte dabei wunderbar den Gedanken freien Lauf lassen. Die Unterredung mit Lady Beresford hatte den entscheidenden Anstoß geliefert, Rose dachte darüber nach, was sie an den beiden Gentlemen angezogen hatte.

Mit seinen dunklen Haaren und den warmen braunen Augen war Honeyfield eine attraktive Erscheinung, und er kleidete sich geschmackvoll und der Mode entsprechend. So etwas sollte allerdings kaum den Ausschlag bei einer so gravierenden und lebenswichtigen Entscheidung geben. Sie erinnerte sich an seine anfängliche Schüchternheit, den Tanz mit ihm, ihr unbeschwertes Gefühl und das witzige und leichtfüßige Geplänkel, das sie genossen hatte.

Egerton war gewandter, erfahrener. Während Honeyfield ein Jüngling war, war Egerton ein Mann. Ernsthaft, grüblerisch und stets ein wenig melancholisch. Seinerzeit hatte sie ihn mit dem tragischen Helden in einem Liebesroman verglichen. Gerade diese, unter der äußerlich souveränen Haltung verborgene Verletzlichkeit hatte sie angezogen. Bei ihr war das Gefühl entstanden, ihn aus seiner stillen Melancholie retten zu müssen. Aber passte er zu ihr? Passte sie zu ihm?

Letztlich, das war ihr klargeworden, hatte sie sich in ihre eigene Fantasie von ihm verliebt, die romantische Geschichte vom tragischen Helden und seiner zarten Retterin. Der Colonel hatte sie in Unruhe versetzt, es war dieselbe magnetisierende Wirkung, die Seymour auf sie gehabt hatte. Bewundert hatte sie ihn, ebenbürtig hatte sie sich ihm nie gefühlt. Im Wesen war sie Honeyfield weit ähnlicher. Bei ihm war sie selbstsicher, unbeschwert, hatte sich nicht verstellen müssen.

Sie hatte geglaubt, zu einem Ehemann müsse sie aufschauen können. Doch war es nicht gerade das gewesen, was sie in Schwierigkeiten gebracht hatte? Letztlich hatte genau das sie in ihre missliche Lage gebracht. Sie hatte Seymour die Entscheidungen für sich treffen lassen, ihm vertraut und ihr Schicksal in seine Hände gelegt, anstatt selbst die Richtung zu bestimmen.

Egerton war zwar anders als Seymour, was sie aber zu ihm hingezogen hatte, war im Grunde ähnlich. Lady Beresfords Worte hatten sie aufhorchen lassen. Das Glück ihrer Ehe beruhte auf einer Verbundenheit, die aus dem Gefühl der Ebenbürtigkeit entsprang.

Ich bemerkte, dass er mir aufmerksam zuhört. Dabei war Rose gleich die Sache mit Honeyfield und den Zuckermandeln eingefallen. Honeyfield hatte ihr zugehört. Es hatte nur die Erwähnung ihrer Pläne gebraucht, und er hatte seinen Onkel überredet, ihm Zutritt zum Almack's zu verschaffen. Kleinigkeiten vielleicht, aber sie erschienen Rose nun in einem völlig anderen Licht.

Das Wissen, dass Egerton ihr keine Kinder würde schenken können, hatte womöglich dazu beigetragen, den Ausschlag hatte allerdings vielmehr die Erkenntnis gegeben, dass sie sich ihm gegenüber unterlegen und unsicher fühlte. Diese hatte ihr die Augen dafür geöffnet, wie ungerecht sie Honeyfield beurteilt hatte.

Sie würde eine Nacht darüber schlafen, doch sah sie nun wesentlich klarer.

Siebenundvierzig

Donnerstag, 7. April 1814 – Grosvenor Square, London

Dotty schreckte hoch. Sie musste eingenickt sein. Archibald würde bald zurück sein und sich Sorgen machen, wenn er sie im Bett fand. Der kurze Schlaf hatte gutgetan, und sie fühlte sich besser. Also rief sie Reynolds, um sich anzukleiden und Archibald im Salon zu erwarten.

Sie war aufgeregt, denn sie brannte darauf, ihm die guten Neuigkeiten zu überbringen. Wie würde er wohl darauf reagieren? Schließlich hatten sie sich beide bereits auf ein Leben ohne Kinder eingestellt. Das Schicksal hatte offenbar doch immer noch einige Überraschungen im Ärmel.

Außerdem brauchte sie seinen Rat, was die Sache mit Russ anging. Denn sie musste zugeben, dass sie im Augenblick einigermaßen ratlos war. Außerdem wurde sie das Gefühl nicht los, irgendetwas Wichtiges zu übersehen. Vielleicht konnte Archibald ihr helfen, Ordnung in ihre Gedanken zu bringen.

Im Salon traf sie Rose an, die gedankenversunken an einer Häkelarbeit saß. Als Dorothy eintrat, sah sie hoch und lächelte.

»Dotty! Geht es Ihnen besser? Sie sehen erholt aus.«

»Ja, ich fühle mich auch so und freue mich auf das Essen. Ich muss gestehen, dass ich großen Appetit habe«, entgegnete sie.

»Das ist gut zu hören«, freute sich Rose.

»Und wie geht es Ihnen? Sind Sie einer Entscheidung näher gekommen?«

»In der Tat, das bin ich. Sie haben mir geholfen, mir über einiges klar zu werden. Doch ich möchte noch eine Nacht darüber schlafen, bevor ich mich endgültig entscheide.«

»Tatsächlich? Ich fürchtete, ich hätte Sie mit meinem Gerede nur noch mehr in Verwirrung gestürzt.« Dorothy lachte und nahm Rose gegenüber Platz. »Sie tun gut daran, in Ruhe nachzudenken. Nehmen Sie sich ruhig noch etwas mehr Zeit. Wenn ich es richtig verstanden habe, erwartet der Colonel nicht so bald eine Antwort.«

»Ich weiß«, entgegnete Rose. »Ich werde gewiss nichts übereilen, wenn ich mir nicht sicher bin.«

In diesem Augenblick betrat auch Lord Beresford den Salon und begrüßte die Damen.

»Es sind aufregende Zeiten«, verkündete er. »Bonaparte hat abgedankt. Nun gilt es nur noch, die Details seiner Abdankung in einem Vertrag zu regeln. Ich rechne fest damit, dass noch bis zum Sommer ein Friedensvertrag geschlossen wird.«

Dorothy registrierte den erstaunten Blick auf Rose' Gesicht. Möglicherweise war sie es nicht gewöhnt, dass man in ihrer Gegenwart über Politik sprach. Offenbar wusste sie auch nicht recht, was sie darauf entgegnen sollte.

Archibald hatte Dotty stets über wichtige Ereignisse informiert und fragte sie auch oft nach ihrer Meinung. Er teilte nicht die Ansicht vieler seiner Geschlechtsgenossen, dass Damen zu zartfühlend seien, um sich mit derlei Dingen zu beschäftigen. Besonders die modische Unsitte einiger junger Damen, beim Sprechen absichtlich mit der Zunge anzustoßen, um kindlich und unschuldig zu erscheinen, war ihm zuwider. Vielmehr war er der Meinung, auch Frauen sollten über das Tagesgeschehen informiert sein, wenn es das eigene Leben und das Schicksal der Nation beeinflusste. Nicht, dass er in seinen Ansichten etwa radikal gewesen wäre. Auch hinterfragte er nicht die natürliche Ordnung der Dinge, doch gleichzeitig schätzte er seine Frau als Ratgeberin und intelligente Gesprächspartnerin.

»Das sind wundervolle Neuigkeiten, Beresford«, rief Dorothy. »Dann wird es sicher viel Anlass zum Feiern geben. Doch ich frage mich, wie es nach Bonaparte weitergeht. Es wird sich vieles verändern, nicht wahr?«

»Das wird sich zeigen. Es wird jedoch nicht einfach werden, die verschiedenen Interessen in Einklang zu bringen und zu einer neuen Ordnung zu finden«, entgegnete Archibald. »Nun, mit den Details möchte ich die Damen allerdings nicht langweilen.«

»Rose, vielleicht möchten Sie sich schon einmal für das Dinner umziehen«, schlug Dorothy vor. Sie brauchte einen Augenblick allein mit Archibald. Eigentlich hatte sie bis zum Abend warten wollen, doch nun hatte sie das Gefühl, an der Nachricht ersticken zu müssen, wenn sie diese noch länger für sich behalten musste.

Als Rose den Salon verlassen hatte, erhob sich auch Archibald und wandte sich zum Gehen.

»Warte bitte noch einen Augenblick«, hielt Dorothy ihn zurück. »Auch ich habe gute Nachrichten.«

»Nun bin ich gespannt«, erklärte Archibald und setzte sich noch einmal.

»Möglicherweise ist es noch etwas zu früh, und ich sollte warten, bis ich ganz sicher bin. Aber ich halte es keine Sekunde länger aus«, begann Dorothy und Archibald sah sie mit geweiteten Augen gespannt an.

»Wenn alles gutgeht und Dr. Stamford sich nicht getäuscht hat, werden wir ein Kind bekommen.«

In Archibalds Gesicht ließ sich eine rasche Folge unterschiedlicher Gefühle ablesen – von Überraschung über Zweifel bis hin zur Freude.

»O Dotty, Täubchen! Das sind in der Tat ganz ungeheuerliche Neuigkeiten! Größer noch und besser als die von Bonapartes Abdankung.« Er lächelte. »Und im Gegensatz dazu habe ich diese in keiner Weise kommen sehen.«

»Dann freust du dich?«, fragte Dorothy.

»Aber natürlich freue ich mich, Dotty. Ich werde nur eine Weile brauchen, um es ganz zu begreifen. Schließlich hatte ich damit schon lange nicht mehr gerechnet.«

»Nun, es ist ja auch nicht sicher, dass es bleibt. Es kann noch viel geschehen. Aber ich habe dieses unbestimmte Gefühl, dass es dieses Mal anders ist.«

»Und wenn man sich auf eines verlassen kann, dann sind es deine unbestimmten Gefühle, Rehlein.«

Lord Beresford zwinkerte ihr zu, erhob sich und schloss sie fest in seine Arme.

»Weißt du was? Die nächste Parlamentssitzung ist erst am Achtzehnten. Über Ostern habe ich ohnehin keine Pläne, aber ich könnte mir auch für die Woche darauf nichts vornehmen und Zeit mit dir verbringen. Würde dir das gefallen?«

»Sehr«, entgegnete Dorothy und schmiegte sich an ihn. »Es wäre falsch zu behaupten, ich liebte dich noch wie am ersten Tag«, murmelte Archibald in ihr Haar. »Was ich am heutigen Tag für dich empfinde, lässt sich überhaupt nicht vergleichen.«

Achtundvierzig

Am Karfreitag waren sie morgens gemeinsam zur Messe gegangen. Für den Nachmittag hatten Lady Clara Guilsborough und Lady Cecilia Markham einen Besuch angekündigt. So viel weiblichem Charme auf einmal sei er nicht gewachsen, hatte Archibald scherzhaft verkündet und sich in die Bibliothek zurückgezogen, während Dorothy und Rose die Gäste in Lady Beresfords privatem Salon empfingen.

»Lady Markham.« Dorothy grüßte mit der gebotenen Zurückhaltung, konnte es jedoch nicht lassen, Lady Guilsborough zu umarmen und auf die Wange zu küssen. »Clara! Wie schön! Ich freue mich, dich wiederzusehen!«

»Lady Markham, Sie erinnern sich vermutlich an Miss Lymington?«

»Selbstverständlich erinnere ich mich.« Cecilia Markham lächelte. »Wir hatten so viel Vergnügen an jenem Abend bei Lord und Lady Guilsborough, nicht wahr? Genau aus diesem Grunde sind wir auch hier.«

»Richtig«, bestätigte Clara. »Cecilia, also Lady Markham und ich, sprachen darüber, was für einen vergnüglichen Abend wir doch hatten. Und Lady Markham hatte eine famose Idee. Sie schlug vor, am Ostersonntag ein Picknick im Hyde Park zu veranstalten. In der Nähe des Fußwegs am Südufer der Serpentine haben wir ein hübsches Fleckchen ausgeguckt.«

»Oh, das klingt wundervoll!«, rief Dorothy. »Wer wird denn dabei sein?«

»Bisher sind es Guilsborough und ich, die Markhams und Miss Marguerite Gillray. Sie war auch neulich am Abend bei uns zu Gast.«

»Eine reizende Person!«, fand Lady Beresford. »Seine Lordschaft wird sicher auch gern dabei sein und Miss Lymington wird sich dieses Vergnügen gewiss ebenfalls nicht entgehen lassen wollen, nicht wahr?«

In diesem Augenblick klopfte es. Wilkins präsentierte Lady Beresford die Karte eines weiteren Besuchers.

»Honeyfield!«, rief Dorothy freudig. An Rose gewandt, fügte sie hinzu: »Was meinen Sie, wollen Sie ihn nicht fragen, ob er uns am Sonntag begleiten möchte?«

Rose schien kurz zu überlegen, dann nickte sie.

»Ja, ich finde, das ist ein hervorragender Vorschlag.«

»Bitten Sie ihn doch herein, Wilkins.«

Cecilia Markham und Clara tauschten wissende Blicke.

»Honeyfield? Ich möchte meinen, dass er nicht nur deiner Gesellschaft wegen kommt, Dotty«, mutmaßte Clara mit einem schalkhaften Lächeln. »Wir sollten auch nicht mehr allzu lange bleiben, nicht wahr, Cecilia? Wir haben noch etwas unvorstellbar Wichtiges zu erledigen.«

Cecilia Markham lachte und nickte eifrig.

»Oh ja, etwas von äußerster Wichtigkeit. Natürlich würden wir liebend gerne bleiben, aber diese Sache erlaubt keinerlei Aufschub.«

Dotty konnte sehen, wie Rose errötete. Doch auch sie lächelte, die scherzhaften Anspielungen der Damen schienen ihr also nicht sonderlich unangenehm zu sein. Dorothy vermutete, Rose habe ihre Entscheidung getroffen, und es könne nicht schaden, den beiden jungen Leuten Gelegenheit zu verschaffen, unter vier Augen zu sprechen.

Neunundvierzig

Freitag, 8. April 1814 – Grosvenor Square, London

Rose fühlte, wie ihre Wangen brannten und ihre Handflächen schwitzten. Es war allerdings kein unangenehmes Gefühl, mehr eine freudige Aufregung.

Honeyfield trat ein und schien überrascht, gleich vier Damen versammelt anzutreffen. Gleich trat seine Schüchternheit wieder zutage, und es wirkte fast, als hätte er am liebsten kehrtgemacht.

»Honeyfield!«, rief Lady Beresford. »Nicht so zögerlich, kommen Sie herein! Sie kennen Lady Markham und Lady Guilsborough?«

Nathaniel Honeyfield grüßte und verneigte sich, wobei ihm eine dunkle Locke vorwitzig in die Stirn fiel.

»Aber setzen Sie sich doch.« Lady Beresford deutete auf den freien Sessel Rose gegenüber, und er setzte sich, wobei er einen verstohlenen Blick auf das Mädchen warf und kurz lächelte.

»Ich hoffe, Sie haben am Ostersonntag nichts Wichtiges vor, Honeyfield. Wir haben bereits Pläne für Sie gemacht«, rief Clara vergnügt.

»Pläne? Für mich, Mylady?« Unsicherheit schwang in Nathaniel Honeyfields Stimme mit.

»Aber ja. Honeyfield, Sie dürfen uns nicht enttäuschen«, forderte Lady Markham. »Wir wollen den Frühling mit einem Picknick im Hyde Park begrüßen. Das Wetter verspricht gut zu werden, und wir dürfen hoffen, dass es sich bis Sonntag halten wird.«

»Ein Picknick?« Honeyfield wirkte erleichtert, und Rose musste beinahe lachen. Was mochte er befürchtet haben? Man konnte fast Mitleid mit ihm haben, wie ihn die Damen neckten und herausforderten. Seine scheue, höfliche Reaktion erfüllte Rose mit einem Gefühl warmer Zuneigung.

»Bei einem Picknick wäre ich selbstverständlich gern dabei. Sagen Sie mir, wie ich helfen kann.«

»Wir werden uns um alles kümmern«, verkündete Lady Guilsborough. »Sie und Miss Lymington können im Wagen mit seiner Lordschaft und mir fahren. Lord und Lady Markham könnten Lord und Lady Beresford abholen. Für alles Weitere werden wir sorgen. Bleibt nur zu hoffen, dass es nicht regnet.«

»Haben Sie herzlichen Dank für die freundliche Einladung«, entgegnete Honeyfield.

»Nun, Lady Guilsborough und ich waren gerade dabei aufzubrechen. Ein glücklicher Zufall, Sie getroffen zu haben, lieber Honeyfield. Wir freuen uns, dass Sie am Sonntag dabei sein werden.«

»Ich schlage vor, dass wir Sie gegen drei Uhr hier in Beresford House abholen, wenn es Ihnen recht ist.«

»Selbstverständlich, Mylady. Ich richte mich ganz nach Ihnen.«

»Wunderbar. Dann ist es ausgemacht. Kommen Sie, Lady Markham. Wir wollen uns verabschieden.«

»Oh, mir fällt ein, dass Sie meinen Gatten noch überhaupt nicht kennengelernt haben«, rief Dotty plötzlich. »Er hat sich in der Bibliothek verkrochen – es waren ihm zu viele Damen anwesend, fürchte ich.« Sie lachte laut. »Ich bin mir sicher, er würde Sie gern kennenlernen. Außerdem weiß der Ärmste noch gar nichts von unseren Plänen. Lassen Sie mich ihn rasch holen. Miss Lymington wird Ihnen derweil Gesellschaft leisten. Ich bin gleich zurück.«

Von der Tür her, die in Honeyfields Rücken lag, zwinkerte Dorothy Rose noch einmal verschwörerisch zu, bevor sie den Raum verließ. Rose fühlte ein nervöses Kribbeln, denn sie ahnte, dass Honeyfield die Gelegenheit nutzen würde.

»Ich muss mich für das Präsent bedanken, dass Sie mir schickten, lieber Honeyfield«, sagte Rose, als die Damen gegangen waren. »Das war sehr aufmerksam von Ihnen.«

Nathaniel Honeyfield winkte ab.

»Nicht doch, es war ja nur eine Kleinigkeit.«

»Sie haben mir damit eine große Freude bereitet«, beteuerte Rose. »Sie wissen ja, ich habe eine Schwäche dafür.«

»Ich hörte so etwas«, entgegnete Honeyfield mit einem schelmischen Lächeln.

»Ich freue mich schon sehr auf das Picknick am Sonntag. Nun, da ich weiß, dass Sie dabei sein werden, freue ich mich umso mehr«, gestand Rose und konnte sehen, wie Nathaniel Honeyfields Gesicht förmlich aufleuchtete. Er räusperte sich.

»Miss Lymington«, sagte er. »Ich denke, Sie haben auch meine Nachricht erhalten und hoffe, Ihnen mit diesem Bekenntnis nicht zu nahe getreten zu sein.«

Rose lächelte. »Ganz und gar nicht, Honeyfield.«

»Es ... es würde mich freuen, wenn Sie Nathaniel sagten.«

»Nathaniel«, wiederholte Rose. »Dann müssen Sie mich Rose nennen.«

Eine kurze, leicht unangenehme Stille trat ein, in der beide nicht recht wussten, was sie sagen sollten. Dann schließlich erhob sich Honeyfield, und Rose federte ebenfalls so rasch aus dem Sitz hoch, als habe sich darin eine Nadel befunden.

»Nein, bitte ... aber bleiben Sie doch. Rose, darf ich hoffen, dass Sie meine Empfindungen für Sie erwidern?«, brachte er schließlich mit zittriger Stimme hervor.

»Ja, Nathaniel. Ja, das tue ich. Ich fühle mich in Ihrer Gegenwart sehr wohl und habe Sie gern.« Rose war selbst erstaunt, wie ruhig und voller Überzeugung ihr diese Worte über die Lippen kamen. Nathaniel lächelte.

»Sie glauben gar nicht, wie glücklich mich das macht«, entgegnete er. Dann nahm er vorsichtig ihre Hand und ließ sich auf ein Knie herunter.

»Rose, seit wir uns zum ersten Mal begegneten, sind Sie in meinen Gedanken. Ich wagte kaum zu hoffen, dass Sie nur annähernd dasselbe für mich empfinden könnten. Ihre Worte machen mich sehr froh. Bitte gestatten Sie mir, Ihnen den Hof zu machen.«

»Das will ich tun«, sagte Rose leise und Nathaniel brachte zärtlich ihre Hand an seine Lippen. »Aber lassen wir uns Zeit, einander besser kennenzulernen.«

Nathaniel erhob sich und zog Rose in seine Arme.

»Natürlich, Rose. Das ist ein guter Gedanke. Ich wollte Sie nur meiner aufrichtigen Zuneigung und meiner ernsten Absichten versichern.«

»Darf ich Lady Beresford über den Gegenstand dieser Unterredung informieren?«

»Selbstverständlich. Wenn du es wünschst ...« Nathaniel lächelte.

»Ich glaube fast, ich muss. Sonst werde ich vor Glück zerplatzen.« Rose lachte leise.

»Ich möchte nicht vermessen erscheinen, aber ... vielleicht einen Kuss?« Nathaniel räusperte sich, und Rose ließ sich nicht lange bitten. Anstelle einer Antwort drückte sie sanft ihre Lippen auf seine.

Als sie sich von ihm löste, hatte sich eine zarte Röte über Nathaniels Wangen gelegt.

»Glauben Sie, Ihre Eltern werden einer Verbindung zustimmen?«

»Natürlich werden sie«, versicherte Rose. »Sie könnten sich keinen besseren Mann für mich wünschen.«

»Du bist lieb«, flüsterte Nathaniel zärtlich und küsste Rose noch einmal sachte auf die Lippen. »Dann will ich dir glauben.«

Vom Flur waren Schritte und Stimmen zu hören –
überlaut, wie Rose lachend feststellte.

»Ich glaube, da kommen Lord und Lady Beresford«,
bemerkte sie mit einem Zwinkern.

»Oder eine Herde Ochsen«, flüsterte Nathaniel, bevor
sie sich rasch wieder setzten und so taten, als sei nichts
gewesen.

Fünfzig

Freitag, 8. April 1814 – Grosvenor Square, London

»Ein ereignisreicher Tag! Ich bin gespannt, wie sich die Dinge auf dem Kontinent entwickeln werden«, sagte Archibald am Abend, als sie gemeinsam im Bett lagen. »Ist es nicht ein schöner Gedanke, dass unser Kind in eine friedlichere Welt hineingeboren werden könnte?«

Dorothy lächelte.

»Ja, das ist es. Aber so weit mag ich noch gar nicht denken. Ich wage es noch nicht, mich zu freuen, denn es kann noch so viel passieren.«

»Es wird gewiss alles gutgehen, Rehlein! Du wirst sehen. Der heutige Tag hat mir Zuversicht geschenkt. Auch deine Mission war anscheinend erfolgreich. Du darfst dir gratulieren.«

»Ich hätte Rose überhaupt nicht zu fragen brauchen, ob Sie und Honeyfield eine Übereinkunft getroffen haben, nicht wahr?« Dorothy lachte. »Auch wenn sie sich redlich bemüht haben, sich nichts anmerken zu lassen. Es war ihnen an den Nasenspitzen anzusehen. Seine Wangen haben geleuchtet wie bei einem Apfel.«

»Das ist wohl wahr. Sie sahen aus, als hätten wir sie in der Speisekammer beim Naschen ertappt.«

Doch Dorothy konnte sich über die geglückte Eheanbahnung noch nicht so recht freuen, denn es drückte auf ihr Gewissen, dass sie mit ihrer anderen Mission noch keinen Schritt weitergekommen war und der arme Mr Russ noch immer unschuldig in Newgate saß.

»Etwas Wichtiges habe ich dir noch nicht erzählt, Archibald«, begann sie und berichtete ihrem erstaunten Gatten von den neuesten Entwicklungen.

»Russ war es also auch nicht? Teufel, wie viele Leute werden wir denn noch unschuldig einsperren, bevor der wahre Schuldige entdeckt wird?«, rief Archibald aus. »Wie ich dich kenne, hast du allerdings bereits eine Theorie, nicht wahr?«

»Nein. Ich habe ein paar vage Vermutungen und das Gefühl, dass da irgendetwas ist, das ich übersehen habe. Mir schwirrt so viel im Kopf herum, dass ich keinen klaren Gedanken fassen kann«, entgegnete Dorothy. »Es hat mich stutzig gemacht, dass laut Aussage von Mr Russ der mysteriöse Fremde zu wissen schien, dass Seymour an jenem Mittwoch im Almack's sein würde. Außerdem kannte er sich gut im Haus aus – jedenfalls gut genug, um zu wissen, dass der Weg durch den Dienstbotentrakt zu den Ställen den idealen Fluchtweg darstellte.«

»Du glaubst also, es könnte jemand aus dem Haushalt dahinterstecken? Gar nicht so abwegig. Hester Seymour profitiert finanziell vom Tod ihres Bruders – ein möglicher Verehrer könnte ebenfalls ein Interesse daran gehabt haben, das Vermögen seiner zukünftigen Ehefrau zu vergrößern«, gab Archibald zu bedenken.

»Das ist wahr, ein Motiv hätte sie gehabt, doch daran stört mich etwas. Für Hester Seymour wäre es ein Leichtes gewesen, ihren Bruder mit weit weniger Aufwand und Drama aus dem Leben scheiden zu lassen.« Dorothy massierte sich mit Daumen und Zeigefinger die Nasenwurzel. »Aber ein gezielter Stich ins Herz – der Myrtenzweig auf der Brust des Toten, das spricht für eine weit weniger nüchterne Antriebskraft als bloße Habgier. Mit der Myrte und dem Stich ins Herz wollte jemand bewusst ein Zeichen setzen, ein Symbol, das ihm – oder ihr – Genugtuung verschaffen sollte. Das Symbolische der Handlung war dem Täter wichtiger als die Möglichkeit der Entdeckung.

Schließlich hätte es sicher Wege gegeben, diesen Mord mit weit weniger Risiko auszuführen.«

»Ein interessanter Gedanke, Dorothy«, fand Archibald. »Und einleuchtend. Es muss also jemand sein, der von Gefühlen geleitet wird – Rache, Eifersucht ... aber auch da kämen einige in Frage, wenn man Seymours Lebenswandel bedenkt.«

»Da hast du allerdings recht«, seufzte Dorothy. »Wusstest du, dass Weston einen Myrtenkranz in seinem Wappen trägt?«

»Weston, Dorothy? Du glaubst, Weston könnte es getan haben?«

»Nun, der Verlust seines Auges wäre doch ein Anlass, Rache nehmen zu wollen«, mutmaßte Dorothy.

Archibald schüttelte den Kopf.

»Nein. Weston ist kein Mann, der mit Gefühlen hinter dem Berg hält. Hätte er sich an Seymour rächen wollen, er hätte ihn herausgefordert. Außerdem – an jenem Abend war er bei Watier's und hat Macao gespielt.«

»Woher weißt du das so genau?«, wunderte sich Dorothy.

»Er hat es neulich im Club erwähnt. Mir fiel es gerade wieder ein. Er hat an jenem Abend ein halbes Vermögen verloren.«

»Hm. Das lässt sich leicht nachprüfen. Also scheidet Weston höchstwahrscheinlich aus. Delamere?«

»War im März noch nicht in der Stadt.«

»Woher wusste der Mörder so genau, dass Seymour im Almack's sein würde?«, fragte Dorothy erneut.

»Möglicherweise wusste er es, weil er ihn selbst eingeladen hat?«, erwog Archibald.

»Natürlich! Archibald! Wie dumm von mir. Es ist doch so naheliegend. Reynolds sagte, Seymour sei in Begleitung eines weiteren Gentlemans gewesen, der ihn auch zur Kutsche gebracht habe. Der hätte also auch Gelegenheit gehabt, ein Messer unter dem

Kutschbock zu verstecken, um den Verdacht auf Mr Reynolds zu lenken.«

»Das klingt plausibel«, fand Lord Beresford.

»Es würde auch noch etwas anderes erklären«, überlegte Dorothy.

»Was denn, Rehlein?«

»Es könnte erklären, warum Seymour sich nicht wehrte, als der Mörder ihn angriff.«

Einundfünfzig

Samstag, 9. April 1814 – Bloomsbury Square, London

Die Sonne strahlte vom frühlingsblauen Himmel, als die vier jungen Damen in weißen Kleidern am Bloomsbury Square aus der Kutsche stiegen. Man durfte also hoffen, bei dem geplanten Picknick nicht mit Regen rechnen zu müssen. Doch zu einem Osterausflug gehörten nicht nur die weißen Kleider, sondern auch auf jeden Fall eine neue Haube – das jedenfalls hatte Viscountess Guilsborough behauptet, als sie mit ihren Freundinnen Lady Cecilia Markham und Miss Marguerite Gillray bei Lady Beresford vorgefahren war, um Rose zu einem spontanen Einkaufsbummel abzuholen.

Ihr Ziel war das Ladengeschäft von Mrs Bell, der bekannten Modistin, das in der Upper King Street am nordöstlichen Ende des Bloomsbury Squares gelegen war.

Rose hatte sich zunächst Sorgen gemacht, ob sie sich in einem so exklusiven Geschäft überhaupt eine neue Haube würde leisten können. Doch Lady Beresford hatte ihr zugezwinkert und ihr ins Ohr geflüstert, sie möge sie als verfrühtes Verlobungsgeschenk betrachten.

So hatte Rose bester Laune die Kutsche bestiegen. Lady Guilsborough hatte ihre alte Jugendfreundin Lady Markham untergehakt und ging ein Stück voraus, während Rose und Miss Gillray folgten.

»Ich freue mich aufrichtig, Sie wiederzusehen«, sagte diese. »So können wir an unsere Unterhaltung neulich abends bei Lady Guilsboroughs Dinnerparty anknüpfen.«

»Darauf freue ich mich auch«, gab Rose das Kompliment zurück. »Überhaupt habe ich mich an jenem Abend besonders wohlgefühlt. Ich habe selten so offen sprechen können.«

»Oh ja, Lady Guilsborough ist sehr freundlich und hat mich nie spüren lassen ... ich meine, sie hat mich immer wie ihresgleichen behandelt, und das rechne ich ihr hoch an. Nicht alle sind so aufgeschlossen, was das anbelangt. Wie ich neulich angedeutet habe, sähen es meine Eltern gern, wenn ich in adlige Kreise einheiraten könnte. Deswegen sind sie bemüht, entsprechende Kontakte zu knüpfen und zu pflegen.«

»Meine Eltern drängen mich auch, bald zu heiraten«, entgegnete Rose und senkte die Stimme. »Und ich glaube, ich muss sie nicht enttäuschen.«

»Nein, wirklich?«, flüsterte Miss Gillray. »Sie machen mich neugierig, Miss Lymington. Sie müssen mir unbedingt erzählen ... also ich meine natürlich nur, wenn Sie mögen. Ich möchte auf keinen Fall aufdringlich erscheinen.«

Fröhlich hakte sich Rose bei der Kaufmannstochter unter.

»Machen Sie sich darüber nur keine Gedanken, Miss Gillray. Ich finde es keineswegs aufdringlich. Es ist schön, so offen mit jemandem plaudern zu können.«

Rose war froh, in Miss Gillray eine Vertraute in ihrem Alter gefunden zu haben. Sie hatte die junge Frau gleich gemocht, denn die war so unprätentiös, dass sie ihr von Anfang an sympathisch gewesen war. Außerdem fühlte sie sich ihr verbunden, denn sie hatte selbst erfahren, wie es war, sich als Außenseiter zu fühlen, über den getuschelt wurde.

Doch sie zögerte zunächst, sie so weit ins Vertrauen zu ziehen, ihr von Honeyfield zu erzählen, denn an jenem Abend hatte sie das Gefühl gehabt, Miss Gillray habe möglicherweise selbst Gefallen an ihm gefunden. Also beließ sie es bei einigen Andeutungen.

Schließlich hatten sie das Ziel erreicht. Schon im Fenster konnten sie Hüte und Hauben aus Stroh, Spitze, Seide und Satin in allen Größen und Formen bewundern, kunstvoll verziert mit Blüten, Federn, goldenen und silbernen Kordeln, Bändern und eleganten Aigretten aus Reiherfedern.

Auf dem hohen Regal hinter dem Verkaufstresen stapelten sich Kisten und Schachteln und davor, auf hölzernen Ständern und Hutmacherköpfen aus Pappmaché, waren noch weitere Hüte ausgestellt. Hinter dem Tresen saß eine Putzmacherin, die damit beschäftigt war, Bänder und Blüten an einer Haube aus Stroh zu befestigen.

Rose konnte sich überhaupt nicht sattsehen. Die vier Damen probierten mit großem Vergnügen verschiedene Modelle und ließen sich ausführlich zu den neuesten Moden beraten.

Schließlich entschied sich Rose für eine mädchenhafte weiße Haube aus Stroh mit Spitze sowie weißen und blauen Bändern und Blüten, die ihre blauen Augen zum Strahlen brachte und ihr Gesicht hübsch umrahmte.

Sie freute sich bereits darauf, am Ostersonntag ihrem Nathaniel die Haube und ihr neues weißes Musselinkleid vorzuführen.

Zweiundfünfzig

Samstag, 9. April 1814 – Grosvenor Square, London

Lady Beresford las noch einmal die letzten Zeilen in der Enzyklopädie. Noch immer beschäftigte sie das Rätsel des Myrtenzweigs. Hierin lag für sie der Schlüssel. Eine Myrte konnte zu dieser Jahreszeit auf keinen Fall zufällig in die Kutsche geraten sein. Sie war also aus einem bestimmten Grund dort platziert worden. Damit hatte der Mörder ein Zeichen setzen wollen. Myrte und Stich ins Herz hatten für ihn symbolische Bedeutung. Irgendwo in der Literatur hoffte Dorothy die Antwort zu finden.

Die Myrte war das Symbol der Liebesgöttinnen – ein Symbol der Schönheit und der Weiblichkeit. Es war jedoch eindeutig ein Mann gewesen, der Seymour getötet hatte. Es sei denn, die Tat wäre von einer Frau erdacht und von einem Mann ausgeführt worden. Das schloss im Prinzip Mrs Pike aus. Sie hatte Seymour geliebt, und es hätte sich schwerlich ein Mann finden lassen, der eine so persönliche Rache für sie ausgeführt hätte. Und für Hester Seymour hätte es bessere und unauffälligere Gelegenheiten gegeben, ihren Bruder zu töten und an das Erbe zu gelangen. Das brachte sie also nicht weiter.

Es musste etwas sein, das eine starke Bildkraft hatte, die dem Mörder etwas bedeutete. Dorothy las weiter. Die Myrte galt auch als Symbol der Macht, da sie dazu neigt, mit ihren langen Wurzeln andere Pflanzen in ihrem Terrain zu verdrängen. Konnte es das sein? Die Verdrängung eines Konkurrenten? Es musste um tief sitzende Gefühle gehen, wenn dem Mörder dieses Zeichen so wichtig gewesen war.

Eifersucht. Es war nicht zu leugnen, dass sie Menschen dazu bringen konnte, zu töten. Doch handelte man dann nicht eher im Affekt? Diese Tat und das Vorgehen des Mörders setzten Planung und Berechnung voraus.

Auch war die Myrte, selbst wenn sie ein Symbol der Macht war, kein besonders starker Ausdruck des Triumphs und des Sieges. Sir William hatte den Myrtenzweig sogar für so bedeutungslos gehalten, dass er ihn einfach weggeworfen hatte.

Nein, der Myrtenzweig war vielmehr ein Zeichen, das eine sehr persönliche Bedeutung für den Mörder haben musste. Ein Symbol, das hauptsächlich er selber verstand.

Dorothy las noch einmal die Ausführungen über die Myrte und den Mythos ihrer Entstehung.

Aus Eifersucht tötete Minerva die Nymphe Myrsine, denn sie hatte diese um ihre magischen Kräfte beneidet. Minerva bereute ihre Tat, denn in Wahrheit liebte sie Myrsine. Als Zeichen der Reue schenkte sie der Myrte, die aus dem toten Körper der Nymphe wuchs, die gesamte Kraft ihrer göttlichen Liebe. Doch was hatte das zu bedeuten? Hatte der Täter Seymour geliebt und bereute seine Tat tief in seinem Innern? Der Myrtenzweig, das Symbol der Liebenden und ein Zeichen der Reue? Dorothy musste an Anthony Russ denken. Hatte doch dessen Geliebter, Mr Davis, Seymour getötet? Russ hatte behauptet, die ganze Zeit bei ihm gewesen zu sein. Allerdings stand fest, dass Russ bereit war, für Mr Davis zu lügen. Dorothys Gedanken schwirrten. Nein, sie kam einfach zu keinem eindeutigen Schluss.

Dreiundfünfzig

Sonntag, 10. April 1814 – am Südufer des Serpentine-Sees, Hyde Park, London

Schöneres Wetter hätte man sich für einen Osterausflug kaum wünschen können. Der Park lag in strahlendem Sonnenglanz. Nur von Zeit zu Zeit segelten einige weiße Wölkchen über ihre Köpfe hinweg. Eine leichte Brise ging, und die Luft war erfüllt vom Duft der erblühenden Natur. Die wärmeren Temperaturen der letzten Wochen hatten Büsche und Bäume in zartes Grün gekleidet, und allerorten blühten Narzissen und Bluebells in dichten Teppichen und setzten fröhliche Farbtupfer ins Grün der Landschaft.

Viscount Guilsborough begleitete die Barouche zu Pferde, in der die Viscountess, Miss Gillray, Mr Honeyfield und Rose saßen.

Rose war leicht und heiter zumute. Sie trug die neue Haube mit den blauen Blüten und das zarte weiße Musselinkleid, das sie aus Bath mitgebracht hatte. Bisher hatte sie keine Gelegenheit gehabt, es zu tragen. Für den Osterausflug war es wie gemacht: hauchzarter, blütenweißer Baumwollmusselin, mit Vergissmeinnicht bestickt und zierlichen Dorsetknöpfen aus blauem Seidengarn. Ein dazu passendes Schultertuch und ein filigran gehäkeltes Täschchen vervollständigten ihre Ausstattung.

Als hätten sie sich abgesprochen, trug auch Nathaniel eine hellblaue Jacke und helle Hosen zu seinen schwarzen Reitstiefeln. Rose fand insgeheim, sie gaben ein äußerst hübsches Paar ab.

Auch Lady Guilsborough und Miss Gillray trugen leichte weiße Kleider und die neuen Hauben, die sie tags zuvor bei Mrs Bell erstanden hatten: die Viscountess eine gewagte Kreation mit einem auffälligen rosa Federbausch und einem zarten Schleier, die farblich hervorragend zu ihrem pinkfarbenen Spencer passte, Miss Gillray ein zurückhaltenderes Modell aus Stroh, das mit zartgrünen Seidenbändern, Kordeln und Glasperlen verziert war.

So konnte man sich sehen lassen. Rose fühlte sich großartig. Inmitten dieser illustren Runde in ihrer neuen Garderobe mit Viscount Guilsboroughs Barouche durch die Hauptstadt zu fahren, als ob sie zur besten Gesellschaft gehörte – noch dazu an der Seite von Nathaniel, den sie vielleicht schon bald aller Welt als ihren Verlobten würde vorstellen können – das war ein erhebendes Gefühl. Welt als ihren Verlobten würde vorstellen können – das war ein erhebendes Gefühl. Vor nicht einmal drei Wochen, als sie sich voller Sorgen und Befürchtungen von Combe Monkton aus auf den Weg gemacht hatte, hätte sie sich nicht träumen lassen, so schnell ein solches Glück zu finden.

Sie befiel lediglich ein schlechtes Gewissen, wenn sie an das ausstehende Gespräch mit Colonel Egerton dachte. Sie hatte ihn nicht bewusst täuschen wollen, doch durch ihr Verhalten hatte sie ihn glauben lassen, dass sie mehr für ihn empfände. Sie war sich einfach ihrer eigenen Gefühle nicht sicher gewesen und hatte sich in ihrem romantischen Idealbild verloren.

Noch gestern hatte sie ihm Nachricht schicken lassen, dass sie ihn am Ostermontag gern sehen würde. Sie hoffte, er würde Verständnis haben und es ihr nicht übelnehmen.

Bald hatten sie die Stelle am südlichen Ufer des Serpentine-Sees erreicht, an der die Dienerschaft des Viscounts bereits alles für das Picknick hergerichtet hatte.

Weiß gedeckte Tische mit Blumengirlanden und Sonnenschirme waren aufgestellt und Decken und Kissen im Gras ausgebreitet worden. Die Körbe wurden aus der Kutsche geholt und die Speisen auf den Tischen präsentiert. Es gab glasierten Schinken und kaltes Hühnchen, gefärbte Eier, eingelegtes Gemüse, verschiedenen Käse, Hotcross Buns und Simnel Cake, frische Früchte, Weingelee und Korinthenküchlein, dazu Flaschen mit Limonade und Tee.

Rose lief schon beim Anblick der Speisen das Wasser im Munde zusammen. Sie sahen köstlich aus, und sie konnte kaum erwarten, dass auch der Rest der Gesellschaft eintreffen würde.

Sie machten es sich auf den ausgebreiteten Decken im Gras bequem und genossen den herrlichen Ausblick auf das Seeufer. Die Stelle war geschickt ausgesucht, denn die Wiese fiel an dieser Stelle recht flach zum Ufer hin ab, und von hier überblickte man fast den ganzen See.

»Ein idyllisches Plätzchen«, fand Rose und blickte sich um.

»Da hinten beginnen die Kensington Gardens«, erklärte Lady Guilsborough und deutete auf die Brücke zu ihrer Linken, die in fünf steinernen Rundbögen die Serpentine überspannte und offenbar die Grenze zwischen dem Hyde Park und den dahinterliegenden Palastgärten bildete.

»Und welch ein Gebäude ist das mit dem weißen Säulenportal?«, wollte Rose wissen und deutete zum gegenüberliegenden Ufer, wo hinter einem hölzernen Bootshaus mit ins Wasser ragendem Anlegesteg die weiße Fassade eines großen Gebäudes zwischen den Bäumen hervorlugte.

»Das ist das Receiving House der Royal Humane Society, der Gesellschaft zur Rettung und Wiederbelebung Ertrunkener. Seine Majestät der König hat seinerzeit der Gesellschaft das Grundstück überlassen, damit sie dort eines ihrer Auffanghäuser errichten können«, erklärte Nathaniel. »Gerade im Winter, wenn der See zufriert und die Leute Schlittschuh laufen, kommt es oft vor, dass jemand einbricht.«

»Oje! Nun, wie gut, dass der Winter vorüber ist.«

»Hört, hört!«, rief Viscount Guilsborough. »Erinnern Sie mich daran, dass wir später darauf einen Toast ausbringen, Miss Lymington.«

»Ich denke, die anderen werden jeden Augenblick hier sein. Dann wollen wir auf das Ende dieses schrecklichen Winters trinken«, stimmte Lady Guilsborough zu.

Nathaniel hatte sich neben Rose niedergelassen, und als er für einen Augenblick wegsah, bemerkte Rose den fragenden Blick, den ihr Marguerite Gillray zuwarf. Kaum merklich nickte sie und war erleichtert, als ein aufrichtig fröhliches Lächeln auf Miss Gillrays Gesicht erschien. Offenbar hatte sie ihre Hoffnungen nicht selbst auf Honeyfield gesetzt.

Blieb also nur die Aussicht auf das Gespräch mit Colonel Egerton, die ihre vergnügte Stimmung ein wenig trübte. Daran wollte sie jetzt nicht denken, dafür war heute Abend und morgen noch Zeit genug. Sie war zuversichtlich, dass er ihre Entscheidung würde verstehen können.

Vierundfünfzig

Sonntag, 10. April 1814 – Grosvenor Square, London

Das Ankleiden dauerte doch etwas länger als geplant. Das zarte weiße Kleid mit der aufwändigen Weißstickerei und dem gezackten Spitzensaum hatte Dorothy vor noch nicht allzu langer Zeit anfertigen lassen, musste jedoch feststellen, dass die maßgeschneiderte Büste zu knapp saß. Reynolds würde mit Trennschere und flinker Nadel noch rasch Abhilfe schaffen müssen, indem sie die Rückennaht ein wenig ausließ. Dorothy würde darüber den safrangelben Spenzer mit den geschlitzten Puffärmeln und der Kordelverzierung im Husarenstil tragen, der gottlob gerade noch passte. So würde die kleine Änderung nicht weiter auffallen.

Während die Marchioness im Unterkleid geduldig darauf wartete, dass Reynolds mit Nadel und Faden ihr kleines Wunder vollbrachte, hörte sie, wie es unten an der Tür klopfte. Herrje! Ob das bereits die Markhams waren, die sie abholen wollten? Wie unangenehm. Es war recht unhöflich, sie warten zu lassen. Nach einer Weile glaubte Dotty, Archibald und noch einen weiteren Mann sprechen zu hören. Dann trat wieder Stille ein. Nein, das waren dann wohl doch nicht Lord und Lady Markham gewesen.

Als sie schließlich die Treppe ins Erdgeschoss hinunterstieg, erwartete sie Archibald bereits mit Ungeduld.

»Endlich! Du hast Glück, dass die Markhams sich zu verspäten scheinen«, kommentierte er ihr spätes Erscheinen mit einem leicht vorwurfsvollen Unterton.

»Es tut mir leid, Archibald, es gab noch eine kleine textile Krise zu bewältigen«, entschuldigte sich

Dorothy und wies Reynolds an, ihr Haube, Handschuhe und Sonnenschirm zu bringen.

»Eine textile Krise?« Archibald lachte. »Darf ich fragen, was ich mir darunter vorzustellen habe, oder ist es delikater Natur?«

Dorothy schwieg und lächelte nur vielsagend.

»Wer war das überhaupt eben an der Tür?«, fragte sie, neckisch vom Thema ablenkend.

»Colonel Egerton. Er wollte Rose sprechen, und ich sagte, sie sei bereits zum Picknick an der Serpentine aufgebrochen. Er sagte, er habe ohnehin in den Park fahren wollen und werde dort nach ihr Ausschau halten«, erklärte der Marquess.

»Er wird ihre Nachricht bekommen haben«, vermutete Dorothy. »Der Ärmste hat vermutlich nicht bis Montag warten können. Ich hoffe, er wird nicht allzu enttäuscht sein.«

In diesem Augenblick brachte Reynolds die restlichen Kleidungsstücke, und Lord und Lady Beresford zogen sich in den Salon zurück, um dort auf die Markhams zu warten.

»Nun?« Lord Beresford sah seine Gattin herausfordernd an. »Was hat es mit dieser textilen Krise auf sich?«

Dorothy senkte die Stimme.

»Wenn du es genau wissen möchtest, mein Kleid ist oben herum zu eng geworden. Reynolds musste es noch rasch ändern.«

Archibald lächelte verschmitzt und wagte einen kurzen, sehr direkten Blick auf die Büste seiner Gattin, die ihm lachend mit der flachen Hand auf den Arm schlug.

»Archibald!«, zischte sie streng, musste dabei aber lachen. »Das ist ungehörig.«

»Nicht ungehöriger, als es gewesen wäre, Lord und Lady Markham warten zu lassen«, konterte Lord

Beresford. Er war bester Laune und liebte es, seine Frau zu necken.

»Wie hätte ich ahnen sollen, dass ich nicht mehr in mein Kleid passen würde?«, verteidigte sich Dorothy. »Schließlich hatte ich damit überhaupt nicht gerechnet.«

»Nein, damit haben wir wohl beide nicht mehr gerechnet«, entgegnete Archibald mit etwas mehr Ernst, sah Dorothy liebevoll an und zog sie in die Arme. »Ich am allerwenigsten. Da ich auch Elizabeth nie Kinder geschenkt habe, nahm ich an, es läge an mir.«

Er lehnte seine Stirn gegen ihre. Dann plötzlich lachte er.

»Wenn du nicht du wärest und ich ein eifersüchtigerer Ehemann, könnte ich jetzt durchaus Vermutungen anstellen.«

Dorothy lachte und stieß ihn mit gespielter Empörung ein Stück von sich.

»Ach du!«, rief sie. Dann plötzlich durchfuhr sie ein Gedanke, und sie wurde ernst. »Himmel! Archibald! Ich glaube, ich weiß, was mich die ganze Zeit gestört hat! Seit Montagabend ließ mich dieses Gefühl nicht los, dass ich etwas Wichtiges übersehen habe – und ich glaube, ich weiß nun, was es ist.«

Fünfundfünfzig

Sonntag, 10. April – am Südufer des Serpentine-Sees, Hyde Park, London

»Die Markhams scheinen sich ein wenig zu verspäten. Ich denke, wir sollten ruhig schon etwas Tee trinken. Das werden sie uns sicher nicht übelnehmen«, fand Viscountess Guilsborough.

»Was ist, Miss Lymington? Kommen sie?«, fragte Miss Gillray, die Rose' Blick gefolgt war.

Mit gerunzelter Stirn, die Augen mit der Hand beschattet, blickte diese hinauf zum Weg, auf dem soeben eine schwarze Tilbury mit einem Grauschimmel aufgetaucht war. Rose schluckte und schüttelte den Kopf.

»Nein«, sagte sie und spürte ein eigenartiges Prickeln in ihrem Nacken. »Es ist Colonel Egerton. Ein Bekannter von Lady Beresford und mir und ein alter Freund von Mr Honeyfields Onkel, Lord Harrington«, erklärte sie.

Dass er hier so plötzlich auftauchte, machte sie nervös. Sie hatte die Gedanken an das unangenehme Gespräch auf Montag verschoben, und nun konnte sie ihm nicht länger ausweichen. Sie würde ihm ihre Entscheidung mitteilen müssen, ohne ausreichend Zeit zu haben, über die richtigen Worte dafür nachzudenken.

Nathaniel sah sie fragend an. Es lag ein leichter Vorwurf in seinem Blick, und Rose zuckte unauffällig mit den Schultern.

»Ich ... ich werde ihm entgegengehen«, kündigte sie an.

»Laden Sie ihn doch ein, sich zu uns zu gesellen«, schlug die Viscountess vor. »Es ist reichlich von allem da, und er ist uns herzlich willkommen.«

Rose nickte eilig und erhob sich, um den Hügel aufwärts zum Weg zu laufen und dem Colonel entgegenzugehen, der gerade abgestiegen war und das Pferd festmachte.

Als er aufsah und Rose erblickte, konnte sie Freude in seinem Gesicht aufleuchten sehen und spürte einen Stich in der Brust. Was hätte sie darum gegeben, ihn nicht so enttäuschen zu müssen. Nervös versuchte sie, ihre Gedanken zu ordnen und sich im Kopf zurechtzulegen, was sie ihm sagen wollte.

Sie wollte ihm erklären, dass sie ihn nicht hatte irreführen wollen, sondern dass sie sich selbst erst über ihre Empfindungen hatte klar werden müssen. Es war ihr wichtig, dass er verstand, dass sie ihm nichts vorgemacht hatte. Sie hatte lediglich eine Verliebtheit für tiefergehende Zuneigung gehalten. Nichts von dem, was sie im Kopf formulierte, schien ihr passend. Es gab einfach keinen guten Weg, jemandem zu sagen, dass man ihm einen anderen vorzog.

»Miss Lymington!«, rief Colonel Egerton, der ihr entgegengelaufen war. »Sie sehen hinreißend aus.«

»Vielen Dank, Colonel«, entgegnete Rose und wich seinem Blick aus. »Sie haben meine Nachricht erhalten?«

»Ja. Nehmen Sie es mir nicht übel, aber ich hielt es keinen Augenblick länger aus. Sie halten mich hoffentlich nicht für aufdringlich. Sie hatten für heute bereits anderweitige Pläne?«

Er blickte über ihre Schulter zu der Gruppe hinüber, die am Ufer im Gras saß. Ein Schatten flog über sein Gesicht. »Oh, ich sehe, Mr Honeyfield ist auch dabei?«

Rose nickte und atmete tief durch. Es ließ sich nicht weiter aufschieben.

Sechsundfünfzig

»Mr Reynolds?« Archibald sah Dorothy mit gefurchter Stirn an. »Was zum Teufel hat Mr Reynolds nun wieder mit der ganzen Sache zu tun?«

»Nichts hat er damit zu tun. Jedenfalls nicht direkt«, entgegnete diese.

»Tut mir leid, ich verstehe nicht, worauf du hinauswillst, Rehlein.«

Es klopfte und Reynolds brachte ihren Bruder herein.

»Sie wollten mich sprechen, Mylady?«

»Richtig, Reynolds. Sagen Sie, Sie haben den Gentleman gesehen, der Mr Seymour im Almack's begleitete, nicht wahr?«

»Ja, Mylady.« Reynolds sah ebenso verwundert aus wie Lord Beresford.

»Glauben Sie, dass Sie ihn erkennen würden, wenn Sie ihn noch einmal sähen?«, wollte Dorothy wissen.

»Ich denke schon. War eine recht auffällige Erscheinung. Ich glaube wohl, dass ich ihn erkennen würde.«

»Sie werden uns begleiten, Reynolds«, bestimmte die Marchioness. An Archibald gerichtet, fügte sie hinzu: »Ich habe eine Ahnung, und Reynolds wird mir helfen, sie zu überprüfen.«

»Was für eine Ahnung, Dorothy?«, wollte Archibald wissen.

»Deine Bemerkung eben brachte mich darauf. Am Montagabend in Hampstead wurde mir beim Dinner plötzlich übel. Egertons Hauswirtschafterin, Mrs Salter, brachte mir Ingwersirup und Lavendelgeist. Sie erzählte, sie habe damit bereits die verstorbene Mrs

Egerton kuriert, die vor ihrem Tod öfter mit Übelkeit zu kämpfen hatte.«

Lord Beresford hatte die Augenbrauen zusammengezogen. An seinem Gesicht war abzulesen, dass er ihren Gedanken noch nicht folgen konnte.

»Was hat Salters Lavendelgeist mit all dem zu tun?«

»Mrs Madeleine Egerton erwartete ein Kind«, erwiderte Dorothy mit einem gewissen Ausdruck des Triumphs in der Stimme.

Archibald schien noch immer nicht zu begreifen, was sie ihm damit sagen wollte.

»Egerton kann aufgrund seiner Kriegsverletzungen keine Kinder zeugen. Das hat er Rose offenbart, als er seine Absicht erklärte, sie zu heiraten.«

In Lord Beresfords Augen leuchtete der Funke des Verstehens auf.

»Du meinst, die verstorbene Madeleine Egerton erwartete das Kind eines anderen Mannes?«

»Richtig. In der Zeit vor Colonel Egertons Rückkehr aus Spanien hielt sich Felton Seymour in Somerset auf. Er prahlte damit, es gebe eine Reihe Damen, die ihn ihren Ehemännern vorzögen. Horace Lymington erzählte davon.«

»Du denkst, Seymour hatte ein Verhältnis mit Mrs Egerton?« Archibald klang fassungslos. Er starrte seine Frau mit Staunen in den Augen an. »Und Egerton machte Seymour für den mutmaßlichen Freitod seiner Frau verantwortlich und nahm Rache?«

Dorothy schüttelte den Kopf.

»Nein. Es war weder ein Unfall, noch ein Selbstmord. Ich bin mir fast sicher. In Colonel Egertons privatem Salon hängt ein Gemälde seiner seligen Frau. Sie sieht Rose bis auf die dunklen Haare zum Verwechseln ähnlich. Ich war an jenem Abend zu abgelenkt, weil ich mit der Übelkeit zu kämpfen hatte. Doch da war etwas, das mich an dem Porträt von Mrs Egerton störte.«

»Was denn? Was war es?«, drängte der Marquess.

»Auf dem Gemälde saß Madeleine Egerton an einem Tisch, und im Hintergrund waren einige Pflanzen zu erkennen, darunter Zitrusbäumchen – ich bin sicher, dass ich solche in Egertons Wintergarten gesehen habe. Wenn ich mir das Bild ins Gedächtnis rufe, bin ich sicher, dass hinter Mrs Egerton einige weiße Blüten zu erkennen waren. Wenn ich nicht so abgelenkt gewesen wäre, ich hätte genauer hingesehen. Aber jetzt bin ich überzeugt, es war ein Myrtenstrauch. Auf jeden Fall war ein Orangenbäumchen zu sehen, also muss Egerton auch in Somerset einen Wintergarten oder ein Gewächshaus besitzen. Er muss die Pflanzen von dort mit nach Hampstead gebracht haben. Und wenn ich mich nicht täusche, befindet sich darunter auch der Myrtenstrauch, der auf dem Gemälde seiner Frau im Hintergrund zu sehen ist.«

»Egerton? Egerton soll der geheimnisvolle Gentleman sein, der Russ und Davis erpresst und Seymour getötet hat?«, rief Archibald. »Dorothy, das klingt alles ungeheuerlich. Glaubst du nicht, du hast dich da in etwas hineingesteigert? Nur, weil auf dem Porträt der verstorbenen Mrs Egerton eine Myrte zu sehen ist und Mrs Salter behauptete, sie habe vor ihrem Tod häufig unter Übelkeit gelitten, bedeutet das doch noch lange nicht ...«

»Ich weiß doch, es hört sich vollkommen irrsinnig an. Aber glaub mir, es ergibt alles Sinn. Der Überlieferung nach entsprang die Myrte aus dem toten Körper der Nymphe Myrsine. Die Göttin Minerva hatte sie aus Eifersucht getötet, doch sie bereute ihre Tat, denn in Wahrheit liebte sie die Nymphe. Als Zeichen ihrer Reue und der Wiedergutmachung schenkte sie der Myrte die Kraft ihrer göttlichen Liebe – verstehst du nicht?«

»Ehrlich gesagt, nein«, entgegnete Archibald kopfschüttelnd.

»Egerton erfuhr von seiner Frau, dass sie ein Kind erwartete. Doch er wusste, dass es nicht seines sein konnte. Aus Eifersucht tötete er sie, doch er bereute die Tat, denn er liebte Madeleine. Und so reifte in ihm der Plan, ihren Tod zu sühnen, indem er den Mann tötete, der ihn dazu getrieben hatte. Begreifst du es endlich, Archibald?«

»Du weißt, ich gebe viel auf deine Meinung und halte dich für eine äußerst kluge Frau, aber glaubst du nicht, dass jetzt die Fantasie ein wenig mit dir durchgeht?«, wandte Lord Beresford ein.

»Möglich. Möglich, dass ich mich täusche und sich alles als Ausgeburt meiner Fantasie entpuppt. Deswegen soll Reynolds uns begleiten. Wenn er den Colonel identifizieren kann, wissen wir, dass ich recht habe.«

»Potz Blitz, Dorothy! Wenn das wahr ist ...!«

Der Marquess sah zum Fenster. »Die Markhams fahren soeben vor. Kommen Sie, Reynolds, wenn an der wahnwitzigen Theorie meiner Gattin etwas dran ist, könnte Miss Lymington in größter Gefahr sein.«

Siebenundfünfzig

Sonntag, 10. April 1814 – Südufer des Serpentine-Sees, Hyde Park, London

Rose schluckte. Egal, wie sie es formulierte, was sie zu sagen hatte, wäre in jedem Falle verletzend. Was also nutzte das Zögern und Grübeln? Sie musste einfach ehrlich sein.

»Es tut mir sehr leid, Colonel, aber ich kann Sie nicht heiraten.«

Mit zusammengepressten Lippen sah er sie lange an. Rose wünschte, er würde endlich etwas sagen.

»Es ist meines Geständnisses wegen, nicht wahr? Ich denke, das kann ich verstehen.«

»Nein«, entgegnete Rose. »Das ist nicht der Grund. Sie waren ehrlich zu mir, also denke ich, ich sollte es auch sein.«

Unverwandt sah Colonel Egerton sie an und schwieg, was es Rose nicht leichter machte.

»Ich weiß, dass Sie aufgrund meines Verhaltens annehmen mussten, ich hegte tiefergehende Gefühle für Sie. Tatsächlich ist es so, dass ich zunächst selbst glaubte, mehr für Sie zu empfinden, aber mir ist klar geworden, dass ich mich getäuscht habe.«

Noch immer fixierten die meergrünen Augen des Colonels sie. Seine Lippen waren zu einem Strich zusammengepresst. Der starre Blick machte Rose ein wenig Angst, und so versuchte sie, dem Gesagten durch weitere Erklärungen die Schärfe zu nehmen.

»Bitte seien Sie mir nicht böse, Colonel. Es ist nicht so, dass ich Sie täuschen wollte. Ich war mir meiner eigenen Gefühle lange nicht deutlich bewusst und brauchte Zeit, um darüber nachzudenken. Danke, dass Sie mir die Zeit dafür gegeben haben. Es tut mir aufrichtig leid. Bitte, Sie nehmen es mir nicht übel, nicht wahr, Colonel?«

»Es gibt einen anderen«, presste Colonel Egerton hervor.

Rose senkte den Blick. Offenbar hatte sie ihn mehr verletzt als gedacht.

»Ja. Es gibt jemanden. Ich war mir zuvor meiner Gefühle für ihn nicht bewusst.«

»Warum?«

Die plötzliche Lautstärke der Frage ließ Rose zusammenfahren.

»Warum, Madeleine?«

Rose hatte das Gefühl, als habe sich ein Schleier über die Augen des Colonels gelegt. Noch immer fixierte er sie, doch es wirkte, als sähe er durch sie hindurch.

»Wie kannst du mir das antun?«

Fest packte er ihre Handgelenke und riss sie in die Höhe. Rose entfuhr ein erschreckter Schrei.

»Während ich im Krieg war – gekämpft, gelitten habe – jeden Tag Tod und Leid. Und du? Vergnügst dich mit einem anderen!«

»Bitte? Ich – ich verstehe nicht«, stammelte Rose. Ihr Herz hämmerte wild in ihrem Brustkorb. »Ich bin es, Rose.«

Doch Colonel Egerton schien sie nicht zu hören. Seine Finger gruben sich schmerzhaft in ihre Handgelenke.

»Lassen Sie mich los, Colonel! Sie tun mir weh!«, wimmerte Rose.

»Gelacht habt ihr über mich. Gelacht! Ihr habt gedacht, ich würde es nicht erfahren, nicht wahr?«

»Colonel, bitte!« Rose versuchte verzweifelt, sich loszureißen, doch er hielt ihre Handgelenke so fest umklammert, dass es ihr nicht gelingen wollte.

»Hilfe!«, rief sie. »Nathaniel! Lord Guilsborough! Hilfe!«

Egerton wirbelte sie herum, hielt ihre Schultern mit einem Arm umklammert und zerrte sie mit sich in Richtung des Fußweges. Sie sah Nathaniel und Lord Guilsborough, die aufgesprungen waren und auf sie zustürmten.

Egerton hatte die Tilbury erreicht. Rose konnte die Arme nicht bewegen. Verzweifelt versuchte sie, nach ihm zu treten, doch sie verfing sich in ihren Röcken. Für einen kurzen Augenblick hatte sie das Gefühl, der Griff um ihre Schultern habe sich gelockert, doch dann spürte sie plötzlich etwas Kaltes an ihrem Hals.

»Halt!«, schrie Egerton. »Kommen Sie nicht näher!«

Rose sah, wie Lord Guilsborough stehen blieb und Nathaniel am Ärmel zurückhielt.

»Nicht, Honeyfield! Er hat ein Messer.«

»Egerton, um Himmels Willen! Was ist in Sie gefahren, Mann?«, rief er. »Lassen Sie sie auf der Stelle los!«

»Denken Sie nicht daran, näher zu kommen«, brüllte Egerton. Rose spürte, wie sich die Klinge an ihren Hals legte. Ihre Beine zitterten, und Tränen schossen in ihre Augen.

»Bitte! Colonel!«, flüsterte sie.

Egerton hielt das Messer gegen ihren Hals gepresst, während er die Zügel löste.

»Keinen Schritt näher!«, rief er. Viscount Guilsborough und Nathaniel tauschten verzweifelte Blicke, während der Colonel Rose hinter sich herschleifte und in die Tilbury zerrte. Er schnalzte mit der Zunge, und der Grauschimmel setzte sich in Bewegung.

Rose schrie, als der Wagen anrollte und auf die Rotten Row zuhielt. Der beliebte Reitweg war für Kutschen und andere Gefährte gesperrt. Vermutlich hoffte Egerton, auf diese Weise Verfolger abzuhängen. Egerton hatte die Zügel in der Linken, und das Messer lag noch immer an ihrem Hals. Rose überlegte, ob sie es wagen konnte, sich zu wehren und abzuspringen, doch selbst wenn es ihr gelungen wäre, sich seinem Griff zu entwinden, ohne dabei verletzt zu werden, das leichte, gut gefederte Gefährt nahm rasch Fahrt auf, und sie hätte nicht gewagt, hinauszuspringen.

Sie hatten die Rotten Row erreicht, auf der bereits zahlreiche Reiter unterwegs waren. Doch Egerton hielt unbeirrt darauf zu. Pferde wieherten und scheuten. Reiter schrien, verzweifelt darum bemüht, ihre Tiere unter Kontrolle zu behalten und stoben fluchend auseinander, als die Tilbury vorbeipreschte und auf die Serpentine-Brücke zuraste.

Rose konnte Nathaniel hinter ihnen rufen hören.

»Egerton! Bleiben Sie stehen! Es hat doch keinen Sinn! Guilsborough holt die Konstabler.«

Die Stimme war nicht allzu weit entfernt. Nathaniel musste Lord Guilsboroughs Pferd genommen haben.

»Nathaniel!«, rief Rose.

Die Tilbury bog scharf um die Ecke. Rose fürchtete, sie würden umkippen. Sie wurde gegen den Colonel gepresst und spürte einen brennenden Schmerz an ihrem Hals, als das Messer ihre Haut ritzte.

Die enge Kurve hatte sie offenbar den entscheidenden Vorsprung gekostet. Sie konnte nun Nathaniel sehen, der neben ihnen hergaloppierte.

»Rose! Hab keine Angst, Rose, ich werde dich befreien«, rief er. »Halten Sie an, Egerton! Sie werden nicht weit kommen!«

»Verschwinden Sie!«, brüllte Egerton. »Kommen Sie nicht näher, oder Madeleine wird sterben.«

»Ich heiße Rose! Rose, Colonel! Erinnern Sie sich. Madeleine ist tot!«, rief Rose verzweifelt.

Nathaniel hatte sie überholt. Er schwang das Bein über den Sattel, hielt sich bereit. Als er auf gleicher Höhe mit dem Grauschimmel war, sprang er.

»Nathaniel!«, schrie Rose.

»Hooooo! Brrrrrr!« Nathaniel saß rittlings auf dem Grauschimmel und hatte das Geschirr zu fassen bekommen. »Brrrrrr!«

Das Pferd wurde langsamer und Rose spürte, wie sich der Griff des Colonels lockerte. Sie nutzte diesen Moment und stieß mit aller Kraft seinen Arm zur Seite und ließ sich zugleich seitlich nach vorn aus dem offenen Wagen fallen.

Es gelang ihr, sich über die Schulter abzurollen, doch der Aufprall presste ihr die Luft aus den Lungen, und ein heftiger Schmerz durchfuhr ihre Rippen. Stöhnend blieb sie liegen.

»Miss! Miss! Sind sie verletzt?«

Ein Gentleman war an ihre Seite geeilt und berührte sie sanft an der Schulter.

»Können Sie mich hören?«

»Vorsicht, er hat ein Messer!«, keuchte Rose und hielt sich die Rippen. Ihre Seite schmerzte, doch es gelang ihr, sich ein wenig aufzurichten. Der herbeigeeilte Gentleman hatte seine Jacke ausgezogen und schob sie unter ihren Kopf.

»Bleiben Sie liegen, Miss. Sie sollten sich nicht bewegen.« Er wandte sich an jemanden, den Rose nicht sehen konnte.

»Rasch! Holen Sie Hilfe. Ich bleibe und kümmere mich um die Dame.«

Rose schloss die Augen. Um sie herum tobte ein wildes Stimmengewirr, Schritte, Rufen und Hufgetrappel. Sie wagte nicht, sich zu rühren, denn der Schmerz in ihrer Seite war kaum zu ertragen. Fast wäre sie weggedämmert, als sie eine Berührung an ihrem Arm spürte. Jemand nahm ihre Hand.

»Rose! Rose! Ich bin es, Nathaniel. Sieh mich an! Du musst wach bleiben. Alles wird gut. Hilfe ist unterwegs.«

»Nathaniel«, flüsterte Rose schwach und öffnete die Lider. Nathaniels besorgtes Gesicht schwebte ganz nah über ihrem.

»Psst!«, machte Nathaniel und streichelte ihre Hand.

Nathaniels Stirn furchte sich, als sein Blick auf ihren Hals fiel.

»Du blutest ja!« Rasch band er die Krawatte ab und betupfte vorsichtig die Wunde an ihrem Hals.

»Es ist nicht tief, glaube ich«, entgegnete sie schwach und versuchte, den Kopf zu heben. »Der Colonel!«

Sanft drückte Nathaniel ihre Schultern zurück.

»Bleib liegen, Rose. Es ist alles gut. Sie haben ihn. Es ist vorbei.«

»Vorbei«, flüsterte sie.

Achtundfünfzig

Sie hatten die Ringstraße erreicht. In der Ferne konnten sie auf Höhe der Serpentine aufgeregte Betriebsamkeit sehen. Reiter und Fußgänger drängten sich auf dem Stück der Rotten Row, das zur Serpentine-Brücke führte.

Dorothy entdeckte Lady Clara Guilsborough am Rand der Straße. Offenbar hatte nach ihnen Ausschau gehalten.

»Dotty!«, rief sie und winkte mit ihrem Sonnenschirm. »Hierher!«

»Halten Sie an!«, rief Dorothy dem Kutscher der Markhams zu. »Dort ist Lady Guilsborough.«

»O Dotty! Ein Glück, dass ich euch gefunden habe.« Die Viscountess kam zur Kutsche gelaufen. »Egerton! Er hat Rose entführt. Niemand weiß, was in ihn gefahren ist. Honeyfield ist ihnen gefolgt, und Alexander hat die Konstabler gerufen. Ich glaube, sie sind in Richtung Kensington Gardens verschwunden.«

»Himmel! Clara! Das ist ja schrecklich!«, rief Dorothy. »Wir müssen sofort hin und sehen, ob wir helfen können.«

»Steigen Sie ein, Clara!«, rief Lady Markham. »Wenn wir zusammenrutschen, wird es gehen.«

Nachdem Clara eingestiegen war, setzte sich der Wagen wieder in Bewegung.

Sie kamen nur langsam voran, denn es hatten sich eine Reihe Schaulustige eingefunden. Schließlich jedoch hatten sie die Brücke erreicht und sahen die Tilbury des Colonels mitten auf dem Weg stehen.

Rose lag am Boden. Neben ihr kniete Nathaniel Honeyfield.

»O Gott, Rose!«, rief Dorothy entsetzt.

Das Gespann der Markhams hielt kurz hinter der Tilbury. Dorothy wartete nicht ab, bis ihr jemand aus der Kutsche half. Sie sprang hinab und eilte zu Nathaniel.

»Nathaniel! Was ist geschehen? Ist sie …?«

»Es ist alles gut, Lady Beresford. Rose hat sich aus dem Wagen fallen lassen. Es scheint nichts gebrochen zu sein, doch sie hat schwere Prellungen davongetragen. Ein Arzt kam vorbei und hat sich die Verletzungen angesehen. Er sagte, wir dürfen sie vorsichtig bewegen.«

»Wo ist Egerton?«, wollte die Marchioness wissen.

Honeyfield deutete mit dem Kopf über seine Schulter.

»Die Gentlemen halten ihn fest, bis die Konstabler eintreffen. Aber er hat kaum Gegenwehr geleistet. Er scheint nicht ganz bei sich zu sein.«

Dorothy sah über Nathaniels Schulter. Zwei Gentlemen hatten Egerton in ihre Mitte genommen und hielten seine Arme hinter dem Rücken fest. Mit leerem Blick starrte er geradeaus und schien unablässig irgendetwas zu murmeln.

»Da!«, schrie Mr Reynolds, der vom Kutschbock geklettert war, wo er neben dem Kutscher der Markhams gesessen hatte. »Das ist er, Mylady! Das ist der Gentleman aus dem Almack's.«

»Potztausend!«, rief Lord Beresford, der inzwischen ebenfalls ausgestiegen und seiner Frau zur Seite geeilt war. »Da hattest du tatsächlich recht mit deiner verrückten Theorie.«

Dorothy warf ihm einen ärgerlichen Blick zu.

»So verrückt war sie offensichtlich nicht.«

»Was für eine Theorie?« Honeyfield sah die beiden stirnrunzelnd an. »Könnten Sie mir vielleicht erklären, was das alles zu bedeuten hat?«

»Später, Honeyfield. Später«, vertröstete ihn Dotty. »Jetzt ist erst einmal wichtig, dass man Egerton festnimmt. Wenn ich mich nicht getäuscht habe – und wie es aussieht, habe ich das nicht – dann hat er nicht nur Rose entführt, sondern auch zwei Menschen auf dem Gewissen.«

»Colonel Egerton?« Rose schaute Dotty zweifelnd an. »Er soll jemanden getötet haben?«

Sie verzog schmerzhaft das Gesicht, als sie langsam versuchte, sich aufzusetzen.

»Ja, Rose. Er tötete seine Frau Madeleine und deren Liebhaber Seymour«, erklärte Dorothy knapp.

»Seymour? Aber ... ich verstehe das alles nicht.« Rose tastete vorsichtig mit der Hand über ihre Rippen.

»Keine Sorge, Miss Lymington. Da sind Sie nicht die Einzige. Ganz habe ich es selbst noch nicht verstandden«, sagte Lord Beresford, der nun ebenfalls an Dorothys Seite aufgetaucht war.

»Da kommen die Konstabler!«, rief Nathaniel und deutete auf das schwarze, kastenartige Gefährt, das sich, flankiert von zwei Konstablern zu Pferde, ihrem Standort näherte.

»Hierher! Hier!«, rief einer der Gentlemen, die den Colonel festgesetzt hatten. Egerton wandte den Kopf und starrte in ihre Richtung.

Plötzlich ging ein Ruck durch seinen Körper, er riss sich los, stieß die Gentlemen zur Seite, die sofort hinterherstürzten. Der Colonel hatte das Brückengeländer erreicht, stützte sich mit den Händen auf, schwang die Beine über das Geländer und war verschwunden.

Dotty schrie entsetzt auf. Ein Aufprall und das Aufspritzen von Wasser waren zu hören. Alles stürzte zum Brückengeländer. Auch Dorothy schob sich zwischen den anderen hindurch und lehnte sich über die steinerne Brüstung. Etwa fünf Meter unter ihnen konnte sie gerade noch Egertons blonden Haarschopf unter der Wasseroberfläche verschwinden sehen.

»Egerton! Um Himmels willen!«

Nathaniel Honeyfield streifte Jacke und Stiefel ab, kletterte über die Brüstung und sprang.

»Honeyfield!«

Dotty hielt den Atem an. Dann tauchte Nathaniels dunkler Schopf wieder auf. Er hatte Colonel Egerton gepackt, den Arm über dessen Brust gelegt und schwamm mit kräftigen Zügen dem nördlichen Ufer entgegen. Etwa auf Höhe des Bootshauses schien er wieder Grund unter den Füßen zu haben, zerrte den leblosen Egerton ans Ufer und ließ sich neben ihm ins Gras fallen.

»Schnell, Archibald, Reynolds! Wir müssen helfen.«

»Was ... was ist geschehen?«, keuchte Rose neben ihr mit schmerzverzerrtem Gesicht. Sie musste sich aufgerappelt haben, als alle um sie herum zum Brückengeländer gestürzt waren.

»Nathaniel!«, japste sie und hielt sich die Seite. »O Nathaniel!«

»Schh! Es ist gut, Rose. Alles ist gut. Nathaniel geht es gut. Er hat Egerton aus dem Wasser gezogen. Komm, wir müssen dich nach Hause schaffen.«

Neunundfünfzig

»Wird Ihnen langsam wieder warm, Honeyfield? Hier, das wird Sie von innen wärmen.« Archibald klopfte dem jungen Mann auf die Schulter und reichte ihm einen Brandy.

Nathaniel Honeyfield brachte ein zähneklapperndes Lächeln zustande. In Archibalds Kleidern und in eine dicke Wolldecke gehüllt, hockte er in einem Sessel beim Kamin. Rose hatte sich nicht überreden lassen, von seiner Seite zu weichen, um sich ins Bett zu legen. Also hatte man die Chaiselongue aus Lady Beresfords privatem Salon hereintragen lassen und Rose, die böse Prellungen davongetragen hatte, auf Kissen gebettet.

Während Egerton ins Auffanghaus der Humane Society geschafft und dort behandelt worden war, hatten die erstaunten Konstabler Dorothys Aussage gelauscht. Anschließend hatten sie den Colonel, der mittlerweile wieder stabilisiert war, in Gewahrsam genommen.

Dotty hätte zu gern Sir Williams Gesicht gesehen, wenn man ihm Egerton am anderen Tag vorführen würde. Sie würde ihm ebenfalls einen Besuch abstatten, ihre Aussage wiederholen und sicherstellen, dass Anthony Russ freigelassen würde.

Bald nachdem sie Rose und den tropfnassen und schlotternden Mr Honeyfield nach Beresford House gebracht hatten, war auch der Rest der Picknickgesellschaft eingetroffen und lauschte nun gebannt den Ausführungen der Marchioness.

»Ich fürchte, ich habe es noch immer nicht ganz verstanden.« Lady Cecilia Markham schüttelte ungläubig den Kopf. »Egerton fand heraus, dass seine Frau ein

Verhältnis mit Mr Felton Seymour hatte und ein Kind von ihm erwartete. Und daraufhin ermordete er sie?«

»Richtig. Sie muss es ihm auf einem Spaziergang gesagt haben. Er geriet außer sich und erschlug sie im Affekt. Dann stürzte er sie von der Brücke in den Fluss. So habe ich es mir erklärt. Man hielt es für einen Unfall oder einen Selbstmord.«

»Doch er bereute seine Tat«, fasste Clara zusammen. »Und beschloss, sich an Seymour zu rächen.«

»Richtig. Der Mythos über den Ursprung des Myrtenstrauchs brachte mich darauf. Egerton bereute den Mord an seiner Frau, denn er hatte sie geliebt.«

»Aber wie genau hat er es angestellt? Außer dem Diener und Ihrem Mr Reynolds war doch niemand bei der Kutsche«, wunderte sich Lord Markham.

»Ganz einfach. Er beobachtete das Haus, um Seymours Gewohnheiten zu studieren und eine Gelegenheit zu suchen, seinen Plan in die Tat umzusetzen«, erklärte Dorothy. »Dem Diener, Mr Russ, gegenüber behauptete der Colonel, ein alter Freund von Seymour zu sein, der sich einen Scherz erlauben wolle. Russ ließ sich von ihm überzeugen und wurde, ohne es zu ahnen, zum Komplizen.«

Den Teil, bei dem Colonel Egerton Russ und seinen Freund Davis beobachtet und mit seinem Wissen über deren Verhältnis erpresst hatte, ließ Dorothy aus. Sie wollte den beiden nicht noch mehr Schwierigkeiten bereiten.

»Russ schwieg, denn er wusste, man würde ihm nicht glauben. Schließlich bekannte er sich sogar schuldig.«

»Und Egerton beging den Mord in der Livree und Perücke des Dieners?«, fragte Lord Guilsborough. »Aber wieso hat Seymour sich nicht gewehrt, als er ihn angriff?«

»Auch dafür habe ich eine Erklärung«, entgegnete Dorothy. »Egerton hatte ihm im Almack's ein Schlafmittel in sein Getränk gemischt. Zunächst hat es ihn nur benommen gemacht. Man hielt ihn für betrunken und ließ ihn hinauswerfen. Erst habe ich mir dabei nichts gedacht. Doch dann fiel mir ein, dass Seymour nicht allein im Almack's war und Reynolds ihn in Begleitung eines weiteren Gentleman gesehen hatte. Offenbar kannten die beiden sich aus Seymours Zeit in Somerset, also wunderte sich Seymour nicht über die Einladung ins Almack's. Als Mr Reynolds Seymour sah, schwankte dieser bereits gehörig. In der Kutsche verlor er schließlich das Bewusstsein. Möglicherweise starb er auch bereits an dem Mittel. Egerton ging es schließlich um die Genugtuung, um das Symbol. Er setzte Seymour in Mr Reynolds' Droschke, dann ritt er in die Harley Street, zog Uniformjacke und Perücke an – helle Kniebundhosen trug er ohnehin, er kam aus dem Almack's. So genau würde niemand hinsehen. Dann versteckte er sich und wartete, bis die Kutsche eintraf. Er tat so, als sei er aus dem Haus gekommen, lief zur Kutsche, zog das Messer aus dem Ärmel, öffnete den Schlag und erstach Seymour. Dann legte er den Myrtenzweig ab, den er ebenfalls unter der Jacke verborgen hatte. Er steckte das Messer in den Hosenbund. Dann lief er schreiend zum Haus. Später ließ er das Tatwerkzeug verschwinden. Ein weiteres Messer hatte er vor dem Almack's heimlich in Mr Reynolds' Kutschkasten versteckt.«

»Mr Reynolds, der ihn nicht kannte, musste ihn für den Diener Mr Russ halten«, folgerte Clara. »Und im anschließenden Chaos und der Aufruhr konnte er sich unbemerkt davonmachen.«

»Genau. So war es«, bestätigte Dorothy.

»Aber wenn er Seymour aus Somerset kannte, warum hat er ihn nicht gleich getötet?«, wollte Lord Beresford wissen.

Dorothy zog die Schultern hoch.

»Da kann ich nur mutmaßen, jedoch nehme ich an, dass er zunächst nicht wusste, mit wem Mrs Egerton ihn betrogen hatte. Ich könnte mir vorstellen, dass er womöglich einen Hinweis in ihren persönlichen Sachen fand. Daraufhin fasste er den Entschluss, Seymour nach London zu folgen und erwarb das Haus in Hampstead.«

»Nur warum entführte er Rose?« Lady Markham saß auf der Kante ihres Stuhles und hatte gespannt zugehört. »Sie hatte mit all dem nichts zu tun.«

Dorothy nickte und sah zu Rose hinüber.

»Im Haus des Colonels sah ich ein Porträt von Madeleine Egerton. Sie sah Rose zum Verwechseln ähnlich. Sie hatte dunkles Haar, aber man hätte sie für Schwestern halten können. Als Rose ihm heute gestand, sie habe sich für einen anderen entschieden, fürchte ich, hat es ihn in seinen Wahn zurückgeworfen. In der Vorstellung durchlebte er die Vergangenheit sozusagen noch einmal.«

»Der Ärmste«, meldete sich Rose. Ihre Stimme klang kratzig und dünn. »Was wird mit ihm geschehen? Wird man ihn hängen?«

»Das ist anzunehmen. Allerdings könnte ich mir auch vorstellen, dass eine Begnadigung in Betracht kommt und man ihn in eine Institution einweist.«

»Wer hätte gedacht, dass der Wahnsinn so dicht unter der Oberfläche lauern kann und niemand etwas bemerkt?« Archibald Beresford schüttelte den Kopf.

»Ich für meinen Teil bin nur froh, dass alles noch ein so glimpfliches Ende genommen hat«, sagte Dorothy.

Epilog

Montag, 20. Juni 1814 – Serpentine Lake, Hyde Park

Es dämmerte bereits, und die Menge johlte, während Kanonensalven über den See hallten. Es war ein unglaubliches Spektakel. Auf dem Wasser war eine riesige Flotte etwa ein Meter großer Modellschiffe zu sehen, die Nelsons Sieg über die Franzosen bei der Seeschlacht von Trafalgar nachspielten. Es krachte und rauchte, und das Mündungsfeuer der kleinen Kanonen blitzte. Nach und nach versank die französische Flotte zu den Klängen der Nationalhymne und dem Jubel der ausgelassenen Zuschauer auf den Tribünen, und der Feuerschein der brennenden Schiffe brach sich im Wasser.

Rose' spürte, wie Nathaniel verstohlen nach ihrer Hand griff und kurz ihre Finger drückte. Sie wandte den Kopf und lächelte ihm zu.

»Was für ein Schauspiel! So etwas hat die Welt noch nicht gesehen«, rief sie über den Kanonendonner.

Napoleon war besiegt, hatte abgedankt und war ins Exil nach Elba verbannt worden. Aus diesem Anlass und um die zweihundertjährige Herrschaft des Hauses Hannover zu feiern, hatte der Prinzregent eine Reihe extravaganter Festivitäten und Paraden in der Hauptstadt ausrichten lassen.

Überall entlang der Wege waren Bretterbuden, Zelte und Pavillons aufgestellt, es gab Schanktresen, Essens- und Verkaufsstände, Puppenbühnen, Akrobaten und Spaßmacher, Schaukeln, Karussells und Militärkapellen. Rose hatte sich gar nicht sattsehen können.

Am Nachmittag hatte eine große Militärparade stattgefunden. Seine königliche Hoheit der Prinzregent hatte eine Truppe von 12.000 Mann abgenommen. Ganz London schien auf den Beinen.

Während die Schlacht auf dem See ihrem Ende zuging, legte sich langsam die Dunkelheit über den Park, und Rose wagte es, ihrerseits nach Nathaniels Hand zu greifen und sie zu halten, während über ihren Köpfen ein Feuerwerk explodierte und den Himmel in einen bunten Funkenregen tauchte. Rose hatte das Gefühl, vor Glück ebenso zerbersten zu müssen.

Vor zwei Wochen waren ihre Eltern nach London gekommen, um gemeinsam mit ihr und Horace, der noch immer in der Hauptstadt zu tun hatte, den Sieges-Feierlichkeiten beizuwohnen. Sie schienen hocherfreut, Nathaniel kennenzulernen – zumal sein Onkel, der Earl of Harrington, ihn begleitet hatte. Am gestrigen Sonntag hatte Nathaniel dann bei ihren Eltern um ihre Hand angehalten. Natürlich waren sie mehr als einverstanden gewesen.

Offiziell verlobt! Sie konnte es noch gar nicht fassen. Während um sie herum alles fasziniert in den Himmel blickte und dem Feuerwerk zuschaute, zog Nathaniel Rose mit sich.

Verborgen hinter der Tribüne und durch ein Zelt von neugierigen Blicken abgeschirmt, zog Nathaniel sie in seine Arme.

Rose ließ die Finger durch seine weichen Locken gleiten und schaute in sein lächelndes Gesicht.

»Ich würde meine Verlobte gern küssen«, flüsterte er und legte sanft seine Lippen auf ihre. Rose schloss die Augen und genoss das warme Gefühl, welches das Spiel ihrer Lippen durch ihren Körper strömen ließ. Es hätte sie fast den Lärm und den Trubel um sie herum vergessen lassen.

Sie lösten sich voneinander, und Rose lehnte ihren Kopf an seine Schulter. Sie seufzte.

»Ich mag noch gar nicht daran denken, dass wir in nicht einmal drei Wochen wieder nach Somerset aufbrechen. Hier bin ich so glücklich.«

»Ich werde dich besuchen, sobald ich kann«, entgegnete Nathaniel und strich zärtlich über ihren Rücken. »Und wenn ich erst mein Studium abgeschlossen habe, wird mein Onkel Harrington mir etwas Geld geben, damit ich mich in Bath als Rechtsanwalt niederlassen kann.«

»Das ist ein vernünftiger Plan, Nathaniel.« Sie lachte leise. »Auch wenn ich am liebsten jetzt gleich auf der Stelle heiraten würde.«

»Du wirst sehen, die zwei Jahre vergehen wie im Fluge. Wir werden einander schreiben, und ich besuche dich, so oft ich kann.« Vorsichtig fasste er ihr Kinn, hob es an und platzierte einen zärtlichen Kuss auf ihren Lippen.

»Ich liebe dich, Rose. Und ich bin sicher, dass ich dich in zwei Jahren nur umso mehr lieben werde.«

***

Dorothy hatte sich bei Archibald eingehakt und sah zum Himmel, wo hoch über den Köpfen der staunenden Zuschauer und begleitet von zahlreichen Ohs und Ahs glitzernde, farbige Sterne zerbarsten.

Sie zuckte zusammen und legte instinktiv die Hand auf ihre Mitte, wo sich bereits eine deutliche Wölbung abzeichnete. Jedes Mal aufs Neue überraschte sie die Empfindung dieser kleinen, schmetterlingszarten Bewegungen, die sie seit einigen Tagen in ihrem Bauch spüren konnte. Dieses Gefühl ließ sie hoffen, dass dieses Mal alles gutgehen würde.

Lächelnd schmiegte sie sich an Archibalds Arm. Die Ereignisse um Colonel Egerton und den Mord an Mr

Seymour hatten gezeigt, wie zerbrechlich das Glück sein konnte und welche Abgründe in der menschlichen Natur unter einer dünnen Firnis der Zivilisiertheit schlummerten.

Und doch gab es immer wieder Anlass für frische Hoffnungen. Sie feierten den Sieg über Napoleon und das Ende der Koalitionskriege, die über zwanzig Jahre angedauert hatten. Sie war noch ein Backfisch gewesen, als der Krieg begonnen hatte, und er hatte ihr Henry genommen.

Doch als sie bereits nicht mehr daran geglaubt hatte, war ihr Archibald begegnet und nun – nun durften sie voller Zuversicht auf eine neue, gemeinsame Zukunft blicken. Das Leben steckte voller Überraschungen – guten wie schlechten. Und auf die Dunkelheit folgte auch immer wieder ein heller Schimmer am Horizont.

Rezept

Mrs Pikes Zitronencremetörtchen

Dieses Rezept basiert auf zeitgenössischen Rezepten aus dem Kochbuch »New System of Domestic Cookery: Formed upon the Principles of Economy: And adapted to the use of private families throughout the United States« von Maria Eliza Ketelby Rundell aus dem Jahr 1814. Britische Rezepte aus derselben Zeit dürften ähnlich gewesen sein.

Für den Boden:
60 g Zucker
450 g Mehl
90 g Butter
2 Eigelbe
etwas Sahne zum Verquirlen

Die trockenen Zutaten vermischen und die Butter in Flöckchen hinzugeben. Zu einer krümeligen Masse verreiben. Die Eigelbe mit etwas Sahne verquirlen und alles zu einem glatten Teig verarbeiten.
Dünn ausrollen und kleine Tartelett-Förmchen (zur Not auch Muffinförmchen) auskleiden. Mit der Gabel mehrmals einstechen. Bei 160 °C Umluft bzw. 180 °C Ober-/Unterhitze im Ofen goldgelb backen. Wer sichergehen möchte, dass die Tarteletts in Form bleiben, legt Kreise aus Backpapier auf den Boden und füllt 2-3 EL getrocknete Erbsen zum Beschweren ein. Die Erbsen können wiederverwendet werden.

Für die Zitronencreme:
100 ml Schlagsahne mit 450 g Mascarpone vermischen

2 Eigelbe, gut verquirlt
110 g Zucker
geriebene Schale einer ganzen Zitrone (ungespritzt!)
Saft einer ganzen Zitrone

Die Sahne-Mascarpone-Masse mit Zucker, Zitronenschale und Eigelben zum Kochen bringen und dann unter Rühren abkühlen lassen. Den Zitronensaft in eine
Schüssel geben und die abgekühlte Creme darunter-
schlagen, bis sie vollständig kalt ist. Dann im
Kühlschrank kaltstellen und anschließend die
Törtchen damit befüllen.

Glossar

Aigrette
am Hut oder im Haar getragener Schmuck aus an einem goldenen oder silbernen Ring befestigten Reiherfedern
Almack's
Almack's Assembly Rooms, ein Londoner Gesellschaftsclub (1765-1871)
Mitgliedschaft im Almack's erhielten nur Mitglieder der damaligen High Society. Über Zugehörigkeit entschied ein Komitee aus adligen Damen (siehe Patronessen). Im Jahr 1814 waren dies Viscountess Castlereagh, die Countess of Jersey, Lady Cowper, die Countess of Sefton, Sarah Drummond Burrell, Countess de Lieven und Maria Fürstin Esterházy.
Assembly Rooms (Bath)
Veranstaltungssäle in Bath in Somerset, in denen regelmäßig öffentliche Bälle abgehalten wurden
Barouche
offener, zweispänniger Pferdewagen mit vier Rädern für vier Passagiere auf zwei gegenüberliegenden Sitzbänken
Beau Brummell
George Bryan Brummell, dessen Faible für modische Kleidung ihm den Spitznamen »Beau« einbrachte, war ein Lebemann und gilt als der Erfinder des Dandytums. Er galt als modischer Trendsetter und war ein persönlicher Freund des Prinzregenten (später König Georg IV). Die heutige elegante Herrengarderobe mit schwarzem Frack, weißem Hemd und Binder geht im Prinzip auf Brummells Dandy-Stil zurück.
Bell, Mrs

Mrs Bells Modegeschäft, später »Magazin des Modes« genannt, war besonders für seine ausgefallenen und exklusiven Hutkreationen bekannt.

Bennet-Schwestern

Anspielung auf die Schwestern Jane, Elizabeth, Mary, Catherine (Kitty) und Lydia Bennet aus Jane Austens Roman »Stolz und Vorurteil«. Der Roman erschien im Jahr 1813.

Bentham, Jeremy

Englischer Philosoph (1748-1832), der für die damalige Zeit recht progressive Ansichten zu Tier- und Menschenrechten hatte und bis heute als Vordenker der Demokratie, der Rechtsstaatlichkeit und des Liberalismus gilt.

Biberhut (auch Kastorhut)

ein aus Biberhaar gefertigter Filzhut und Vorläufer des Zylinders (ca. 17.-19. Jahrhundert)

Billet

veraltet für Brief

Blake, William

englischer Dichter, Mystiker und Maler (1757-1827)

Bluebell (auch Atlantisches oder Englisches Hasenglöckchen)

früh blühende Zwiebelpflanze, in England sehr verbreitet

Bonaparte

Napoleon Bonaparte (1769-1821), französischer General, Diktator und Kaiser

Börsenschwindel, großer
Im Februar 1814 gelang es einer Gruppe Schwindler,
kurzfristig die Kurse für britische Staatsanleihen in die
Höhe schnellen zu lassen, indem sie Gerüchte von
einem Sieg über Napoleon und Wiederherstellung der
bourbonischen Herrschaft verbreiteten, um sich zu
bereichern. Der Coup flog auf, sechs Männer wurden
angeklagt, darunter der schottische Adlige Thomas
Cochrane.

Bow Street
ein Vorläufer der erst Mitte des 19. Jahrhunderts
gegründeten Metropolitan Police waren die sogenan-
nten Bow Street Runners (hier als Bow Street Konsta-
bler/Wachtmeister bezeichnet), eine dem obersten
Magistrat und dem Innenministerium unterstellte
polizeiähnliche Schutztruppe, deren Hauptquartier
sich in der Bow Street befand

Brooks's Gentlemen's Club
ein 1764 gegründeter Gentlemen's Club in London, der
als informelle Vereinigung führender Politiker der
Whig-Partei galt, zunächst an der Pall Mall, später in
der St. James's Street gelegen

Brunton, Mary
schottische Romanschriftstellerin (1778-1818)

Burgos
Belagerung von Burgos (19. September - 21. Oktober
1812)

Coiffure
altmodisch für Frisur

Common Side
Trakt für die weniger gut betuchten Insassen des Newgate-Gefängnisses, hier lebten die Gefangenen in Gemeinschaftszellen unter schlechten Bedingungen
Coroner
Vorläufer des heutigen Gerichtsmediziners
Cupido
anderer Name für den römischen Liebesgott Amor
Cut (Cutaway)
Gehrock, Vorläufer des modernen Fracks
Debrett's Peerage
bekanntes Adelsverzeichnis
Donne, John
englischer Dichter und bekannter Vertreter der metaphysischen Dichtung (1572-1631)
Dorsetknöpfe
aus dem englischen County Dorset stammende Art von textilbezogenen Knöpfen, die hergestellt werden, indem man einen Ring oder eine Scheibe wiederholt mit Garn umwickelt
Eichenlohe (auch Gerberlohe)
Zum Gerben verwendete Eichenrinde; die getrocknete Lohe wurde als weicher Untergrund für Reitwege verwendet und gab vermutlich dem auch heute noch als Rotten Row bekannten Reitweg im Hyde Park seinen Namen – von einer älteren Bedeutung des Wortes »rotten« als weich und nachgiebig (siehe Rotten Row)
Epsom-Salz (auch Bittersalz)
Magnesiumsulfat, als Abführmittel oder für Fußbäder verwendet

Eton College
auch heute noch existente, 1440 gegründete Privat-
schule in Eton in der englischen Grafschaft Berkshire;
zu den bekannten Absolventen zählt auch der oben
erwähnte Beau Brummell, aber auch zum Beispiel
Prinz William und Prinz Harry, Tom Hiddleston, Eddie
Redmayne oder Hugh Laurie (Doktor House)
Foliant
Buch im Folio-Format, bei dem sich die Größe der Seite
dadurch ergibt, dass der Papierbogen, der den Maßen
des traditionellen römischen Pergamentbogens
entspricht, nur einmal gefaltet ist (Folium). Das
entspricht etwa der Größe eines Din A3-Blattes.
Fortuna
Glücks- und Schicksalsgöttin der römischen Mytholo-
gie
Frostjahrmarkt
Von Anfang des 15. Jahrhunderts bis ins 19. Jahrhun-
dert hinein gab es eine als »kleine Eiszeit« bezeichnete
Kälteperiode; während dieser Zeit fror die Themse im
Winter manchmal zu, und das Eis wurde dick genug, so
dass Frostjahrmärkte auf dem Eis abgehalten werden
konnten (frost fairs). Der letzte begann am 1. Februar
1814 und dauerte vier Tage. In den folgenden Jahren
wurde das Klima etwas milder.
Gagat
auch als Jett oder Pechkohle bezeichnetes fossiles Holz,
aufgrund seiner schwarzen Farbe in polierter Form als
Trauerschmuck verwendet
Garrick-Mantel
Kutschermantel mit zahlreichen übereinandergeleg-
ten Pelerinenkragen (siehe Pelerinenmantel), die vor
Regen und Nässe schützen sollten, benannt nach dem
Schauspieler David Garrick (18. Jahrhundert)
Gowland's Lotion

Hautlotion, die angeblich gegen Pickel, Sommersprossen und Falten wirksam sein sollte – so sehr haben die Zeiten sich nicht geändert

Haftgeld
Häftlinge mussten für Unterbringung, Essen und Ausstattung selbst aufkommen.

Hampstead
Londoner Stadtteil im Bezirk Camden, früher ei-
genständige kleine Ortschaft
Im 18. Jahrhundert, nach der Entdeckung miner-
alischer Quellen, wurde Hampstead als Kurort beliebt
und viele herrschaftliche Häuser dort gebaut. Der
Dichter Keats lebte dort. 1801 hatte der Ort etwa 3.300
Einwohner.

Hampton Court Palace
Schloss im Südwesten Londons, von 1528 bis 1737
bevorzugte Residenz der englischen und britischen Könige

Hannover (Haus)
deutschstämmige Königsdynastie, stellte von 1714 bis
1901 die englischen Könige bzw. Königinnen, Königin
Viktoria war die letzte Regentin des Hauses Hannover,
darauf folgte Eduard VII. (Haus Sachsen-Coburg und
Gotha), dessen Sohn Georg V. änderte den Namen des
Hauses in Windsor (heutige Königsfamilie)

Hotcross Buns
traditionelle süße Osterbrötchen mit einem weißen
Kreuz auf der Oberfläche

Jakonett
feines, glatt gewebtes Baumwollgewebe
Kalesche
leichter, vierrädriger Reisewagen mit einem faltbaren Verdeck, ursprünglich einspännig, später aber auch zwei- oder vierspännig
Kanapee
Liegesofa
King William und Queen Mary
Wilhelm III. von Oranien-Nassau regierte ab 1689 mit seiner Frau, Königin Mary II. gemeinsam
Koalitionskriege (Napoleonische Kriege)
1792-1815 kriegerische Auseinandersetzungen zwischen Frankreich und wechselnden Bündnissen europäischer Machtrivalen
Kohlekammer
Stadthäuser im 19. Jahrhundert waren oft so gebaut, dass der Haupteingang ebenerdig lag, der Dienstboteneingang über eine Treppe erreichbar im Souterrain. Der kleine Platz davor wurde als Hauswirtschaftsbereich benutzt. Dort befand sich oft ein Lagerraum, zum Beispiel für Kohle.
Kokette
Frau, die darauf bedacht ist, auf Männer zu wirken
Konstabler
ab dem 12. Jahrhundert Militärbeamter, der zur Streitschlichtung und Kontrolle der Disziplin eingesetzt war, heute eine Dienstgradbezeichnung bei der Polizei (Constable)

Kontratanz (frz. Contredanse, engl. Country Dance)
Gegeneinander-Tanz, Gruppentanz, bei dem sich Paare
gegenüberstehen und komplizierte Figuren tanzen
(ähnlich dem heutigen Square Dance)
Kopenhagen, Schlacht von
Seeschlacht von Kopenhagen 1801; die britische Flotte
unter Sir Hyde Parker, Horatio Nelson und Thomas
Graves besiegte die dänische Flotte
Ein Geschwader kleinerer Schiffe, geführt von Kapitän
Henry Riou auf der Amazon, griff unter schweren Ver-
lusten die Trekroner-Batterie an.
Kutschkasten
Gepäckstauraum unter dem Kutschbock
Livree
Uniform eines Bediensteten
Loo
beliebtes Kartenspiel, ähnlich dem deutschen Tippen
Macao
Vorläufer des Baccara, Karten-Glücksspiel
Macouba
teure Schnupftabak-Sorte
Magistrat
auch als Friedensrichter bezeichnet, der Oberste Mag-
istrat unterstand dem Innenministerium und
entschied, ob Anklage erhoben wurde
Marlowe, Christopher (Kit)
englischer Dichter und Dramatiker der elisa-
bethanischen Ära (1564-1593)
Master's Side
Trakt für die wohlhabenderen Insassen im Newgate-
Gefängnis, in dem die Gefangenen mit mehr Komfort,
zum Beispiel in Einzelzellen, untergebracht waren
Miederstange (busk)
ein schmales Holzbrett, das zur Verstärkung vorne
zwischen den Brüsten in eine flache Tasche im Korsett
eingeschoben wurde

Musselin
zartes Baumwollgewebe
neoklassischer Stil
bezieht sich hier auf die Frisurenmode, die griechische
und römische Frisuren der Antike imitierte
Newgate
Gefängnis in London 1188-1902, das als eines der
berüchtigtsten in England galt
Old Bailey
Gerichtsgebäude in London
Onyx
schwarz-weiß geschichteter Quarzstein, der zu
Schmucksteinen verarbeitet wird
Pantalons
lange Männerhose mit röhrenförmigen Beinen
Patronessen
siehe Almack's, die Patronessen des Clubs entschieden
darüber, wer auf die Liste der Abonnenten gelangte
und wer nicht
Pelerinenmantel
Mantel mit mehreren übereinandergelegten Pelerinen
(kurzen Capes) am Rücken
Phialen
flache Schalen in der römischen und griechischen An-
tike
Piquet
anspruchsvolles Kartenspiel für zwei Spieler

Prinzregent

George Augustus Frederick von Hannover, der spätere König George IV. von England, übernahm von 1811 bis 1820 als Prinzregent die Regierungsgeschäfte seines Vaters, der aufgrund seiner Erkrankung an Porphyrie regierungsunfähig war; nach ihm ist die Regentschaftszeit (Regency) benannt

Promenadenkleid

Tageskleid zum Ausgehen

Putzmacherin

auch Modistin, fertigt vor allem Kopfbedeckungen verschiedenster Materialien

Reel

schottischer Gruppentanz

Retikül

kleine Handtasche, Aufbewahrungsbeutel, zum Beispiel für Handarbeitszeug

Rotten Row

breiter Weg am südlichen Ende des Hyde Parks, auch »King's Road« oder »King's Private Road« genannt
Den Namen Rotten Row erhielt die beliebte Reitstrecke vermutlich durch die weiche Oberfläche, denn das Wort »rotten« konnte auch »weich« und »nachgiebig« heißen.

Royal Humane Society

Die Gesellschaft (gegründet 1774) widmete sich der Verbreitung von Informationen zu Erste-Hilfe-Maßnahmen und erforschte Methoden und Hilfsmittel zur Wiederbelebung Ertrunkener.

Samttoque

ein kleiner barettartiger Damenhut aus Samt

Serpentine

1730 auf Geheiß von Königin Caroline angelegter See im Hyde Park

Obwohl für den gesamten See gebraucht, bezeichnet der Name Serpentine strenggenommen nur den östlichen Teil des Sees, während der langgezogene Westteil Long Water heißt.

Sidney, Sir Philip

elisabethanischer Höfling, Soldat und Schriftsteller

Simnel Cake

traditionell zu Ostern gebackener Früchtekuchen, heute wird er oft mit einer Marzipandecke versehen und mit elf (oder zwölf) Kugeln aus Marzipan geschmückt; die Kugeln symbolisieren die Jünger (mit oder ohne Judas)

Sir Walter Raleigh

englischer Seefahrer, Entdecker, Spion und Schriftsteller, Günstling Königin Elisabeths I.

Spanien und England konkurrierten als Seemächte. Raleigh sandte Freibeuter aus, die mit Kaperbriefen zum Aufbringen spanischer Schiffe und zum Plündern und Zerstören spanischer Kolonialsiedlungen ausgerüstet waren.

Sodomie

Nach dem Buggery Act von 1533, dem ersten nicht-kirchlichen Gesetz gegen Homosexualität, war unter anderem Analverkehr (buggery/sodomy) unter Todesstrafe gestellt. Das Gesetz wurde erst 1828 durch den Offences against the Person Act aufgehoben und ersetzt. Vor dem Newgate-Gefängnis wurden im Jahr 1835 die letzten beiden Personen wegen Buggery/Sodomie gehängt

Spenzer

in der Damenmode des 19. Jahrhunderts kurze Jacke mit langen Ärmeln, die bis zur Taille beziehungsweise

bei Kleidern mit Empirelinie bis kurz unter die Brust
reichte
St. James's
zentraler Bezirk in Westminster, Teil des Westends, im
19. Jahrhundert Sitz vieler Gentlemen's Clubs; Damen
mieden den Stadtteil daher für gewöhnlich
St. Medard
auch Medardus, Heiliger, dem Verantwortung für das
Wetter zugeschrieben wurde
St. Sebald
Sebaldus von Nürnberg, Heiliger, der zum Schutz
gegen Kälte und kaltes Wetter angerufen wurde
St. James's Palast
bis 1837 offizielle Residenz der englischen Monarchen
Tilbury
auch als Stanhope oder Stanhope Gig bezeichnet, ein-
spännige, einachsige Kutsche mit abnehmbarem Dach
Toque
siehe oben: kleiner barettartiger Damenhut
Trafalgar
Schlacht von Trafalgar 1805, Seeschlacht am Kap Tra-
falgar zwischen Briten und einem Bündnis von Span-
ien und Frankreich im dritten Koalitionskrieg
Vizeadmiral Horatio Nelson besiegte die französisch-
spanische Armada und schlug dadurch die geplante
Landung in England nieder, Nelson selbst fiel in der
Schlacht.

Van-Dyke-Spitze
Van Dyke points oder saw tooth trim, gezackte Spitze,
benannt nach dem flämischen Maler Van Dyke, auf
dessen Gemälden oft gezackte Spitzenkragen zu sehen
sind
Watier's
1807 gegründeter und 1819 aufgegebener Gentlemen's
Club mit exquisiter Küche, beliebter Ort für Glückss-
piele, vor allem Macao
Weiße Suppe (White Soup)
wurde oft bei Bällen und ähnlichen Anlässen serviert,
eine cremige Hühnersuppe mit Kalbfleisch und Man-
deln angereichert
Wellington, Marquess
Arthur Wellesley, der 1. Duke of Wellington, Feldmar-
schall und herausragender Militärführer, zunächst
Marquess Wellington, wurde vom Prinzregenten am 11.
Mai 1814 in Anerkennung seiner Leistung im Krieg
gegen Napoleon zum Duke of Wellington ernannt
Wellingtonhut
ein dem Zylinder ähnlicher Hut mit nach vorne ge-
zogener Spitze
White's
(gegründet 1693) einer der ältesten und renom-
miertesten Gentlemen's Clubs in der Londoner St.
James's Street, liegt dem Brooks's gegenüber; galt als in-
offizielles Hauptquartier der Tory-Partei
Whitehall-Palast
Palace of Whitehall, ab 1530 die Hauptresidenz der
britischen Monarchen in London, im Jahr 1698 durch
einen Großbrand fast vollständig zerstört

Wortley Montagu, Mary
1689-1762, englische Schriftstellerin, berühmt durch
Briefe und Gedichte, ihr Mann wurde 1716 als
Botschafter an den osmanischen Hof nach Istanbul
entsandt, Mary begleitete ihn und schilderte ihre
Eindrücke in einer Reihe von Briefen

Danksagungen

Allen voran danke ich meinen Leserinnen und Lesern, die *Das aufrechte Herz der Lady* so begeistert aufgenommen haben und hoffe, ich enttäusche sie auch dieses Mal nicht.

Außerdem möchte ich wie immer meinen Mädels von der Romance Alliance für moralische Unterstützung und Beratung und überhaupt einfach für ihre bloße Existenz danken.

Mein Dank geht auch an das Team von dp DIGITAL PUBLISHERS, die mir hier ebenfalls mit Rat und Tat zur Seite gestanden haben.

Last but noch least danke ich natürlich meiner Familie und meinen Freunden, die tapfer mein Gejammer ertragen, mir freie Schreibzeit verschaffen und sich immer wieder als Testleser oder zu spontanen Mini-Lesungen anbieten. Insbesondere seien da genannt mein Mann Michael, meine Mutter, meine Freundinnen Evelyn, Kari und Angelika, die mir sehr geholfen haben, diesen Roman fertig schreiben zu können.